小路，
才是用来回家的

刘醒龙 作品

百花洲文艺出版社

在虚伪和污秽袭来时，
我很高兴自己选择了流浪！

目录

Contents

小路，
才是用来回家的

第一章

在什么都敢做的时代，敢不做

人大可不必对灵魂如此充满敬畏，对灵魂的善待恰恰是对它的严酷拷问。唯有这些充满力量的拷问，才有可能确保生命意义与生命进程息息相关。

第二章

僵硬的奢侈无法掩盖灰色的苍凉

没有诗意是一种痛苦，拥有诗意是一种更痛的痛苦。乡土
疼痛时不会是诗意，但是诗意一定会是一种乡土疼痛。

第三章

小路，才是用来回家的

小路是少有人走的路，幽僻清冷。但是，只有小路，才是
用来寻找的；只有小路，才是用来深爱的；只有小路，才
是用来回家的。

第四章

偏执是打造生命的匕首

面对过去，许多人可能都会无话可说。这不是一种无奈，人在"过去"面前永远都是一个幼稚的小学生。尽管每个人的过去是每个人造就的，但过去却固执地教化着每个人。

第五章

用文字捂暖生活

在过去，生活就是如此神秘地向我诉说着，能不能听懂完全看我的造化。现在和将来，生活继续是这样。

第一章

在什么都敢做的时代，
敢不做

人大可不必对灵魂如此充满敬畏，对灵魂的善
待恰恰是对它的严酷拷问。唯有这些充满力量的拷
问，才有可能确保生命意义与生命进程息息相关。

走向胡杨

　　去新疆，第一个想起的便是胡杨。飞机在天上飞，我竭力看着地面，想从一派苍茫中找寻那种能让沙漠变为风景的植物。西边的太阳总在斜斜地照着地面上的尖尖沙山，那种阴影只是艺术世界的色彩对比度，根本与长在心里的绿荫无关。山脉枯燥、河流枯竭、大地枯萎，西出阳关，心里一下子涌上许多悲壮。

　　夏天的傍晚，终于踏上乌鲁木齐机场的跑道。九点多钟了，天还亮亮的，通往市区的道路两旁长着一排排白杨，空气中弥漫着浓浓的瓜果清香，满地都是碧玉和黄金做成的果实，偌大的城市仿佛是由它们堆积而成。来接站的女孩正巧是鄂东同乡，她一口软软的语言，更让人觉得身在江南。事实上，当年许多人正是被那首将新疆唱为江南的歌曲诱惑，只身来到边关的。女孩已是他们的第二代，他们将对故土日夜的思念，化作女儿头上的青丝，化作女儿指尖上的纤细，还有面对口内来的客人天生的热情。或许天山雪峰抱着的那汪天池，也是他们照映江南丝竹、洞庭渔火和泰山日出的镜子。客人来了，第一站总是去天池，就像是进了家门歇在客房。照一照镜子，叠映出两种伤情。

天苍苍，野茫茫，风吹草低见牛羊！这些古丝绸路上诗的遥想，有足够的理由提醒那些只到过天池的人，最好别说自己到过新疆。

只体会到白杨俊秀挺立蓝天，也别说自己到过新疆。

小时候，曾经有一本书让我着迷。那上面将塔里木河描写得神奇而美丽。现在我知道的事实是，当年苏联专家曾经否定这儿可以耕种。沿着天山山脉脚下的公路往喀什走，过了达坂城不久，便遇上大片不知名的戈壁，活着的东西除了一股股旋风，剩下的就只有像蜗牛一样趴在四只橡胶轮子上的汽车了。戈壁的好处是能够让筑路工的才华，像修机场那样淋漓尽致地发挥。往南走，左边总是白花花的盐碱地，右边永远是天山雪水冲积成的漫坡和一重重没有草木的山脉。汽车跑了两千多公里，随行的兵团人总在耳边说，只要有水，这儿什么都能种出来！几十万平方公里的塔克拉玛干大沙漠里，水就是生命。兵团的人说，胡杨也分雌雄，母的长籽生絮时像松花江上的雾凇。胡杨花絮随风飘散，只要有水它就能生根发芽，哪怕那水是苦的涩的。1949 年毛泽东要自己的爱将王震将部下带到北京，作为新中国首都的卫戍部队。将军却抗令请缨进军新疆屯垦戍边并获准。爱垦荒的王胡子将他的部队撒到新疆各地，随着一百二十个农垦团的成立，荒漠上立即出现一百二十个新地名。在墨玉县有个叫四十七团的地方，那是一个完全被沙漠包围的兵团农场，由于各种因素，农场的生存条件已到了不能再恶劣的程度。农四十七团的前身是八路军三五九旅七一九团，进疆时是西北野战军第二军第五师的主力十五团，当年曾用十八天时间，徒步穿越塔克拉玛干大沙漠，奔袭上千公里解放和田。此后这一千多名官兵便留下来，为着每一株绿苗，每一滴淡水，也为着每一线生存希望而同历史抗争。从进沙漠起，五十年过去了，许多人已长眠不醒，在地下用自己的身体肥沃着沙漠。活着的人里仍有几十位老八路至今也没再出过沙漠。另有一些老战士，前两年被专门接到乌鲁木齐住了几天。老人们看着五光十色的城市景象，激动地问这就是共产主义吗。对比四十七团农场，这些老人反而惭愧起来，责怪自己这么多年做得太少。他们从没有后悔自己的部队没有留在北京，也不去比较自己与京城老八路的天大的不同。他们说，有人做牡丹花，就得有人做胡杨；有人喝甘露，就得有人喝盐碱水。

兵团人有句名言，活在自己脚下的土地上，就是对国家的最大贡献。新疆的面积占国土面积的六分之一，境外一些异族异教和境内少数有异心的人总在寻隙闹事。在那些除了兵团人再无他人的不毛之地，兵团人不仅是活着的界碑，更活出了国家的尊严与神圣。老百姓可以走，他们有去茂盛草场、肥沃土地，过幸福生活的自由天性。军人也可以走，沙场点兵，未来英雄与烈士都会有归期。唯有兵团人，既是老百姓又不是老百姓，既是军人又不是军人。他们不仅不能走，还要承受将令帅令，还要安家立业。家园就是要塞，边关就是庭院。兵团人放牧着每一群牛羊，都无异于共和国的千军万马。兵团人耕耘着每一块沙地，都等同于共和国的千山万水。一行人围着塔克拉玛干转了六千多公里，不时就能遇见沧桑二字已不够形容的兵团人，还能知晓一些连队集体家徒四壁的情形。很惭愧，我只在兵团农垦博物馆里见到他们创业时住过的地窝子。

在昆仑山、在帕米尔高原、在二十一世纪前夜里，仍有这样的地窝子作
为兵团人的日常家居人生归宿。兵团人笑着说，地窝子冬暖夏凉。兵团
人笑着说，别人一不小心就将汽车开到地窝子顶上了。兵团人笑着说，
维族人不会说公鸡，便将公鸡说成是鸡蛋妈妈的爱人。兵团人的笑让人
听来，如闻霜夜雁歌、月黑鸣钟，大气磅礴、感天动地。兵团人长年生
活在海拔两千九百多米以上的高山草场，没有蔬菜，极端缺水，毛驴从
山沟里驮上来的水只能煮茶。就是兵团领导来，也没水给他们洗脸。吃
的食物，除了茶水，无一例外地终年啃的是馕。

　　车过阿克苏，往南不远的路旁终于出现一片胡杨，它隐藏在丛生的
红柳后面，只露出半截树梢，一副犹抱琵琶半遮面的样子。一行人刚开
始兴奋，就听见兵团人平静地说，你们回来时，沙漠公路旁边的胡杨那
才叫胡杨哩，这些是后来栽的，那是原始的。兵团人刚表示过又马上纠
正自己说，栽的胡杨也是胡杨。最早说这话的人曾在南泥湾开荒时当过
生产科长，并同王震来团里视察，他让团部的人排着队，同王震挨个握
手。王震握到文书的手时，突然板着脸，不高兴地举起文书的手，说这
样的手怎么写得好兵团的文章，先到连队去，将手上磨出老茧再说。这
位团长当即让文书出列回去收拾行李。王震走后才三天，团长就让文书
继续回团部上班，团长还在会上吼：王震算老几，这儿老子说了算，我
就喜欢手嫩的，手嫩才写得出好文章，栽的胡杨也是胡杨！团长还说，
你们将我的话告诉王震去。不知王震是不是听到了这些话，几年后，诗
人艾青蒙难，王震亲自出面请他来到兵团。得益于王震在中国当代政治
中的特殊地位，艾青生命中的劫难得到暂时的缓解。兵团城市石河子
由于诗人的到来，一夜之间变成了举世闻名的诗歌之城。石河子只有

五十八万人，大专以上文化程度的人占人口比例百分之二十，为全国第一，人均购书量曾为全国第一，更使人感慨的是他们的人均绿化面积全国第一。

在新疆，曾多次遇见过上海籍的兵团人。据说，五十年代初，第一批上海支边青年来新疆时，还没度过玉门关，便朝着戈壁掩面而泣。如今的他们，已判若两人。每一次见面我都很难相信，这些或坐或站的男子汉，当年也曾在灯红酒绿的上海滩斯文儒雅过。他们大碗喝酒、大块吃肉、大声吼叫、大步走路，不管高矮，到哪儿都是铁塔一座。库尔勒是乌鲁木齐通往南疆的第一站，这座在盐碱滩上建设起来的城市如今有一种让人惊艳的美丽。如此花团锦簇的明珠城市在内地也很难见到。它紧挨着核试验基地马兰，并盛产香梨。我在这儿遇到湖南电视台的一个剧组。他们将未来剧名《八千湘女上天山》，印在 T 恤衫上，如血殷红的字迹，纪念碑一样雕刻在每个人的灵魂里。在历史的同一时期，十万山东姑娘也将青春奉献给共和国西部边陲。她们全都无一例外地嫁给了几十万屯垦戍边的兵团将士，风雨数十年，戈壁大漠多了许多绿洲，多了许多村庄和城市，多了许多夫妻儿女兄弟姐妹。一位社会学家私下里说过，在中国的屯垦史上新中国的这一次是最成功的。从某种意义上说，是这些女人的付出为这史无前例的成功奠定了基础。还有另一类女人，譬如几百名苏州姑娘，她们将现代缫丝技术带到古丝绸之路上的和田，同时，也将自己的命运编织在无尽的惆怅上。

就在和田，我认识了当地兵团农垦管理局的孙副政委，他爱人是湖北麻城人，我外婆家也在麻城。那天晚上，我举杯向他敬酒，并要他照顾我妈妈的同乡。这本是一句玩笑话，想让离别的气氛轻松些，谁知竟惹得旁边的男人眼圈红起来。那一刻，我也心动了！我并不后悔自己说过这句话，但在往后的日子，但凡提及亲情时，我不得不十分小心，不让自己的不慎惹动连疆人的心弦。

在新疆的最后一天，周涛赶来送别。我们没有谈到诗。新疆这儿遍地都是诗：沙漠、盐碱、戈壁、草原、雪莲、白杨、红柳、葡萄等等，还有壮美的兵团城市石河子。我们谈酒。我说自己这辈子只喝过三斤酒，大前年上山东喝了一斤，去年去西藏喝了一斤，今次在新疆又喝了一斤。我们谈兵团人为他们的酒所做的广告：伊力特曲，英雄本色。

被谈到的当然还有胡杨。

和田是绕行塔克拉玛干大沙漠的折返点。沙漠的边缘出现时，黄昏正在来临，神秘的沙丘上，一个少年怀抱一只乌鸦，赶着一线拉开的数百头黑牛白牛，将大漠西边的地平线和东边的地平线，紧紧地系在一起。我想起了，西北野战军第二军第五师第十五团，改为新疆生产建设兵团第四十七团之前，穿越眼前这座大沙漠时，那些人链连接着的，正是共和国腹地与边陲数十年的安宁与和平。沙漠铺天盖地来了，比死亡的苍白略深的颜色更让人震惊。死亡只是一种深刻，绝望才是最可怕的。在维吾尔语里"塔克拉玛干"是进得去出不来的意思。独自站在沙丘后面，来时的足迹，像时钟上的最后一秒，又像身临绝壁时最后的绳索。仿佛在与末日面对面，人很难再前行一步。兵团人在车上悄然睡去，他们曾经从沙漠这边进去那边出来，塔克拉玛干神话在他们的脚下改写得很彻底，成了日常的起居生活。车行十几个小时后，重又出现的戈壁边缘突然冒出几棵树干粗过树冠的大树。兵团人说这就是活着一千年不死，死了一千年不倒，倒了一千年不烂的次生胡杨林。活的、死的、倒地的胡杨零星散布在戈壁上，没有其他草木做伴，一只鹰和两只乌鸦在高处和低处盘旋。地表上没有任何水的迹象。胡杨们相互间隔都在十几米以上。作为树，它们是孤独的；作为林，它们似乎更孤独。希望里有雨露，希望里有肥沃，处在半干枯状态下的胡杨，用粗壮的主干举着纤细的枝条和碎密的叶片，像一张张网去抓住没有云的空气中每一缕潮湿与养分。白云晨雾这种亘古的印象，成了盐碱烙在胡杨树上的灰白色的苍茫与沧桑。

一种树为了天地，长在它本不该生长的地方。

一种人为了历史，活在本不该他生活的地方。

一种人和树的沙漠戈壁有尽头。

一种人和树的沙漠戈壁没有尽头。

兵团人与胡杨实属殊途同归。在紧挨着原始胡杨林的地方，兵团人又挖掘出一道道深深的壕沟，他们又在向自然的极限挑战，又要向沙漠索要耕田。有胡杨在，就有兵团人在，因为他们的质地完全一样：一半是天山，一半是昆仑。

灿烂天堂

罗田是很小的地方，在那里，听到最多的话，却是与天堂有关。

特别是刚到的客人，很快就会有人上前来客气地问：去天堂吗？

当你还在犹豫时，又会有人插进来，认真地说，若不去一趟天堂，就是白来了。

换了外地人，谁不会在心里嘀咕：天堂虽好，哪能这样来去自由，随随便便。

不管别人怎么想，罗田人反正是说惯了。他们不在乎别人会想，天堂再好，也不如人间实在。他们还要问，是不是刚从天堂回，天堂好不好玩，天堂好看不好看？其实，罗田的天堂不在天上，罗田的天堂只在山上。他们说出来的是天堂般的概念，实际所指的不过是一座山。朋友在胜利镇外看到一幅横挂在公路上空的标语：胜利通向天堂。后来与我谈起时，心里还打着寒噤，他的意思是，这种话不能细想。天堂虽是一种传说，慢慢地就真的成了一种境界。按照传说里的规律，要去那九霄云外的天堂，只有一条路可走，可这条路是正常人和健康人绝对不愿见到的。罗田人所说的天堂，并不需要人用九死来换这特别的一生，也不需要人用心去造七级浮屠。罗田人自己常去，并且极力蛊惑别人去的天堂，其实就是大别山主峰天堂寨。它是两省三县的分界处，也是长江与淮河的分水岭。

围绕这座山生活的人有很多很多。出于风俗，别处人都严格地不将天堂寨叫作天堂。只有罗田这里的人敢这么叫。比较一山之隔的两省三县，罗田的发展最快，日子也过得最好。也许就是因为这一点，所以他们对天堂一类美好事物，比别人感受得快一些，深一些。一字之差，透露出来的是两样心境。

天堂应该是好地方。天堂也的确是好地方。

到了天堂才晓得，世上的天堂各不相同。那是因为每个人心里，都有专属的天堂。

通向天堂的路，喜欢沿着大大小小的沙河漂流而行，听任山水流泉洗尽心头尘垢。一群在我的童年叫作花翅的小鱼，还像我童年见过的那样，在清亮得不忍用手去掬的水汪里，彩云一样飘来飘去。河里的水与天堂那山上的水一脉相连，河里的风与天堂那山上的风一气呵成。还没到天堂，就能闻到天堂气息。小鱼花翅简直就是天堂那山脉上绽开的季节之花，无须去看盘旋在群山之上的苍鹰，也不用去计较奔突在车前车后的小兽，适时的春光早就铺满了盘山而上的二十里草径。大别山里，让人印象最深的是那种只有斯时斯地才会叫它燕子红的花儿。燕子红不开则罢，一开起来整座山就像火一样燃烧起来。在天堂那山上，燕子红燃烧的样子太火了，就连满处沧桑的虬曲古藤，也跟着一片片兴奋地摇曳不止。

清水赏心，花红悦目。安卧在千山万壑中的天堂自然无法脱俗。它将一座名叫薄刀峰的山铺在自己脚下，不肯让人轻而易举地达到心中目的地。四周的悬崖绝壁像是在共谋，同着远处的天堂一道，合力将一条小路随手扔在绵延数里的山峰上。曾经见过卖艺者的双脚游戏在街头的刀刃上，明知那刀不会太锋利，也还要为其发几声惊叹。薄刀峰是一把横亘在天堂面前真的利刃，没有经历过它，任何关于它的传闻，都是苍白的。如此高山大岭，是谁将它锻造为天地之间的利器？小心翼翼地将双脚搁上去后，就不敢相信，自己的肌肤是否完整。步步走来，唯有清空在左右相扶。一滴汗由额头跌落，在白垩纪的青石上摔成两半，无论滚向哪边山坡，感觉上都能一泻千里。

度人去往天堂的薄刀峰，无心设下十八道关。每每在刀口上走一段，面前就会横生妙趣，兀现哲思。

山水自古有情，能读懂它则是一个人的造化与缘分。

我们相信这就是天堂，我们也认为自己来到了天堂。

天堂本来就是心中熟悉的美丽与灿烂，加上必不可少的传奇。

九寨重重

　　有些地方，离开自己的生活无论有多远，从这里到那里又是何等的水复山重不惊也险，一切十分清晰明了的艰难仿佛都是某种虚拟，只要机遇来了，手头上再重要的事情也会暂时丢在一边不顾不管，任它三七二十一地要了一张机票便扑过去。重回九寨沟便是这样。那天从成都上了飞往九寨沟的飞机后，突然发现左舷窗外就是雪山，一时间忍不住扭头告诉靠右边坐着的同行者，想不到他们也在右边舷窗外看到了高高的雪山，原来我们搭乘的飞机正在一条长长的雪山峡谷中飞行。结束此次行程返回的那天，在那座建在深山峡谷中的机场里等待时，来接我们的波音客机，只要再飞行十分钟就可以着陆了，大约就在这座山谷里遇上大风，而被生生地吹回成都双流机场。有太多冰雪堆积得比这条航线还高，有太多原始森林生长在这条航线之上，有太多无法攀援的旷岭绝壁将这条航线挤压得如此容不得半点闪失。也只有在明白这些以壮观面目出现，其实是万般险恶的东西之后，才会有那种叹为观止的长长一吁。

几年前，曾经有过对九寨山地一天一夜的短暂接触。那一次，从江油古城出发，长途汽车从山尖微亮一直跑到路上漆黑才到达目的地。本以为五月花虽然在成都平原上开得正艳，遥远得都快成为天堂的九寨之上充其量不过是早春。到了之后才发现，在平原与丘陵上开谢了的满山杜鹃，到了深山也是只留下一些残余，没肝没肺地混迹在千百年前的原始森林和次生林中。我看见五月六月的九寨山地里，更为别致的一种花名为裙袂飘飘。我相信七月八月的九寨山地，最为耀眼的一种草会被名曰为衣冠楚楚。而到了九月十月，九寨山地中长得最为茂密的一定会是男男女女逶迤而成的人的密林。

我明白，这些怪不得谁，就像我也要来一样。天造地设的这一段情景，简直就是对有限生命的一种抚慰。无论是谁，无论用何种方式来使自身显得貌似强大，甚至是伟大，死亡总是铁面无私地贵贱如一，从不肯使哪怕仅仅是半点因人而异的小动作。所以，一旦听信了宛如仙境的传闻，谁个不会在心中生出用有生之年莅临此地的念头？每一个人对九寨沟生出的每一个渴望，莫不是其对真真切切仙境的退而求其次。谁能证明他人心中的不是呢？这是一个自问问天仍然无法求证的难题。千万里风尘仆仆，用尽满身的惊恐劳累疲惫不堪，只是换来几眼风光，领略几番风情，显然不是这个时代的普遍价值观，以及各种价值之间的换算习惯。以仙境而闻名的九寨山地，有太多难以言说的美妙。九寨山地之所以成为仙境，是因为有着与其实实在在的美妙，数量相同质量相等的理想之虚和渴望之幻。

九寨沟最大的与众不同，是在你还没有离开它，心里就会生出一种牵挂。这种名为牵挂的感觉，甚至明显比最初希望直抵仙境秘密深处的念头强烈许多。从我行将起程开始，到再次踏上这片曾经让人难以言说的山地，我就在想，有那么多的好去处在等待着自己初探，却要在这么短的时间里重上九寨山地，似这样需要改变自己性情和习惯行为，仅仅因为牵挂是不够的。人生一世，几乎全靠着各种各样的牵挂来维系。其中最为惊心动魄的当数人们最不想见到，又最想见到的命运。明明晓得它有一定之规，总也把握不住。正如明明晓得在命运运行过程中，绝对真实地存在炼狱，却要学那对九寨山地的想象，一定要做到步步生花寸寸祥云滴滴甘露才合乎心意。

牵挂是一种普遍的命运，命运是一项重要的牵挂。与命运这类牵挂相比，牵挂这片山地的理由在哪里？直到由浅至深从淡到浓，用亲手制作的酥油搽一辈子，才能让脸上生出那份金属颜色的酡红，与玉一样的冰雪同辉时，于心里才有了关于这块山地的与美丽最为接近的概念。

再来时已是冬季。严冬将人们亲近仙境的念头冰封起来，而使九寨沟以最大限度的造化，让一向只在心中了然的仙境接近真实。冬季的九寨沟，让人心生一种并非错觉的感觉：一切的美妙，都已达到离极致只有半步之遥的程度。极目望去，找不见的山地奇花异草，透过尘世最纯洁的冰雪开满心扉。穷尽心机，享不了的空谷天籁灵性，穿越如凝脂的彩池通遍脉络。此时此地与彼时此地，相差之大足以使人瞠目。从前见过的山地风景，一下子变渺小了。小小的，丁点儿，不必双手，有两个指头就够了，欠一欠身子从凝固的山崖上摘下一支长长的冰吊儿，再借来一缕雪地阳光，便足以装入早先所见到的全部灿烂。

　　人生在世所做的一切，后果是什么，会因其过程不同而变化万千，唯有其出发点从来都是由自身来做准备，并且是一心只想留给自己细细享受的。正是捧着这很小很小，却灿烂得极大极大的一块冰，我才恍然悟出原来天地万物，坚不可摧的一座大山也好，以无形作有形的性情之水也好，也是要听风听雨问寒问暖的。从春到夏再到秋，一片山地无论何等著名，全都与己无关。山地也有山地的命运，只是人所不知罢了。前一次，所见所闻是九寨沟的青春浮华。不管有多少人潮在欢呼涌动，也不管这样的欢呼涌动，会激起多少以数学方式或者几何方式增长的新的人潮。在这里，山地仍然按照既有的轨迹，譬如说，要用冬季的严厉与冷酷，打造与梦幻中的仙境，只有一滴水不同、只有一棵草不同、只有一片羽毛不同的人迹可至的真实仙境。

　　人与绝美的远离，是因为人类在其进行过程中越来越亲近平庸。能不能这样想，那些所谓最好的季节，其实就是平庸日子的另一种说法。不见洪流滚滚激荡山川的气概，就将可以嬉戏的涓涓细流当成时尚生活的惊喜。不见冰瀑横空万山空绝的气质，便把使人滋润的习习野风当成茶余饭后的欣然。当然，这些不全是选择之误。天地之分，本来就是太多太多的偶然造成的。正如有人觅得机会，进到了众人以为不宜进去的山地，这才从生命的冬季正是生命最美时刻这一道理中，深深地领悟到，山有绝美，水有绝美，树有绝美，风有绝美，在山地的九寨沟，拥有这种种极致的时刻已经属于了冬季。

白如胜利

　　一直以为大别山腹地那座属于罗田县的胜利小镇只会是心中的一个忧郁而多思的结。

　　经常地，因为艺术的缘故，一个人面对浮华的城市发呆时，胜利镇的小模小样就不知不觉地从心底升腾起来。要说这么多年来，自己在大别山区里待过的山区小镇少说也有十来座。不管是已做了自己故乡的英山，还是因为一段文学奇遇，而让我念念难忘山那边安徽省的霍山，我的经历一直与各色小镇连在一起。之所以胜利会在这些小镇中脱颖而出，全在于它给了我一些特别的记忆。前不久，一群城里的朋友说是要去我的老家看看，而我竟毫不犹豫地带领他们去了这样一个在心里做了结的地方。

　　多年前的一个秋天，我只身一人背着一包空白稿纸，乘上破烂不堪的长途客车，沿着羊肠一样蜿蜒的公路第一次走向这座小镇。飞扬的尘土绝不好是好旅伴，可它硬是挤在一大车陌生的当地人当中，与我做了足足半天的伴。好不容易到达目的地，还没放下行李，天就黑下来。在久等也没有电来的黑暗中，住处的一位刚从县城高中毕业的男孩，用一双闪闪发亮的眼睛盯着我问，这一来要住多久。我将牛仔包中的稿纸全拿出来，在桌子的左边堆成半尺高，告诉他：等到这些稿纸被我一个个方格地写满字，一页页地全挪到桌子的右边，我才会离开胜利。男孩用手抚摸着那叠得高高的稿纸，嘴里发出一串啧啧声。

那一次，我在胜利一口气待了四十天。小镇给我最深的印象是它那无与伦比的洁白。

这样的洁白，绝不是因为最初那如墨如炭的黑夜，在心情中的反衬。也不是手边那些任由自己挥洒的纸张，对其写意。它是天生的或者说是天赐的。在紧挨着小镇身后的那条百米宽的大河上，静静地铺陈着不可能有杂物的细沙。在山里，这样的细沙滩已经是很宽广了。它能让人的心情像面对大海那样雄壮起来。年年的山水细心地将细沙们一粒粒地洗过，均匀地躺在那座青翠的大山脚下。那色泽，宛若城里来的，在镇上待过一两个月后的少女肤色。又像镇上的少妇，歇了一个冬天，重又嫩起来的身影。一到黄昏，细沙就会闪烁起天然的灵性，极温和地照着依山傍水的古旧房舍，俨然像极光一样，将小镇映成了白夜。四十个日子的黄昏，我在这细沙滩上小心翼翼地走过了四十趟。每一次当需要用自己的双脚踏上那片细沙滩，心里就会有种不忍的感觉。就像没有进城前所经历的一些冬季早上，开门出来，面对出其不意地铺在家门口的大雪一样。胜利镇外河滩上的细沙有七分像雪，当它只为我一个人留下脚印时，它的动人之处就不只是抒情了。在后来时常会的沉思中，那行细沙为我的行为所铸成的行走之痕，总是那样明白，不仅不可磨灭，甚至还在时光流逝中，显得日渐突出。有这样的沙滩在，哪怕是有电的夜晚，胜利的灯火也无法明亮。

直到现在我还在想着自己关于胜利的最大愿望：找一个属于夏天的日子，再去那里，在那细沙滩中安然睡上一夜，将自己的身心完全交付最近的清水，狠狠地享受这无欲的纯洁。

胜利镇有一条自清朝就存在的古巷。作为往日的兵家必争之地，最新的幽静，完全替代了再也见不着的由过往仕女乡绅用欢笑编织成的繁华。古巷的一头就是细沙滩。在胜利的时候，我总是在下游的某个地方，顺着细沙滩一路走来，然后踏着河岸上古老的青石板一头钻进古巷。一个人在沙滩上走的时间长了，内心免不了会苍茫惆怅。特别是在黄昏之际，古巷里初上的灯火，仿佛就是那久违的人间温暖。无人的古巷里，脚印落在青石上啪啪作响。听上去，分明就是年轻的父母，用自己的空心巴掌，疼爱地抚摸一样击打着自家婴儿光洁的屁股。这时候，古巷两旁那些镂刻着百年光阴的杉木铺门，已经一块挨一块地合在屋檐下，只留着一道五寸的缝隙。每天里，我的脚步声总要惊动一两道这样的门缝。随着那一阵不太响却也显得急促的吱呀声，扩大的门缝后面，就会出现一张充满盼望的少妇的脸。还没到歇冬的时候，少妇们的肌肤里浸透了阳光里所有阴冷的成分。看着陌生的我，她们免不了要在失望之后很快就补上一个微笑。很早就听说，罗田女子善感多情。弥漫在胜利镇古巷中的这些微笑让我不得不相信。一个孤单的男人，永远也无法拒绝这样的微笑。我转过身去，听着近处的木门轻轻地关严了。再回头时，除了心中一片洁白，别的已经全部消散。

再去时的胜利镇，汽车一溜烟就到了。小镇的模样大改，曾经住过的小楼，不再是银行，已改做了邮政局。住在小楼里的那个从前的高中毕业生也不知去了哪儿。镇委书记老董带着我们绕着小镇转了半圈。古巷还在，先前的少妇也还在。大家一样地在自己的面孔上多了几个岁月。几个新做的少妇，不时忙碌地出现在我们前头。偶尔她们也会无缘无故地冲着一群从未谋面的外来人笑上一笑，还没等到黄昏日落心思归宿，那笑里就含着几分温柔几分缱绻。在离细沙滩最近的地方，一个刚嫁来的女子冲着老董说，你也来看河呀？老董说，这河又不是专给城里人看的，为什么我就不能看。女子说，我是怕你看花了心。一旁的人插嘴说，老董真要花心，也只会花在胜利。因为是正午，看上去河滩白得如同冬季里铺天盖地的大雪。我又起了从前的念头，如此无瑕的沙滩，正好能使人的身心轻松地与天地做一次交融。

上一次离开胜利镇时，我带走了自己的长篇处女作《威风凛凛》。

这一次离开时，我能带走的是什么哩？洁的胜利！白的胜利！

蒿草青未央

　　一棵荒草用细细的根须抵达千年史实，一行黄叶用小小的叶面采集千年的荣光，一瓣野花用嫩嫩的蕊丝扰动千年的芬芳。

　　这就是长安城，荣华末路唯有荒草。

　　这就是未央宫，历史日后尽是浮尘！

　　千百年前，这里曾是龙首山。

　　千百年后，这里又是龙首山。

　　岁月之间，肯定有过那座方方正正，四面筑围墙的未央宫；也肯定有过东西长二千一百五十米，南北宽二千二百五十米，面积约五平方公里内有四十多座建筑的未央宫。同样宫城之内，肯定有过居全宫正中，台基南北长三百五十米，东西宽二百米，最高处达十五米的前殿。这一刻，脚下的所有和全部，又都回复成平常人也能察觉的风水极好的龙首山模样。并且，当地人还不肯将其称作山，只管与黄土叠叠的汉中大地一样，笼统地叫作塬。

站在这样的山上或者说是塬上，秋天刚刚来到，花儿们连忙开谢了，叶子们却不着急染上红黄。满眼之中的绿自然不那么理直气壮了，一阵风吹来，甚至是一片阳光刮来，就会显出深处里已经在弥漫的枯瘦。

这情景，正如南方楚地民谣所唱：风吹麻叶一片白。下一句唱词是：葫芦开花假的多。从南方楚地一路攻城略地，率先攻陷长安城的刘邦，果然依着"怀王之约"抢得"秦王"位置而号令诸侯，中华天下岂不是将要跟着成为说"秦语"的"秦人"与"秦族"？好在西楚霸王倚天怒吼，顷刻间山河倒置沧海横流。面对英雄愤怒，刘邦只得领了"汉王"衔，一时憋屈的无奈，竟然成就了千年万代的"汉人""汉语"与"汉族"。诎寸信尺，小枉大直，若非善忍，哪得长安？一棵葫芦藤蔓铺天盖地开花，到头来只得几只瓜果；那些结不了果的花儿，鲜也鲜过，艳也艳过，也招过蜂，也惹过蝶，最终还是逃不脱作假的命。历史高高在上，在现实的眼光里，如同上面青黛、下面粉白的麻叶，有风吹与无风吹，景致大不相同。

分得清的是前世，分不清的是重生。荒草再猛怎么生长千百代？一丛丛狗尾草偏偏要光鲜地摇滚，宛如未央宫内六大殿中的大汉重臣。芳菲再浓如何弥漫万万岁？一片片瘦芭茅在炫耀地飘扬，好比未央宫外十八阁里的汉室小吏。

左手拣起一片瓦砾，掌心里有了一座殿的沉重。右手拾得半个瓦当，指缝中夹带着一处阁的优雅。抬起左脚，无论是不是小心翼翼，都会将东阙踢得空空回响。落下右脚，无论有没有故意，注定要将柏梁台踩得踏踏实实。向西一声喷嚏，足以让西司马门风雨飘摇。向东一下咳嗽，定招致东司马门草木惊心。

帝宫未央，轮回多少兴衰。

焦土一抔，拂一拂就得见天禄。老尘一捧，闻一闻就想起石渠。泥巴一坨，捏一捏就造就金华。沙砾一掇，数一数就数出玉堂。浮灰一团，吹一吹就飘来白虎。流沙一把，漏一漏就变成麒麟。离宫别殿，崇台闳馆，总记得星宿般列列环绕。

王者长乐，更知岁月无敌。

飞灰一阵，如裙袂飘落掖庭。汀泞一掬，如胭脂抹到椒房。土骨一堆，像英姿锦绣合欢。石子一粒，像玛瑙闪耀昭阳。残垣一列，似淑女窈窕鸳鸯。枯沟一带，似珊瑚出浴披香。荒径一路，为红玉流连蕙草。兽迹一行，为白玉圆润兰林。断墙一面，当长袖画眉飞翔。青石一方，当翡翠夜映凤凰。后妃闺室，粉阁香楼，忘不了虹彩般灿灿流霞。

雁过留声，那些早已开过花的舞蹈得汪洋肆意而累得歇季的虞美人，除非来了赵家飞燕，还有什么可以再叹三十六宫秋夜长！风过留痕，那些早已飘香过的芬芳得醉生梦死的野蔷薇，若是迎不来陈家女儿，也就没有人留恋金屋修成贮阿娇！天涯望断，正在不远处悄然伫立的雪花与梅花，等待的是那位步出长安，千载琵琶作胡语，永远出塞的美妙昭君！

不知从何处刮来的秋风醉了，仿佛刚刚穿越汉武大帝流连过的三千余种名果异卉：棠枣、樗枣、西王母枣；紫梨、青梨、芳梨；霜桃、含桃、绮叶桃；紫李、绿李、金枝李；赤棠、白棠、青棠、沙棠；朱梅、

燕梅、猴梅、紫叶梅、同心梅；白银树、黄银树、千年生长树、万年生
长树、扶老树、金明树、摇风树、鸣风树、琉璃树。百里长安，铺陈绿
蕙、江篱、芜蓠和留夷。十里未央，尽是揭车、衡兰、结缕和戾莎。茈
姜襄荷，葴持若荪，鲜支黄砾，蒋芋青蔊，天下奇花妙草，世上国色天
香，可以遮蔽江湖大泽，可以蔓延帝国原野，只是抵不过一夜风尘。树
还是树，草还是草，花还是花，却一一还原成树中杨柳、草中青蒿和花
中酢浆。

荒郊旧址，古来绝唱。

野遗之上，满目无常。

那天，在未央宫遗址旁，同行的一位朋友忽然说起，曾有甘肃朋友
送他一只汉代陶罐，摆在家中的日子，一家人天天做噩梦。有一回惊醒
时还记得梦中之人对自己说的话：若无鬼魂，何来惊扰？一旁的另一
位朋友接着说，她曾留一位女友独自住在自家的另一处房子。女友住了
一晚，临别时与她说，夜里曾被某种软体东西抚摸。女友也是见过世面
的，她镇定地将那软体东西推开，还说不要这样，三番五次之后才没动
静。这处房子只有八十平方米，放了许多古物。女友走后，她马上去那
里"开会"，对着屋里的古物说话，要它们守纪律守规矩，否则就请出门
外。朋友此处房子是否再有软体东西出没不得而知，得到汉罐的朋友将
其放到地下室后，家中一切便重回安宁。

来自楚地的刘邦，大概更在乎中国南方的魔幻之于自身及汉王朝的
现实。于楚地中心湖北随州孔家坡出土的汉简中有几只简记载用鸡血祭
祀土地神，其中有简文"央邪"，表明其时"央"与"殃"相通，"殃邪"
当然是指殃祟与灾祸。如此例证还有云梦睡虎地的秦简、长沙马王堆的

帛书，既然秦汉时期普遍将"殃"写成"央"，堂堂汉高祖，肯定对身后之事有所预见，"未央宫"就应当是没有灾难，没有殃祸的王宫了。

经历吕氏之乱、七国之变、巫蛊之祸，待到商人杜吴于宫中酒池杀了王莽，校尉公宾斩其首级，未央的意义，无论解释为没有尽头，还是理解成没有祸患，都不过是传说了。

正如朋友们所遭遇的，百代千年的未央宫存于当下、活在当下的意义，重要的是在长乐长安之上，不使那些历史中的邪恶再犯人间。史遗所在，宁肯葳蕤酢浆作了国色，唯愿菳离青蒿是为栋梁，也不让前朝奸佞重享半缕阳光。一棵草的未央，于过往是莫大遗恨，对历史则要摛笔穷鞫。人文焘会，瑰异日新。如此芳草积积，嘉木满庭，才有天下兴盛、无极长安的深远寓意。焦土累累，雁碛遥遥，那些生长在历史中的狗尾草，飘荡在时光里的蒲公英，都将具备现实的强大力量。

因为杨

五月的大平原。

五月的苏北大平原。

五月的京杭运河边的苏北大平原。

没有见过六月、七月、八月、九月、十月、十一月和十二月的苏北大平原，也没见过一月、二月、三月和四月的苏北大平原，只见过五月的苏北大平原，因为这是迄今为止我与这座梦一般的大平原唯一的相逢。

停泊在古码头上的现代游艇，正如长到南北的京杭运河之于横到东西的水闸。漂移在京杭运河中的重载船队，更像坚硬的堤岸之于柔软清波。教科书里说，这片有过太多沉重史实的平原，那些苦难艰涩，连带从地里渗出来的每一滴水都很苦咸。铭记于文字的那些绝望坎坷，即便逃难至千里之外，能品尝的依然只有辛辣。真的来到泗阳，梦一般的苏北大平原，猛然化作童话撞入我的胸怀，用那种对历史的浪漫深深感化于我，又将那些浪漫不再的历史铮铮地牵动每一根心弦。

苏北大平原的五月，本该牡丹红透原野，茉莉香浸天际，那红的牡丹不见消失却似消失，那香的茉莉依旧弥弥却难沁心底，只是由于一种杨的出现，珠圆玉润的圆润顿成运河畔百代玛瑙，流光溢彩的光彩迸出苏北大平原近世琉璃。

做了群山的树便做了雄伟，做了平原的树便做了壮阔。

站在杨树博物馆旁那棵三人合抱粗的苍茫大杨树下，我想起一个关于杨的贬义词。那被爱情视为天敌，被婚姻当作杀手，能使浮生红尘一塌糊涂的"水性杨花"原来也可以是世间美德。听说过戈壁人行走千里百里，只要停下脚步，就在地上插上一枝青春之杨，为自己种下来年的一片绿。抚摸过那种活着一千年不死，死了一千年不倒，倒了一千年不朽的沧桑之杨，就像抚摸时时刻刻在一起，却一生一世见不得面的命运。然而，真正年年岁岁日日夜夜相厮守的是从泗阳到苏北再到大江南北五岳东西，从平原到山地再到房前屋后田边地头，平常得如同家人的惬意之杨。这样的杨比如父母，高也高得低也低得。这样的杨比如兄弟，干也干得淹也淹得。这样的杨比如爷爷奶奶，盐也盐得碱也碱得。这样的杨比如子子孙孙，肥也肥得瘦也瘦得。这才有了行走在黄河故道，找不见旧日铺天盖地的风沙。徘徊在盐池碱窝，闻不到先前茫茫死寂的气息。一个媚眼或许成就一段情爱，一个灵感或许创造一部诗篇，一句闲话或许改变某种人生。在一切还是皆有可能面前，一种名叫杨的树已经在改变泗阳、改变苏北、改变大平原以远的山水世界。真的有些不可思议，在苏北大平原核心地带的泗阳，上个世纪七十年代初还是不毛之地。就因为二十株杨的意外出现，经过四十年的栽种与繁殖，那一株株挺拔的躯干，那一片片飘扬的绿叶，竟然覆盖了这片土地的百分之五十五。奇迹是信念的果实，信念是奇迹的种子。生长是普通的！我们是孩子时如此，我们的孩子也是如此。有雨露阳光就好，春风吹几吹，该长的长，该粗的粗。长成却是非凡的！非凡到成与不成只在一念之差。那漂洋过海来到中国的其他四十株杨，就这样被其他地方的一念之差成了枯枝。

因为杨，相关林海的赞美不再专属于莽莽群山。

因为杨，相关林海的注释需要添上湿地与荒滩。

因为杨，一眼望穿的辽阔里有了舒曼爱恋的林荫小道。

因为杨，一马平川的迷糊中有了寻觅奇妙的呼啸林涛。

天山戈壁胡杨千载，乌苏里江白桦无限，洞庭鄱阳天水相共芦苇，塞外漠北苍茫只见红柳。平原平原大平原，苏北苏北老苏北，因为有了杨，一切的可能都成美妙，就像童年与林鸟一同飞上林梢。

天堂横行客

　　有个星期天，我领着儿子上集贸市场买菜。儿子站在张牙舞爪的小龙虾面前不肯走。没奈何，我只好停下来，让儿子自己去挑，儿子伸手刚向前又缩回来。他怕，要我动手。我正准备说我也怕，虾贩子已飞快地替我们代劳了。一边往菜篮里扔那些狰狞可怖的尤物，一边热情地说个大体肥的小龙虾最好。我对小龙虾没有经验，对各色贩子却是有经验的，他们总是恨不得将孬货先脱手。我想，虾贩子说大的好，我就偏要小的。于是，便顾不得含蓄斯文，冲着处处暗藏杀机的小龙虾们大打出手了。

　　回家后方知，儿子要吃小龙虾是假，要玩小龙虾是真。他哭闹着使尽浑身解数，不让我将它们活活蒸了，自己端了半脸盆水，放几只精灵的小龙虾，用一只小棍子去和那些大钳子打斗。最逗儿子开心的是小龙虾中小的们。由此，我想到在与虾贩子的较量中，我胜了。其实，在回家的路上我就明白过来，这吃小龙虾与吃螃蟹应是一样的道理，讲究的就是个大体肥。

在那次，由于儿子的欢乐，我发现自己对小龙虾的感情起了变化。

1990年那个流火的月份，在通往大别山主峰天堂寨的客车上，往日的冷冷寥寥，被突发的熙熙攘攘搅得让当地人吃惊，猜不透这满满一车横行霸道的城里人，来这大山深处干什么。有问则有答，说是去山上宾馆开笔会的。他们"啊"了一声，仿佛懂了。我则以为未必是真懂，这种拢到一起写小说写诗的聚会，在城里都要浪费太多口舌做解释；而在山里，他们也许是将我们当成卖笔买笔的生意人，来此搞展销的。

如火如荼的季节，笔会亦开得如火如荼。高手当仁不让，新秀死不认输，三三两两住一间屋子，大家都暗暗骂着"他妈的"较着劲写。宾馆条件应该说是不错的，却无法使每个人都得到一张桌子和一把椅子。无奈，大家各显神通，或是掀了被窝将床板当桌子，或是将水桶倒过来做成椅子。直弄得服务员叫苦不迭。而到了夜里，一群人叠起会议室的沙发茶几，拎出一部录音机，放上些抒情浪漫的舞曲，自然又欢欢乐乐，轻轻松松了。

宾馆在天堂寨山腰上，外面一弯小桥和一群裸露的玄武岩，勾勒出一条清悠悠的小河。我曾说过，在这山泉之中洗衣服是一种享受。后来，当我看到几个小孩在那溪水中做天体扑腾时，一番蓦然回首之中，呼地觉得，那才是一种这辈子不会再有的享受。

那天中午，在去餐厅的路上，几个湿漉漉的小孩迎面跑来，大点的一个手上托着一只罐头瓶，瓶里装着几只小螃蟹。我立即想起了儿子和小龙虾，就问，你这螃蟹能给我一只么？小孩愣也不愣便说，你拿吧。我从口袋里翻出一只旧信封，随手拿了一只装进去。稍后坐在餐厅等候上菜的时间里，我拿出螃蟹炫耀说，自己给儿子弄了一个最漂亮的礼物。旁边的人却提醒说，螃蟹是只死的。我仔细一看，顿时愣了，果然那小生命已魂归山野了。

料想不到的是，等我步出餐厅，那小孩竟然等候在那里，见了我，问，喂，你那蟹子是死的吧。我说是呀是呀，蟹子是死的。我小时候也是将螃蟹叫蟹子。小孩说，不怕，我再到河里给你捉一只，河里蟹子多得很。又问，你住哪个房间，捉到后，我给你送去。我告诉他自己住二〇五房间。等到天黑，散步回来，小孩不知从什么地方蹦出来，站在我面前，依然喂了一声，说，我把蟹子放到你房间里去了。回到房间，果然，茶几上放着一只罐头瓶，瓶里的清水中，透出一只大螃蟹和几只小螃蟹。

此后和小孩碰面，我们都以喂来打招呼。有一次我问他，这蟹子吃什么。小孩认真地想了想，极负责地回答说，吃沙子。我是真心问，小孩也是真心答。我不知道螃蟹吃什么，却能断定绝不是吃沙子。我仍然笑着点头表示懂了，回房间后，却丢了几粒饭粒在瓶子里。

下山之际，和《长江文艺》的刘耀仑君坐在一辆吉普里，忍不住从那声"喂"谈到山里人的淳朴，同时拿出瓶子里的螃蟹作证。刘君精神大振，说谁给他儿子送了一只小乌龟，谁又送给他儿子一只小团鱼（鳖），说，干脆也将这螃蟹送给我儿子吧，这样，三位铁甲将军就会齐了。我笑一笑，没做表示，心里则想，你有儿子，我就没儿子么？

谁知在罗田县城住下开总结会的那一日中午，《芳草》编辑部的刘宝玲先生忽然很沉痛地冲着进门的我说，你看看，好像那大螃蟹将小螃蟹吃了！我立刻将眼睛凑近去，但见瓶内浊水横溢，一条条断胳膊残腿在展示着一场凄惨的屠杀。小螃蟹全不见了，只剩下那只大螃蟹耀武扬威地举着屠刀似的两把大钳子。我真想骂，你这混账东西怎么可以残害自己的兄弟呢，真不该错爱一场。却没有骂出声，我怕伤害送我螃蟹的小孩的心，尽管他听不见，可人做事说话都得凭着良心，而不能似这天堂之中的横行者。

再也没有将这螃蟹送给儿子作礼物的兴致了，回转身就将它送给了刘耀仑君。刘君立即回报一副感谢的样子。我几乎要告诉他这家伙的暴行和血债，但我更愿见到龟鳖蟹同居一室，比试谁斗得过谁。我强忍着终没说出口。

在我们这一行人中，没有谁能解释螃蟹为什么会自相残杀。日后，在另一场合，我又说起螃蟹之残忍。一位朋友不以为然地说，假如你不把它囚禁起来，它就不会吃自己的同胞，它是饿急了才这样。我一时竟无话可答。如他所言，倒是我凶残而不是别的什么了。朋友亦是那次笔会中人，他继续引申，说，就像那次笔会，上山时车上挤得像蒸饺子，我们反怪路上不该还有人上车。如果没有我们这一帮人，车上会那么挤么？在山上，我们埋怨服务质量不高，但若是别的普通会议，就不会那么难伺候了。我终于有了话，我说，假如山下的新鲜东西，始终不上山去横行，那山上不永远是死气沉沉么？

在这一瞬间里我突发奇想，这个世界假如从没有骄横之物，那又会是什么样子呢？因为历史从来都是横行者开的头，所以，我很想知道刘君家三个铁甲将军会面后，会是怎样的一种结尾。然而，我不会询问的，因为我更想将这一切全部忘掉。

寂寞如重金属

　　假如记忆没错，水一样的清愁，这意韵沉幽的诗句最早是由郁达夫说出来的。这六个常用汉字组合而成的意蕴，在 2005 年夏天最后的一段日子，更加深了我在找到某种根由后的重重怅惘。

　　这样的感觉是在一条河流上开始的。来自面积之大世上仅有的高原湿地草海的这条河，猛地从高山大壑中挤出来，隔着它从贵州地界上望过去，对岸我所要去的滇西北彝良县的一处山村，其余景致并无特殊，只有那些掩映在参天古树和累累如山的庄稼中的瓦脊，在一片深色的青灰中，有意在四周镶上浅色的青灰窑瓦，初次相逢只当是一幅鬼斧神工的山水巨绘。等到一步步、一程程深入其中，再从记忆中翻箱倒柜找出，颜色深浅不一的青瓦，稍在脑子里荡漾，就变成山光水色辉映之下思绪的清流碧波。

　　后来问过不下十位当地人，竟然没有谁能准确说出位于河边的山垴的名字，其原因几乎都是因为没有去过那里。直到回家后，洗却身上的尘埃与病痛，翻出所接触过的一些人名，发了一通短信之后，才有了我只能认为是权威的回复：这条河流有几段叫法不一，你过河的那段叫格闹河，再下段叫洛泽河，过河的那个山垴是龙街苗族彝族自治乡坪子村迎春社，那个山垴就叫迎春社。因为有了这叫迎春社的小小山垴，格闹河才应运而生。如此妄自尊大般的判断，当然会让那种名为历史的庞然大物怒发冲冠，横亘着的高山大岭便是此种心情的证明。历史总在婆婆妈妈地数说，择水而居，以河为邻的是人，眼前事实分明不是这样！水流踪影幽幽在前，高山空大莽莽断后！山水合谋，让飘零一样的迎春社，往上收拾了高高云天的视野，向下留驻了路路锦绣的步伐，寂寞无声地做了天籁之下，一处云淡风清曲径通幽的生机。

　　黄昏来临之际，这条叫了一个古怪名字的河流，再也不肯驱流响驾涟漪汤汤泛泛地往前去了。从过于峻峭雄奇的群山之中获得这小小的出人头地于心太累，连日来一场场大雨淋坏习惯中的清纯模样，不懊悔也有遗憾。一涧山水，出乎意料地不是在它奔腾浩荡汹涌澎湃时突现，反倒是因为比两岸纹丝不动的山峰更加凝重，才有了区别于别处流水的绝对纯粹。高原风凉，高原峡谷之风更凉，感觉上秋天就在眼前，却看不到任何迹象。也许水中会有某些枯叶，但也没有染上秋风吹红的色彩，那是天地间一切生灵都会发生的小小误会，就像河水将壁立巨岩当成故道尽头的家门，直到走近得无法再近时才蓦然回首。河水是真的没有流动。那些充满动感的色泽与滋味，是从山垴里爆发出来的。披散着的涟漪和波纹，也是借着那些看不到的东西为载体，从长着绿青苔的茅屋顶上，用沉郁的节奏轮番打扰这流不动的格闹河。

仿佛晓得，此非赊了洞庭月色，将船去到白云边买酒之飘逸身，而是欲投人处宿，隔水问樵夫的凄凉孤旅。所谓"气蒸云梦泽，波撼岳阳城"的大世面大境界仍是千山万壑之外的向往，能先得到"野旷天低树，江清月近人"的小小抚慰，也是去向极美生涯的一次进步。面对那些千百年的大樟树，不得不去形容"荷风送香气"是。站在万丈高的崖岩下，将一声断喝惊落下来的阵阵水珠，听成是"竹露滴清响"。山路元无雨，空翠湿人衣。大峡谷中仅见的山坳，有足够的情愫让这条孤独潜行的河流，突然明白秋水共长天一色只是遥远的梦境。而离人心上秋，纵然芭蕉不雨也飕飕才是每时每刻的日常生活，所以才变得如此寸步不离，将与山坳紧紧依偎当成最大的想念。

用不着想很多次，这样的仅有，虽是一次，仍能使人从此在心头缠绕成清浊兼而有之，高耸与低回都不游离本质的山水。河流是真的流不动了，在被山屏蔽的人间，被目光逮住的山坳越小，越有可遇而不可求的温暖与馨香涌动。那些已经穿越和等待穿越的奇峰怪岭粗糙而嵯峨，任何细小的外力都有使其摇摇欲坠的可能。流不动的河流执拗之手，一边虚拟地将狂躁和悸动给了与水毫不相干的山，一边实在地顺手安妥心劲中披坚执锐的那一部分。山越是大得不可理喻，险得不可理喻，越能接近情商极高的河流。山坳里清烟稍一袅袅，它们便摇摇晃晃，醉成错把酒坛当蜜罐的巨大狗熊，迫不及待地要用最近的任何人烟安稳下来。河流像那些埋藏在大山深处的重金属，生就了如此模样并不是为着沉沉一叹，所以才有与重金属品质相同的沉重无声。

小小山坳，让本可以尽快汇入江海的河流如痴如醉，彻日彻夜地离其不开，凭借的是置身于天堂，却不似天堂。譬如，有星星的黑暗时空，有甘泉的万仞峰巅，有藤桥的绝壁断岩。还有更直截了当的，譬如那些种在岩石缝里的荞麦和土豆，自己活得无比艰难，还得养活这怀抱在山水中的小小人间。无论如何看去，这样的人间都在本色地将自身打扮成天籁，即是天堂中的模糊地带。

如果河流也是天籁，那么在天堂中，哪里是它的模糊地带呢？命定属于崇山峻岭，属于名叫迎春社的小小山坳的这河流，虽然心语难以谛听，意韵却清晰可见。河流的痕迹毫不掩饰地暴露在四周，有的挂在山野上，有的卧在瓦脊上，有的在山路上与家畜野兽一起奔突，有的在大树下与根须一道深植于大地深处。

河流之心毫不犹豫，等不及去想就将天堂中模糊地带的位置，交付给一个女孩的眼睛。当然，除了眼睛，还有哪一种感觉值得不假思索地信任呢？按行程算，那个地带离河流很远，在地理上却是近得不能再近，用手指轻轻弹出一粒石子，没有任何障碍，十几秒钟之内就能无声无息地融入河中。山不转路转，河不弯水弯。纵然人的心灵不转，行为也不得不弯了又弯。那座因为继承的历史，哪怕还有几成新，也要叫红军桥的石拱桥，将河流两岸连成通途。穿过山坳的道路，匆匆挣脱靠水的泥泞，每弯一弯就在河流上空升高一层，河流的重金属气质就会凸现几分。

正是有着重金属的基础，才没有错过那双眼睛。当那个爷爷般的老人将沧桑装进背篓，负在肩上，同河流一起，同高山一起，依偎着山坳，看过来的眼睛也是重金属的。相去不远就有一个年轻的父亲，那背篓太夸张，连带着眼睛里沉淀了更多的重金属元素。毋须求证，后来的那个该是上小学二年级或者三年级的女孩，在血脉里选择这河流作为根源。过格闹河，过迎春社，一台越野车只用了缓缓的十分钟。女孩的出现和消失，像重金属那样，为注定要成为历史的十个瞬间，做了沉默到极致才是真响亮的结论。那眼睛很清，也很轻，看得我们不禁飘扬和透明起来。

节气离秋霜秋露还差一个月，根茎作物还没有从天地间获得足够的糖分。不是挖红芋的时候，靠在山坡上歇息的女孩，背上的背篓也像长辈那样，被红芋藤填得满满的。也许是野猪，也许是豪雨，还没成熟的红芋被迫当成早熟收获了。女孩用她的眼睛说出了这里的一切：河流之流不动，山埫之梦不醒，秋意早来，花香迟到，还有被我们所默默怀想，早早于星期五就投入辛劳的黄昏小女孩。引领着天堂中模糊地带的女孩，用那容不下任何异物的眼睛，将模模糊糊的物是，映衬得如天堂般清澈。

在高处看来的河流离心灵更近。迎春社，格闹河，没有生长出可以看风景的垂柳，只有尚且无法收割的田垄。有山峦叠嶂，其实想看远也看不远。非要分出远远近近时，一定是与所认识到的河流之流不动相同。说女孩步步远去，尽可以理解为她正走进我们心中。说河流与山埫渐次去远，也可以当成那光影的微小粒子正在抵达不经意间就会隆隆作响的灵魂。只要牢记生长在河流边的高山柳，枝条是红色的，叶茎是红色的，与我们一样用血来营养的河流与山埫，就会在它们流不动时，改道流入我们的生命。

夏末的彝良山区尽管阴冷和潮湿早早就来了，因为有女孩水一样清纯的眼睛，苍茫不绝的雾海也挡不住这地方突然开始的成长与年轻。女孩的眼睛，是河流与山埫不知不觉中的翻覆与轮回，是山埫与河流愿意和不愿意都得泄漏的天机。在重重寂寞笼罩之下，那天晚上，这条被金属般梦想缠身的河流，枕着山垸睡了。

写下这段文字之前的几个小时，我站在长江中游的一处岸边。我不是有意的。如果是有意，那也太矫揉造作了。我是陪一位拥有美国绿卡的朋友信步到达的，面对今年以来最大一次洪峰，我理所当然会想，这许多的浪涛和波澜，有没有来自那条格闹河的？成为记忆只有半个月，在很小时差的此端与彼端，分明存在着差异巨大的两种历史，并让人难以置信：此水即彼水吗？大水望天而去，烟云都显得渺茫了。格闹河，那条当地人也不晓得何为这般叫法的奔流之水，没有一滴能够弄潮到不使自身滚滚东逝。千汇万合之后，只好成就了金沙江，然后再成就长江。

那么遥远的地方，绝不是想去就能去的。然而，有一种更好、更深情、更人道和人性的方式，它让我在心里不断重复，不断向往，不断祈祷和祝福。我会通过自己深邃的目光，从东湖和西湖，从黄河和长江，驾一只想念和思索之舟，去汇合那个地方。我得感谢自己一不小心走进这从未到达的秘境。我也喜欢自己一不小心，竟然找到心情中久违的旧识。我不晓得会不会期待下一次的一不小心。我将这条寂寞如重金属的河流作为留言，有我要说的话，有我一挥而就的先锋诗，有我信奉的古老哲学，最后还要加上我在日常中屡屡敬畏的泛神主义者的宗教。

沉郁岳阳楼

记不清楚上岳阳楼几多回了。想来却奇怪，每遇楼上道道飞檐、盔顶和楹柱，总会生出初临之感。也许正应了"云江北、梦江南"这句民谚，两湖比邻，文化同属古楚，来湖南，就如同寻根访祖了。

远眺洞庭碧水长天，空怀沧溟辽阔无际。

其实，天下各处名楼，都隐匿有各自沧桑的源起，如同人，都对应着不同的命运。岁月倥偬，时光如尘，多数来历亦真亦幻，却归于了一统，或位列神话仙班，或藏于人云亦云。岳阳楼也无法僭越这种宿命。建造年代已无可考究，建楼者更是无从谈起。不过，后世重修者大多为当朝历代精英，早已彪炳典册，有迹可循。至于那建构一梁一栋的工匠，啸聚于精英们的盛名之下，只能成为历史无尽的猜度、疑问，等同虚无。就像身边的洞庭，人只注目湖水的浩渺博大，谁还在意那一点一滴呢？

历史的不公正，于此可窥全貌。此为题外话，说修楼人。

溯至三国，史载首修岳阳楼者，是东吴大将鲁肃。鲁肃为人豪侠，谋勇于当时乱世中，卓尔不群。早在诸葛亮初出茅庐前七年，就曾预言天下必将三分。历史的残酷，于诸葛身上又得以鉴证。煌煌一部章回体小说《三国演义》，把"三分天下"的天才眼光，就这样硬生生移植在孔明头顶，造就了中国文化的智性传统。文化的强大，连历史往往也只能自叹弗如。

鲁肃在当时叫巴丘的岳阳地界上大兴土木，修缮当时未曾得名岳阳楼的城楼，并不出自文化考量，只因战事所需，用以检阅和训练水军。于是，岳阳楼的前身，不图享乐以博美人眷顾而奢靡，也不为王权折腰而浮华。这楼，其沉郁之气，因与战争如孪生兄弟般同时降世，就如此钦定下来了。

时过五百年左右，至公元七一六年，岳阳楼等来真正懂它的人，没落权贵、被贬中书令张说。比之鲁肃，张说对中国文化的影响要小很多，但在唐开元年间武则天主政期，张说却是公认的文坛领袖。从现今留存下来的《四月一日过江赴荆州》里两句"比肩羊叔子，千载岂无才"，就可管窥张说并非浪得虚名。张说被贬，祸起仗义执言，不做伪证，敢于当朝顶撞武氏内宠。好在历史总在阴错阳差间，会留下些许幸事。"伪证案"没给张说引来灭族杀身的横灾，却给岳阳楼带来了重生。

谪守岳阳的张说，开始了扩建鲁肃阅军楼的宏大工程。先名旧楼为"南楼"，后正式定名为岳阳楼，整日里与一群文人雅士们在楼上饮酒作诗，赏湖观景。实在无法想象，一个被贬谪的朝廷命官，一个失败的男人，在洞庭湖上，面对被雨打风吹近五个世纪的一座残楼，面对被惊涛骇浪濯洗拍打了快五百年的一座老楼，修葺整改岳阳楼如凤凰涅槃重生之时，不以沉郁为底色和檩木加入打磨、构架，难道会为那道道飞檐、盔顶和廊柱，抹上层层浮光？

"昔闻洞庭水，今上岳阳楼。"湖与楼的相得益彰，如老友故旧，端坐于云谲波诡的中国历史长河中经年交谈，以心换心。浩荡的气势与悠久的内涵，使岳阳楼成为唐以后诗人墨客的心灵栖息地，孟浩然、李白、杜甫、白居易、刘禹锡……或贬谪、或流亡、或失意、或落魄，心怀沉郁之气，饱尝家国悲愤，于此登楼，于此吟诗，于此作赋。至盛唐中叶，岳阳楼已然成了传统文化里的特殊符号、意蕴和象征，借以抒发忧国济世的感念、理想。

如此说来，我们的文化、历史，包括传统，似乎是因贬官们的创造才得以继承。其实也不难理解，贬官失宠，跌宕，孤苦，孤单，以至孤独，恰巧掰开了文化、历史和传统的内核；贬官在外，鹤野云闲，亲近自然，寄情山水。于是，文写了，词赋了，且性情感喟大多真挚。人因文立，文因人诵。历史有了，文化有了，传统也就立起来了。北宋庆历四年春，同是贬官的滕子京，在岳阳楼也是走此老路。谪贬到洞庭湖边的第二年，便集资重修，并"刻唐贤今人诗赋于其上"。大约滕氏觉得自己被贬得不够远，也不够狠，或许自知才华有限，便想起另一位贬友，远在千里外的邓州地方官范仲淹。

终生未登岳阳楼的范仲淹，仅凭滕氏遥寄书画一幅，想象，还是想象，就借楼写湖，凭湖抒怀。当然，也只有如此经历过从极乐到极忧的贬官，才有了比从未上位的平民和从未下位的权贵更加深刻的忧乐体味，而留下了千古流传的楼记："先天下之忧而忧，后天下之乐而乐！"从此，世间就有了从未有过洞庭水映岳阳楼的胜景。中国文化的吊诡和奇妙，于《岳阳楼记》里展示得淋漓尽致。

在母亲心里流浪

　　去丽江，不管是何种年龄，一定要去听一位歌手的歌。即便是与音乐最无缘，也能因为他那个令人奇怪的姓氏，而多一些对这个世界的好奇。

　　在丽江小住，因为过年，现代情感与传统情绪纠结得格外深，以至于意外得出一种与历史社会无关，纯属个人的结论：这座在文化上只配与茶马古道共存亡的小城，能够在航天时代大张旗鼓地复活，应是无限得益于那些从来不缺少才华，也从来不缺少浪迹天涯情结的知性男女。

　　那天下午，从客栈里出来，随心所欲地沿着小溪将自己散漫到某条小街。清汪汪的流响若有若无相伴着。水声之外，其余动静亦如此，不到近处，不用心体察，皆不会自动飘来。就这样我走进一所"音乐小屋"。十几年前我写过一篇也叫《音乐小屋》的小说。眼前的小屋似乎有某种默契。我在小板凳上坐了下来，听着弥漫在四周的歌唱，有一句没一句地与那位开店的彝族姑娘搭着话。最终，我从她手里买走了一大叠歌碟。虽然歌碟有些来历不明，那些歌唱却是真情感人。据此，我晓得了，在这些本地制作的歌碟背后，漂泊着许多比音乐还自由的自由歌手。

小街的青石，光滑得像是从沧桑中溜出来的一页志书。

小街的板房，粗犷得像是垂垂兮长者在守候中打着盹。

小街的空旷，幽幽地像是明眸之于女子越情深越虚无。

这时候，还没想到，再过几小时，就会遇上一位真正的自由歌手。

在这段时间里，首先，天黑了，肚子饿了。接下来，在爬到一所餐馆小院的二楼上看古城灯火时，因为限电，身边一带突然了无光明。不得不离开时，我们还是不想选择灯火通明的四方街等，偏要沿着背街深巷，在青石板成了唯一光源的暗夜中缓缓潜行。当光明重新出现时，正好看到一处可以推门进去的酒吧。坐下后，那位男歌手为着我们这种年纪的人唱了几首老歌。突然间，酒吧里也停电了。

点蜡烛时，聊起来，了解到他叫丑钢。我忍不住问，这是你的艺名吧。丑钢却说是本名，而姓丑的都是满族人，还说自己曾经是银行职员，做歌手已经十几年了。过年的丽江，一限电就是两小时，这一次我们不想刚坐下就走。而丑钢也拿起一只吉他，唱起他自己写的歌——《老爸》。只听他唱了一段，接下来我们就能跟着唱："爸爸，我的老爸爸，那天你突然病倒了。我说爸爸，我的爸爸，你不要离开我和妈妈！"这样的歌唱让人心动，其理由自不待言。

接下来他唱起："老了，真的感觉老了。一切都变化太大，再不说那些狂话。老了，纯真的心灵老了，不过仅仅二十几岁嘛，却真的感觉老了。我真的老了，我已付出太多代价。天真离我越来越远，我却根本留不住它。我真的老了吗，看到打架我好害怕。生存，说白了更像一种挣扎。执著，其实只是没有办法。理想，我已差点忘记了。对不起，我不能再唱。我感到饿了，妈妈……"

听这一曲，恍若在小街拐弯处，与命运撞了一个满怀。

不是能否躲得开，而是这一头撞得有多重。是翻出几个跟斗，或者几个趔趄，再不就是满脑门金星灿烂？老了是一种命运，从年轻到老了是一种命运，刚刚年轻就觉得老了也是一种命运，只有年轻却没有机会老了更是一种命运。谁想反其道而行之，从老了再到年轻，无论如何，都是痴人说梦，而不可能是命运。

曾经听过别人说，丽江必须靠自己去无人的小街上寻找，才能发现。客栈老板亦说过，有美丽女子三年当中十几次投宿门下，所要做的便是满街寻找。不晓得她找到"老了"否？想来能够让人一生中寻找到老的，除了命运，不可能有其他。

与我共有过的小街上的"音乐小屋"，何尝不是某种命运！在找到她之前，丽江小街是别处的一种言说。一旦命运撞将过来，这些便顺理成章地有了事实发生。不仅仅——不仅仅是某种新艳际遇，那些太微不足道了，就像一张小面额纸币，就能在小街上买到扮酷的帽子与秀美披肩。重要的是在哲学辨察、史学明鉴和文学感怀之上，用双手实实在在地抚摸到一生中无所不在的命运，顺便掂一掂其重量。

在丑钢的自由歌唱下，从忧郁到安宁只有一步之遥。

作为一名从长春到北京，再到深圳，最后来丽江并爱上丽江，不肯再走的歌手，他比自己姓氏更奇怪地从不用流浪一词来形容自己。

　　到了需要我们离开酒吧时，被限制的电一直没来。

　　于是非常情不自禁地想道：面对黑夜，无法流浪。除非流浪的人和灵魂，揣着一粒烛光。然而，有着烛光一样的理想，就不是传统的流浪了。

　　离开丽江，回到武汉，收到丑钢的短信。回复时，我形容他是在母亲心里流浪。实际上还想说，能在母亲心里流浪，最轻微的歌唱，也会是最深情的感动。一如普天之下，每个人都曾想到并说过的：我饿了，妈妈……

滋 润

生活在南方，对湿润有着别样的感情。

记得第三次去北京，是参加《青年文学》召开的我的几部中篇小说研讨会。时值 1992 年的夏天，在中青社的地下室招待所住了一晚，早起后，朋友发现我的左眼忽然变得通红。急忙去医务室看，一位女医生只是随便瞅了一眼，便问你是南方人吧？听我作了肯定回答后，她斩钉截铁地说，没事，是不适应北方的干燥，眼球表面的毛细血管破裂，过几天就会吸收干净的。1993 年第二期《青年文学》的封面人物登了其时我的照片，知道的人，还能看出我眼睛中的异样。在北京待了几天，女医生所说的吸收，在我回到武汉以后，才真正出现。自那以后，我也拥有许多人不喜欢北方的理由——太干燥！

所以，我就没有理由不喜欢南方的湿润。正如眼下，长江中下游两岸绵绵不绝的梅雨时节，无论是在家里，还是在办公室，没事时宁可站着，只要不坐在椅子上，就是一种幸福。可我仍然不会埋怨，并且由衷相信，湿润是南方人生的一种根本。

去年十一月，我去西北某地时，突然接到朋友的邀请，从干涸到十几个人共用一盆水洗洗的黄土坡上的窑洞，直接飞到宁波。这是我第一次来到这座城市，由于是深夜到达，直到第二天早起，才产生对她的第一感觉。怎么说哩，当然是很好。不是虚情假意，也非虚与委蛇。想一想，一个人在干旱得习以为常的地方，最渴望什么？当然是水。而一个在长江边玩水长大的人，去到那种干旱得对水都麻木了的地方，自然更加怀念天设地造的江河湖泊了。

偏偏宁波懂了一个对水不舍的人的心，在我抵达宁波的第一个早上，就下了一场不大不小的好雨。

那一天，只要在户外，自己坚持不使用任何雨具。

并说，自己是从西北来的，那里的人将打伞当成一种罪过。

宁波的雨，竟然如此深得我心。人在室内时，它便下得激越而豪迈。一旦发现我们走到门口，那雨马上变得温婉而抒情，细细密密地从空气中弥漫下来，比打湿脸庞多一点，比浇透衣服少一点，让人实实在在地放心地走在雨中。

说来很怪，这么多年，一直没有机会来宁波，自来过一次后，不算因故没有成行的那几次，仅成行的，半年之内竟然来宁波三次。

第二次从武汉自驾来宁波。时值四月，沿途没有不是艳阳高照的。一到宁波，天就下起雨来；待我离开宁波，出城区不远，那雨就消失了。所以，第三次来宁波时，心里已经不可能有其他假设了。从武汉开出的动车到上海后，不出站依然是动车转到宁波，七小时的动车车程，我一直在入神地看一位藏族肢残写作者的长篇小说打印稿。但有放下书稿，朝着车窗外若有所思时，一定会在心里重复地问：宁波会再下雨吗？

宁波后来用我所喜欢的湿润回答说，会，一定会下雨。

事实上，在我前往的路上，宁波正下着一场少有的豪雨，只是当我们走近时，那雨才变得温情脉脉。对于外来者，走马观花是其永无休止的真理。第一次来宁波，只与仿王羲之《兰亭集序》中所书的"此地有崇山峻岭茂林修竹，又有清流激湍，映带左右"的诗意而建造，是为浙东古代雕刻艺术最集中、最精致，内容最丰富的建筑之一——林宅，有一些接触。第二次来宁波，也只看了两个地方，除了少有人去，却有国内最早全木榫穿隆顶结构的保国寺，再就是赫赫有名的天一阁了。坦率地说，第三次来宁波，所了解的是比天一阁的存在更让人为之心动的另一种事实，2010 年 11 月 2 号的《宁波日报》说：据不完全统计，全市现有各类博物馆、纪念馆、陈列馆 84 家，其中国办 71 家，民办 13 家；由文化文物系统归口管理的博物馆、纪念馆、陈列馆 31 家；国家三级以上博物馆 10 家；向社会免费开放 66 家。让人觉得惊讶，同时又更觉得欣慰的是，文章所说的 13 家民间博物馆，馆舍总面积有 44800 余平方米，藏品总数已逾 19600 件。这样的事实如何不让人心动！如何不使人觉得，这是一场无声细雨在湿润这座城市！

在宁波的最后一天下午，去阿育王寺，瞻望佛顶骨舍利。

一行人一边排着队，一边听管事的僧人细说瞻望之要领与心得。说是，自从佛顶骨舍利供人瞻望以来，无数得到佛祖引领的人，所看到的景象，再没有任何重复的，人所各异，异所各人。终于轮到我们一行，并终于轮到我自己，诚惶诚恐地上得前去，尽可能地贴着阿育王塔的小小飞檐，放飞自己的视野。或许只有十秒钟，这样短的时间，想要看清一种影像该是何等的不易，更何况是在金碧辉煌的背景之中。所以，我只能说从中看到了自己的一种感觉。至于是什么，则不敢轻易地说定。

从寺庙里出来，上了车，迷迷糊糊中像是又遇到一片雨雾。

睁开眼睛的那一刻，心里突然冒出一个词：滋润！

是这样的，在阿育王寺内的阿育王塔中，我所看到的正是一种滋润，将人的渴望还给人，让人的渴求满足人的滋润。

正如宁波的雨，可以轻浥心尘，却不会寒侵筋骨。

第二章

僵硬的奢侈无法掩盖
灰色的苍凉

　　没有诗意是一种痛苦，拥有诗意是一种更痛的
痛苦。乡土疼痛时不会是诗意，但是诗意一定会是
一种乡土疼痛。

钢构的故乡

　　一个从哺乳时期就远离故乡的人，正如最白的那朵云与天空离散了。

　　小时候漂泊在外地，时常为没有故乡而伤心。成年之后，终于回到故乡，忽然发现故乡比自己更漂泊。

　　因此，漂泊是我的生活中，最纠结的神经，最生涩的血液，最无解的思绪，最沉静的呼唤。说到底，就是任凭长风吹旷野，短雨洗芭蕉，空有万分想念，千般记惦，百倍牵肠挂肚，依然无根可寻和无情可系。

　　在母亲怀里长大的孩子，总是记得母乳的温暖。

　　在母亲怀里长大的孩子，又总是记不得母乳的模样。

　　因为故乡的孕育，记忆中就有一个忽隐忽现的名为团风的地方。

　　书上说，团风是 1949 年春天那场叫渡江战役的最上游的出击地。书上又说，团风是抗日战争时期，国内两支本该同仇敌忾的军队，却同室操戈时常火并的必争之地。书上更说，团风是改变中华民族命运的赤色政党中两位创党元老的深情故土、痴情故地。

著书卷，立学说，想来至少不使后来者多费猜度。就像宋时苏轼，诗意地说一句，人道是三国周郎赤壁，竟然变成多少年后惹是生非的源头。苏轼当然不知后来世上会有团风之地，却断断不会不知乌林之所在。苏轼时期的乌林，在后苏轼时期，改名换姓称为团风。作为赤壁大战关键所在，如果此乌林一直称为乌林，上溯长江几百公里，那个也叫乌林的去处，就没有机会将自己想象成孔明先生借来东风，助周公瑾大战曹孟德的英雄际会场所了。

书上那些文字，在我心里是惶惑的。

童年的我，无法认识童年的自己。认识的只有从承载这些文字的土地上，走向他乡的长辈。比如父亲，那位在一个叫刘垸的小地方，学会操纵最原始的织布机的男人；比如爷爷，那位在一个叫林家大垸的小地方，替一户后来声名显赫的林姓人家织了八年土布和洋布的男人。从他们身上，我看得到一些小命运和小小命运，无论如何，都不能将这位早早为了生计而少能认字的壮年男人，和另一位对生计艰难有着更深体会而累得脊背畸形的老年男人，同那些辉煌于历史的大事伟人，做某种关联。

比文字更让人难以置信的是亲人的故事。

首先是母亲。在母亲第九十九次讲述她的故事时，我曾经有机会在她所说的团风街上徘徊很久，也问过不少人，既没有找到，也没有听到，在那条街的某个地方，有过某座祠堂。虽然旧的痕迹消失了，我还是能够感受到生命初期的孤独凄苦。当年那些风雨飘摇的夜晚，母亲搂着她的两个加起来不到三岁的孩子，陪着那些被族人用私刑冤毙的游魂。一盏彻夜不灭的油灯，成了并非英雄的母亲的虎胆，夜复一夜地盼到天亮，将害怕潜伏者抢劫的阴森祠堂，苏醒成为翻身农民供应生活物资的供销社。

其次是父亲。父亲的故事，父亲本人只说过一次。后来就不再说了。他的那个 1948 年在汉口街上贴一张革命传单，要躲好几条街的故事，更是从 1967 年的大字报上读到的。那一年，第一次跟在父亲身后，走在幻梦中出现过的小路上，听那些过分陌生的人冲着父亲表达过分的热情，这才相信那个早已成了历史的故事。相信父亲为躲避"文革"斗争，只身逃回故乡，那些追逐而来的狂热青年，如何被父亲童年时的伙伴，一声大吼，喝退几百里。

还有一个故事，她是属于我的。那一年，父亲在芭茅草丛生的田野上，找到一处荒芜土丘，惊天动地地跪下去，冲着深深的土地大声呼唤自己的母亲。我晓得，这便是在我出生前很多年就已经离开我们的奶奶。接下来，我的一跪，让内心有了重新诞生的感觉。所以，再往后，当父亲和母亲，一回回地要求，替他们在故乡找块安度往生的地！我亦能够伤情地理解，故乡是使有限人生重新诞生为永生的最可靠的地方。

成熟了，成年了，越喜欢故乡。

哪怕只在匆匆路过中，远远地看上一眼！

哪怕只是在无声无息中，悄悄地深呼吸一下！

这座从黄冈改名为团风的故乡，作为县域，她年轻得只有十五岁，骨子里却改不了其沧桑。与一千五百年的黄冈县相比，这十五年的沧桑成分之重，同样令人难以置信。最早站在开满荆棘之花的故乡面前，对面的乡亲友好亲热，日常谈吐却显木讷。不待桑田变幻，才几年时间，那位走在长满芭茅草的小路上的远亲，就已经能够满口新艳恣意汪洋地谈论这种抑或那种项目。

爷爷奶奶，父亲母亲，是故乡叙事中永久的主题。太多的茶余饭后，太多以婚嫁寿丧为主旨的聚会，从来都是敝帚自珍的远亲们。若是不以故乡人文出品为亘古话题，那就不是故乡了。有太多军事将领和政治领袖的故乡故事，终于也沧桑了；过去难得听到熊十力等学者的名字，如今成了最喜欢提及的。而对近在咫尺的那座名叫当阳村的移民村落的灿烂描绘，更像是说着明后天或者大后天的黎明。

一个人无论走多远，故乡的魅力无不如影相随。

虽然母亲不是名满天下的慈母，她的慈爱足以温暖我一生。

虽然父亲不是桀骜尘世的严父，他的刚强足以锻造我一生。

故乡的山，丘陵得漫不经心，任何高峰伟岳也不能超越。

故乡的河，浅陋得无地自容，任何大江大河都不能淹没。

故乡是人的文化，人也是故乡的文化。那一天，面朝铺天盖地的油菜花野，我在故乡新近崛起的亚洲最大的钢构件生产基地旁徘徊。故乡暂时不隐隐约约了，隐隐约约的我反而有了一种联想：越是现代化的建筑物，对钢构件的要求越高。历史渊源越是深厚的故乡，对人文品格的需要越是迫切。故乡的品格正如故乡的钢构。没有哪座故乡不是有品格的。一个人走到哪里都有收获思想与智慧的可能。唯有故乡才会给人以灵魂和血肉。钢构的团风一定是我们钢构的坚忍顽强的故乡。

也是山

上山后，我道：果然。

这心里话是回答上山前自己的想法的。那时，感觉里认定大崎山应该是掬几捧龙王井里绽放的水花，给双手染上一份圣洁，去岩头涧尾采撷唇红般秋果的季节。

风吹瘪了山的肚子。

风吹壮了我们的腰身。

矮矮的是树冠，矮矮的是峰头，矮矮的是云层，我们站在那里，寻找高高的还有谁呢。不知道时，就拼命地说着快活话。问谁愿意当压寨夫人，答谁愿意当债主。一阵肆无忌惮的推选后，又说压寨夫人是抢回的才能镇得住山。又有一番融贯古今的计划，引发山间一阵漾于林涛之上的嬉笑。又问，这好美好美的去处，谁愿意在这里过一辈子？忽地一下大家都安静下来。许久，才有人心虚地说小住一段还行——等了半天，再无下文。

这少年胡涂乱抹一样不知留下几笔舒坦的高山大岭，包容了人生中的全部苦难和忧伤，艰辛和困惑。

父亲对我说，我小时候每天一面跑五十里路到大崎山砍一担柴。

我对父亲说，我小时候每天一面跑三十里路到余家冲砍一担柴。

大崎山在江边，余家冲在山里，都是由大别山用泪水和汗水浆砌而成的。

父亲说你小时候没有我小时候苦。

我说你那是旧社会我这是新社会。

母亲连忙出来圆场，唤着我的乳名说一家姊妹五个就我吃苦最多。

这些也是在上山前说的。母亲忧伤的回忆几使我欲弹珠泪。

看看这山，不能不再次想起父亲。用松枝撩开雾带，想找见哪条路是父亲曾赤脚丈量过的。用亲情嗅遍森林，想觅得哪棵树是父亲歇荫时倚靠过的。用舌尖挑起那枚野果，想寻回父亲饥饿时那种难言的感受。

每每惊觉回首的公路上，汽车温顺得如一只小羊缓缓地行着；脉脉的细水仰仗着山崖成挂地把自身摆动成飘柔的秀发；风瘦瘦的不紧不慢不轻不重地散着步，沿着容不下许多人的小路，似语非语似笑非笑分明一往情深地款款而行，偶尔打旋，驻足在山后的某个传说里，做一回回眸一回凝望；竹在摇曳着诉说，说它的潇洒，说它的英俊，说它的肉骨，说它的沉念，它说它不喜欢藤，不喜欢一切攀援之物，它把自己的话絮絮地细细地点滴在含蓄的叶尖上，幽幽逃避着那些守望的眼睛。而山中九月底的太阳，晒不落在春天就飘上树梢的叶子，晒不蔫载不起许多晨露的弱草，轻轻地从我们的左眼里起床，悄悄地落在我们右眼里安歇，听不见它划过蓝天的桨声，却将桨叶搅起的剪剪风洒向山，洒向在九月的紫光里晒太阳的我们。

这些都不属于父亲。

裸露着青铜黑褐斑驳遒劲的古城墙依然在山里卧成盘龙，古寨门东西南北，正是男人的五指之缝。风可以掠过，路可以穿过。竹可以拂过，太阳可以划过。古寨门的胸怀是铁石做成的。如古寨门一样都听不懂倾诉的还有一树古松。戴着苍茫的扁平树冠，如戴着陈年旧草帽，草帽的年轮已不再年轻，凸突在石缝间的老根无法掩饰岁月漫长之河，古松的脉络里却涌动着一股浓郁如烈酒的芬芳。于是，它便在自信孤傲中挺拔起一副傲慢而轻蔑的模样，不管周围的一切是怎样的嫉妒。还有坦然安卧林间的巨大孤石，无须烟火，不见蓬勃，愣愣地做成古城墙、古寨门和古松们的心脏。于是，峭立于大岭之上的夕照壁，便成了它们饱经沧桑的面颊，风雨也来，冰雪也来，日月也来，轮轮番番过后，成熟的印记也来了。

我还是找不着！

也许找着了于心已无处存放。

昨夜的半个月亮又搁在星云的梳妆台上了。

我们从这山走向那山。这山低，那山高。这山小，那山大。

守望台墙壁上写着或刻着许多谁谁某某到此一游的字样。我忽然想起，父亲也许该对我说声对不起，他当初不该没有在哪个可以蛊惑人的地方留下纪念，我也不会。我不是来一游的！我是朝拜者，我眼里燃着三炷香，纵然此山不留人，也无法拒绝我永远寄托此心！月光把人的影子拉得又细又长，森林又将它肢解得零零碎碎，但不管怎样，我知道它的飘落依然全在山上。

我记得我是父亲的儿子。

我就不再寻找父亲了。

昨天的月亮是在半山腰上，今天的月亮是在山顶上。昨天的半个月亮本是比今天的半个月亮小，今天的半个月亮本该比昨天的半个月亮大。

置身山上，忽觉身边似有默默的哭声，一颗颗蕴藏天下百般波澜的泪珠，一次次地淹没了脚下的山。

我想说，是该哭！哭多少总比笑好一点！

面对大山，我也想哭！可是，我不能！因为我是男人！

大路朝天

　　我不知道自己为什么要来到城市，这么肮脏，这么喧嚣，漫天的尘土和漫天的秽语，像鞭子一样整日整夜地抽打着我，以至抽搐的灵魂和颤抖的心，几乎是在哀求地问我，你为什么来这儿了，怎么不似那黑压压灰蒙蒙匆匆归去的蚁阵般的人呢？

　　这是除夕之夜，我徘徊在突然寂寞起来的大街上，四处空无一人，只有从北方远道而来的寒风在身边亲切而温柔地走动着；一只纸烟盒，一只塑料袋，是它那左右交替的脚步。我像老朋友一样傍上它，相偎着默默地听着各自的脚步声响彻城市。尽管我知道，这种相随只是很短的一刹那，我还是觉得我们一起走了很久很久，不然我怎么会撩起两腿飞快地去追它撵它，如同面对一位正在离去的亲人，把一双伫望的眼睛望得滴血！北风消逝在南边！那里有从梦里盼醒的老父老母！有在梦里呼我唤我的儿子！生命把我托付给自己，可我的心不仅仅属于自己，我实实在在地想将它交寄给风，在那零点的鞭炮声中悄悄飘落在他们的窗前，不说祝福，也不说欢喜，只需看一眼那份亲情骨肉的温馨，看一眼老父老母的安康，看一眼儿子的快活。北风只顾凋零，它摩天而去，抛落我于一片萧瑟冷寂陌生孤独之中。这不怪谁，其实我已流浪得太久了，只是从前自己不知道。当我有朝一日开始明白过来，当我突然发现自己的灵魂一直无处安放时，我的精神几乎崩溃了。生活在击打一个人时总是这么无情无义，一点也不在乎人世间的所有顾虑与禁忌。这种情绪使我后来特别容易伤感，常常让眼泪不加约束地淌出来，包括在看儿子的照片时，听《一封家书》时，以及观看根据自己的小说改编的电影电视时。

眼下这般只是自我的一种印证，我总是不太相信自己流浪了那么多年，所以我需要对自己加以考验。自从 1992 年秋天的那次逃避开始，我一直再也无法对此加以否认。随后一次次地出走反倒让我觉出了一种心与身、灵魂与血肉的和谐，仿佛自己天生就是一个流浪汉。

十二月底，一个朋友的母亲做七十寿辰。庆祝宴会举行到半截时，我偷偷地走开，将自己反锁在洗手间里，听凭那泪涕洗面。就在不久前，老母过生日，她的子女都回去了，唯独我这令她最惦念的长子没回去，而与我同城的小妹全家都回去了。一切的眼泪，一切的忏悔，都是无益的。她要的只是看我一眼！泪水洗面又洗心，这通常不是流浪汉的行为，流浪汉是没有眼泪的。我有眼泪，我只是一个流浪者。

其实，除了北风，大街上也还有人。拐过一个弯，五彩缤纷的灯光里面，团圆酒宴正酣，成排的出租车也打扮成富贵模样，穿梭着接送那些美满家庭。我不肯让他们撞见，这并非是我的孤单会给他们带来不吉祥。我的苦楚还没有如此的魅力，我只愿这苦楚永远只属于自己而不殃及旁人。按照自己的愿望，那僻静如山中空谷的大街小巷才能够穿行在我的脚下。

我还没有做好准备，而且根本没有预料到自己会在这种时刻遇上铁路。然而，人车又吼又闹地闯入这片流浪者的宁静，又将那生冷僵硬的轨道甩在我的面前。火车大约是要在这个城市里停下来，行驶的速度一点不快，一张张盼归的面孔在车窗上印得很清晰。我本来应该是这同样的一片风景，可现在我成了一个冷眼旁观者，仿佛这一切与我无关。

火车搅起的风坚硬而强劲，我像硬汉那样将衣领竖起来，毫不畏缩地迎着它向前走，我相信天无绝人之路。对于一个流浪者来说，这是唯一的精神财富。

天地间又归于平静，只在铁轨上留下一种细微的声音。这种时刻，这种声音应该叫作历史，或者更直接地叫作历史的声音。一切的历史都是关于它那个时代蛛丝马迹的袅袅余音。

顺着铁路，我走进我的历史。当然，这种进入与铁路毫无关系，它太生硬，不可能承载那半云半雾的思绪。追忆需有宁静的安抚，就像高空风抚过垂垂的电线发出那种近乎思念的嗡嗡声。铁路的另一边就是原野，它的气息使我忘了侧边的城市，并让我寻得了那久违的亲情的感觉。

在这茫茫夜空之下，我明明白白地看见我们家族的历史正向我流浪而来：曾祖父、祖父和父亲！父亲的高高大大使我愈发显得瘦了；祖父依然同我见过的时候那样，后背驼得厉害，两手放在长棉袍里，不知道他是在捂着那痛了一辈子的胃，还是揣着一只泥做的烘篮，这是他在隆冬时节让我们琢磨不透的两种动作；曾祖父则是那种无法看清的模糊，我一直想将祖父和父亲的形象捏合成曾祖父，任凭怎么努力也终难如愿。

我没有见过曾祖父，我只知道他是一个挑着担子在上巴河一带卖瓦壶罐的，成天到晚四处游荡吆喝，他有没有来到城市，已无人能说清了。但祖父来过。祖父来到汉口的第三天就被日本鬼子当街打得死过去。祖父没有汉口的良民证，他是借用别人的被鬼子们发觉了。鬼子们明白祖父不是抗日组织成员，如此生活在汉口只是想来挣几个钱养家，没有将他要去宪兵队干活，而是将他往死里打。祖父活下来是我们家族的一个奇迹，祖父以他受过极端摧残的身子骨能活到八十八岁属于另一个奇迹。父亲则比祖父幸运多了，他在 1949 年之前，来到汉口从事一种惊险的工作，将共产党的传单标语偷偷地贴在永清街一带的大街小巷里，却从没有受到什么惩罚。

不管怎么说怎么看，有一点是无疑的，对于城市他们通通都是流浪者，最终他们都无法不回到他们的乡村中去。我上初一那年，学校搞忆苦思甜，要写家史。那天晚上，我缠着祖父要他讲我们家族的苦难史，祖父躺在床上一个字也不肯讲。哪怕是被日本鬼子毒打这种尽人皆知的经历他也不对我说。哪怕我流着泪求他，全都无济于事。往后的许多年里，我一直想不通祖父为什么不肯对他的长孙说点什么。

现在，当我独自走在这无援的地界上，我才觉悟：这是一种典型的流浪者的情绪，历史对于他们，只是三言两语的小事，或者干脆连三言两语都不值。对流浪者本身来说，除了流浪，其余一切都是毫无用处的。无论精神还是物质，属于他们的唯有流浪。

祖父那晚的沉默是那样的没有尽头，它在我的人生里怎么也挥不去，执拗得不管我有什么样的想法。去年的秋天，我在另一座城市的立交桥下面见到一位老人，他低头坐在拐角处，一床旧被盖着下身，手边有一把两根弦都断了的二胡。我本来已走过去了，却又下意识返回来，站在老人面前注视着。地上没有盘子或布，也没有碎钱。我知道自己想说什么，我想问他需不需要帮忙，可我无论如何也说不出来。老人不理我，直到我离去他也不曾开口。

　　此时此刻，我才懂得，老人他不需要我的帮忙。因为我现在也拒绝帮忙，我宁肯这样一个人漫无目标地顺着这铁路向城市的背后走去，向生活的盲区走去，向人生的末路走去。流浪者就是老人手边的那把二胡，它的声音已从琴弦上彻底飘逝，唯独剩下生命的喘息。它没能让多数人听清或听懂，他们听得清的听得懂的，只有琴声的悦耳悠扬与激烈，丝毫也不在意失去这些或者这些后面的静悄悄的震撼。那才是命运的声音！那声音上有几个伤疤，有的暗红，有的苍白，有的像那被割断喉咙的嘴巴。它张得很大，让很大的气流纵贯世界。

　　北风又来了！天下的北风和天下的流浪者一样，走到哪儿也没有区别，它同流浪者是天生的一对。迎着北方，我一脚一脚地向前走，我无意踢打我的伙伴，可我的每一脚还是将它踢得呼呼作响，一下一下地震动着天地间。

　　别拦我，别动我，也别管我！就让我在这宁静中永远放浪下去。别以为我很痛苦，我已经感觉到了幸福。痛苦只是俗人们的偏见，他们似乎总在幸福之中，却不知这种幸福麻醉了自己的使命；更不知在颠簸中，才能抖出使命的真实面目！我愿意让自己走进苍茫，走进凛冽；在虚伪和污秽朝我袭来时，我非常高兴自己选择了流浪！

与欲望无关

　　我在电脑前天花乱坠地敲着键盘,朋友金先生忽然打来电话,让我上他那儿去喝酒。被他叫去的还有也是在老家时就是朋友的黄先生。电话里金先生就说明了,要弄几个家乡菜。金先生操持着设在省公安厅旁边的一家政府办事处,虽然有职有衔,每一厘花销却都是从市场上赚回来的。我在答应时,早早地告诉他,别的菜有没有无所谓,只要有豆渣,就是买张飞机票上他那里去吃一顿,也是可以的。金先生爽快地答应下来。等去了,入席之后,他才说,厨房里张罗迟了,没有弄到豆渣。说着还要将有关人员叫来,证实此话的不谬。

　　这两年,一些来自乡土的陈年吃食越来越在城市里流行,一切名声响亮的酒店,都以那观其名就能闻见原野芬芳的乡土菜作为自己的特色。像湖北饭店这样有着政府背景的去处,自然不会在这些招数上输给他人。

去年年底，因为拖了十余年的省作家协会会员代表大会的召开，几百号人在这家饭店小住了几天。按照既定说法，经过漫长等待之后，欣逢如此盛会，总会有各种各样的兴奋。那天晚上，新当选的主席团成员围在一张桌子上吃饭，一样样的菜，一道道地上，大家难得斯文相对时，突然有女声冲着那只刚上来的炒锅叫起来："哟，豆渣！"温文尔雅的一圈人，纷纷站起来。以我一贯的反应，本是不会慢的。那一刻我却迟钝了。这道菜没有中国菜一向让人不着边际的名字，服务员就像西餐里的小牛排、水果沙拉那样叫着它：鸡肉豆渣。在我开始想起，豆渣是记忆中的一种美食时，炒锅只剩下那些油光铮亮的鸡肉。

金先生的约请就发生在这之后的第二天上午。

在这样的背景下，我在情不自禁中点到豆渣，以及金先生不无遗憾地告诉我没有豆渣都是很正常的事。像豆渣这类菜能在城市里走俏，多少会给乡土中人带来几许活路。

虽然没有豆渣，金先生的酒桌上另有一道让我多喝了几两五粮液的菜：豆腐煮小鱼儿。豆腐是平常的豆腐，小鱼儿也是平常的小鱼儿。惯有的吃法是将它们分开来，作为两种口味。在金先生那里，两样东西不仅合在一起，重要的是豆腐切成片后，先在锅里煎过。小鱼儿也不是新鲜出水，而是先用微火烤过，已经有了七成熟的那种。三个同乡男人身上的兴奋在外人看来仿佛是小题大做，可我们照旧吃得无比痛快，临到微醺，黄先生竟然拿出手机，就在席上给老家的某人打电话，要对方赶紧弄上十斤小鱼儿送来。我插嘴说还有豆腐。黄先生说豆腐哪儿都有。我仍旧固执己见地说，老家豆腐是用井水做的，没有漂白粉，也没有氯。

乡土的老家，从母亲那里开始，偶尔也会做那不先过火直接下锅的白豆腐。这样的情形通常是有客人来，酒至半酣，菜又不足了，才会发生。匆匆地切几块豆腐，与时令蔬菜一同下锅烩一烩，赶紧端上桌子；或者一手托着大块豆腐，一手拿着菜刀，当着客人的面，一片一片地切进只剩半锅汤水的吊锅里。主妇们带着歉意的笑脸，给那清汤寡水的白豆腐添上不少美味。在乡土老家，若非赶急，再要做这白豆腐，一定会被别人笑话为好吃懒做。乡土老家如今也像城市一样用起了煤气，但那烧柴的灶还保留着。有许多的菜，一定还要一把火、一把火地细细做来。就连每天都不能少的米饭，用柴烧熟的也要香美许多。比起白豆腐，煎过的豆腐有一种油菜开花般的感觉。因为这种感觉，只要回到老家，我都会站在灶台边，等着两面金黄的豆腐起锅，便伸手抓上一块，就着腾腾热气美美地吃起来。母亲当然不会拦我，每一次都会说着相同的话：还没放盐哩。而我也只需说着相同的话：我就喜欢这样吃。母亲在那一刻间用满脸皱纹化出来的笑意，胜过在我生活中遇到的所有温暖与温馨。前年春天，上医院做例行体检，尿酸指标离临界只差了一点点。大夫毫不犹豫地问我是不是爱吃豆腐。得到答复后，大夫肯定地告诉我，今后要少吃，不然会得痛风症。我刚说那怎么行，大夫就会意了，并说他也爱吃豆腐。大夫爱吃的豆腐不是乡土中的那种，让他割舍不下的是隔海漂泊而来的日本豆腐。我差一点要对大夫说，那是世界上最没味道的一种豆制品，就像他们的歌舞伎。最终我只对他说，自己是吃母亲煎的豆腐长大的，要是不吃豆腐，我就成了忘本之徒。

来自乡土的豆腐就得用油煎，就得用吊锅煮。用小鱼儿来煮，我却是头一回见到。在老家，从大河小溪里捉来的小鱼儿，通常在烤过之后，放进辣椒一起炒。那是酷热难熬的夏季里最能下饭的好菜。乡土老家新近流行的豆腐煮小鱼儿，让我更加怀念那曾经有过的豆渣。自从在金先生那里听说菜场里有豆渣卖后，有一阵我老往菜场里跑，直到终于如愿地花上两元钱，买回四块长满白毛，像宠物一样可爱的豆渣。上灶之前，我怕太太反感，有意先入为主地向她介绍，豆渣的样式虽然没有豆腐好看，同样是绿色食品。我将爷爷当年如何趁着临近过年的天气，将新鲜豆渣晾成半干，然后捏成粑，一只只地放进铺着干净稻草的箩筐里。一层放好后，再在上面铺一层稻草，然后再放一层豆渣。如此直到将箩筐装满，或是将豆渣摆放完。短则三五天，长则六七天，豆渣上就会长出杨花般的绒毛，那样就可以吃了的经过，从头到尾说了一遍。我一再强调，豆渣上长出的菌丝是白色的，绝对不会产生让人闻之色变的黄曲霉素。一锅豆渣做成菜，刚端上桌子，太太就变了脸。她既容不下豆渣独一无二的样子，也受不了那与众不同的味道，不由我分说，毫不留情地将其倒进垃圾桶。气得我大声冲着她嚷了一句：垃圾食品又怎么样，我是吃它长大的！

后来，我家冰箱里多了一袋冻成冰块的豆渣。那是用豆浆机打豆浆后留下来的。我不知道它是否与做豆腐剩下来的豆渣有着相同的滋味。按道理，不管是磨还是榨，都是为了将黄豆的精华与糟粕分离开来。之所以让梦一般的美食冰封起来，是因为刚刚受过打击的心里已经没有那份对这类美味的把握。

记忆中，豆渣除了霉了再吃之外，还有一种新鲜的吃法。

在家里，有时候是有意的，有时候则是无意的，我不断地提起十七岁年那年冬天。只有这个冬天才能安抚胸怀里那颗被现实刺痛的乡土之心。那是我离开学校后的第一个冬天。我刚刚将这个冬天的经历，写成充满灵魂之痛的长篇小说《弥天》。十七岁的我，在乡土老家的一处水库工地指挥部担当着看上去最为要紧的工作。一日三餐，饭桌上都会摆上一只烧着松枝的小炉子，搁在炉子上面的吊锅里永远都在煮着满满一锅豆渣。最初的日子里，我非常难以忍受那股刺鼻的黄豆腥气。慢慢地，就习惯了。山上老爱下雪，一到这类不出工的日子，指挥部的男女老少就会围在桌子旁，耐心地看那冒着青烟的松枝，将吊锅里的豆渣煮沸。事实上，只有这种时候煮出来的豆渣才是让我怀念的。只要煮豆渣，吊锅里肯定会放进一些腌辣椒。煮沸的豆渣最初冒起来的是水花，慢慢地就成了气泡。气泡也会变化，开始时会大一些，也少一些。到后来，气泡变小了，个数也多起来。又细又密的气泡，冒起来后，过一阵才会消失。圆圆的气泡炸开了，就像县剧团那个让所有人都记住了的女演员脸上的酒窝，又像山路上那些沙牛为昆虫们布下的小小陷阱。年纪大的那些人看着气泡说，豆渣就是要多煮，多用松枝煮，多煮多有味。煮得最好的豆渣，还会往起溅。只要豆渣开始往起溅，就没人再等了。大家拿起汤勺，纷纷往自己嘴里舀。滚烫的豆渣引出一片吱吱声。不烫的豆渣不好吃，这是一个窍门。还有一个窍门：等到吊锅里的豆渣都吃完了，贴在锅底那层锅巴一样的东西才是最好吃的。从滴水不剩的吊锅里刮出来的最后的豆渣，弥漫着淡淡的松脂香。放下筷子，站到门口，趁着身上还是暖烘烘的，迎对顺坡而来的北风，于那伫望之际打一个带着奇异之香的饱嗝，将自己当作世上最幸福的人。那时，我还会去想，为什么只有豆渣，豆腐去哪儿了吗？

那时候的豆渣让那时候的我生活得十分充足，现在豆渣在我的冰箱里结晶成一团发硬的水泥。我们的生活是否也因为对食物的过分要求而僵化起来哩？那袋豆渣也许会在冰箱里冻上很长一段日子。但它不会尘封起来。尽管心之家还在乡土，城市生活却已湮灭了清香的松枝和那烧松枝的小炉子。失去了这些，豆渣还能给我曾经的清纯吗？

记忆通过现在突然升华，现实加入梦想无限张扬，这是事物变为美好的必然途径。

我给还在城市里奔波的金先生和黄先生打电话，请他们来家里吃连我自己都没想好是做还是不做的豆渣。朋友们都说好，随后又说，不是石磨磨出来的豆渣好吃吗？我迟疑着，因为这是一个没有答案的设问。金先生后来劝我还是等着回老家去吃这些东西，他在西河上游的一座水库旁盖了一处房子，但凡我所需要的一切都是家常的。我心存感动地回问，我们的心是不是也如家常？

铁的白

　　不管走到哪里，我都不愿改变在离开故土之前就已经刻骨铭心的那些称谓。每年的五月，纸质的、电子的、视图的、文字的传媒都在那里说，杜鹃花开了；而在口口相传的交谈中，大家还会说映山红开了。而我，不管走到哪里，不管有没有此类一路从南方开到北方的花，一旦必须表达这些意思时，我都会坚决地使用一个在多数人听来极为陌生的名词：燕子红。

　　我的燕子红盛极而衰时，涪江边的杜鹃花也开过了。

　　平原的川北，丘陵的川北，高山大壑的川北，地理上的变化万千，映衬着一种奇诡的沉寂与安逸。插秧女子的指尖搅浑了所有的江河，数不清的茶楼茶馆茶社茶摊，天造地设一般沿着左岸席卷而去，又顺着右岸铺陈回来，将沉沦于大水中的清澈清纯清洁清香，丝丝缕缕点点滴滴地品上心头。相比牵在手中的黄牛与水牛，驾犁的男人更愿意默不作声，毫不在意衔泥的燕子一口接一口地抢走耕耘中的沃土，这种季节性失语，其关键元素并非全由时令所决定。多少年前，那个来自北方的大将军邓艾，以三千残兵马偷袭江油城，守将要降，守将之妻却主战，留传至今，已不只是一方沧桑碑文。后来的蜀国只活在诸葛亮的传说中，而不属于那个扶不起来的刘阿斗。后来的江油同样不属于那个献城降敌的守将，让人铭记在心的是那嫁了一个渺小男人的高尚女子。男人犁过的田，长出许多杂草的样子，并不鲜见。女子插秧，将生着白色叶茎的稗草，一根根挑出来远远地扔上田埂，是良是莠分得一清二楚。

在川北，我总觉得温情脉脉的女子在性别区分中更为精明强干。

一个男人说：花好月圆。

一个女人答：李白桃红。

男人又说：水冷酒一点两点三点。

女人又答：丁香花百头千头万头。

转回来轮到女人说：三层塔。

不假思索的男人说：七步梯。

这个女人却说：别急，我还没有说完——三层塔数数一层二层三层！

恃才傲物的男人目瞪口呆半天才说：七步梯走走两步一步半步！

惹得旁观的人一齐哄笑起来。

男人叫李白，后来曾让唐朝皇帝的宠臣高力士亲手为其脱靴。

女人是他的妹妹李月圆，后来无声无息，只留下一抔山中荒冢，一片白如细雪的粉竹。

　　流传在江油一带的故事说，为了安抚时年尚幼的李白，父亲出了一副对联："盘江涪江长江江流平野阔。"兄妹俩分别对上："匡山圌山岷山山数戴天高。""初月半月满月月是故乡明。"后人都知道，李白将自己的毕生交付了诗，又将诗中精髓交付了月亮。此时此刻，作为民间最喜欢用来彰显智慧与才华的对联，男人李白又一次输给了女人李月圆。

　　到达成都的那天上午，赫赫有名的四川盆地被五月份少有的大雾笼罩着。出了火车站，等候多时的一辆桑塔纳载着我迅速驶上通往绵阳的高速公路。那一年，也曾走过这条路，去探望在川北崇山峻岭中的某个军事单位里当兵的弟弟。行走在那时候的艰辛完全见不到了，于疲劳中打了个盹，一个梦还没有开头，便在属于江油市的青莲镇上结了尾。"李白就出生在这里！"将一辆桑塔纳开得像波音七三七一样快的师傅伸出右手指了指出现在眼前的小镇青莲。那一瞬间，犹豫的我几乎问了一个愚不可及的问题："哪个李白？"我在心里三番五次地打听。司机与李白的妻子同籍，都是湖北安陆人，所说的每一个字都在乡土与乡情的热潮中浸泡了许久。几天后，一位大学毕业后回江油做了导游的女孩，用一种比历史学家还要坚定的口吻说："李白出生在我们这儿，《大百科全书》上就是这样记载的，郭沫若的判断是错误的。"差不多从第一次读唐诗时开始，凡是比我有学问的人全都众口一辞地说，李白出生在西域小城碎叶。如果按国际上通行的籍贯认定法，李白应该是哈萨克斯坦人，而不是中国人。曾经被称为在此方面最具权威的郭沫若先生并不是唯一者；现今备受学界尊崇的陈寅恪先生，也是此种论断的始祖级人物。江油人非常相信哪怕是学富五车的郭陈二位，面对浩瀚史学典籍，也会有力所不逮之处。他们所列举的古人名篇中，的确不乏自号青莲居士的李白其出生地亦是小镇青莲的白纸黑字。作为后来者，自然法则让我们与生俱来地拥有可以站在前人肩上的巨大优势。所以，面对前人的局限，任何贬损都是不公正的，我们所看到的前人错谬，应该是前人伟业的一部分。没有前几次的探索，江油人也不会有现在的理直气壮，说起那个跟着丈夫来江油避难的西域女子，在江油河边洗衣服，一条鲤鱼无缘无故地跳进她的菜篮，夜里又梦见太白星坠入腹中，随后便生下李白的故事，仿佛是那刚刚发生的邻里家常：还记得鲤鱼是红色的，嘴上有两条须，沾了水后阳光白闪闪的，一如后来李白诗中不同长者的白须白发！又记得拖着长尾巴的太白星，初入母亲怀抱时是凉飕飕的，一会儿就转暖了。这种来自天堂的温情，致使李白的生命从受孕的那一刻开始，就注定了自觉自洁的自由之身。

五月是一种季节！五月是一种灿烂！那一块块依山而建，有清风明月碧树新花相随的青石，因为李白的诗篇而熠熠生辉。阳光下碑刻的影子很小很小，诗魂的覆盖很大很大，弥漫着越过高高的太白楼，锵锵地归落到握在石匠手中的铁钎上。几乎在同一时刻，同行的众人一齐记起，多少年前，那位蹲在溪流之上，立志要将手中铁棒磨成绣花针的老太婆。天边飘来一朵无雨的白云，山上开着无名的白花，水里翻涌清洁的白浪，假如传说无暇，贪玩逃学的少年李白则是何其幸运，再不发愤，岂不是天理难容！在铁棒一定可以磨成针的真理之下，并非必须将铁棒磨成针。铁越磨越白，铁棒越磨越细，醉翁之意不在酒，一头白发苍苍的老太婆不经意间就将与铁毫不相干的李白，磨成能绣万千锦绣文章的空灵之针。磨成针的李白自江油起一发不可收，去国数千里，忽南忽北，走东往西，足之所至，诗情画意千秋万载仍在人间涌动。那位老太婆哩？有谁还记得她的模样、她的姓名、她的伟大与不朽？一如隐藏在莽莽川北的小镇青莲——她造就了诗词的盛唐，却被盛唐的诗词所埋没；她造就了唯一的李白，却被李白的唯一所争议。有一种伟大叫平凡，有一种不朽叫短暂。一个人的笔墨总会是万千乡情的浓缩，一个人的永恒一定是无数关爱的集成。白发三千的老太婆想必是一位熟识人性的老母亲，对她来说，母爱是最容易被记起，也最容易被忘记的，此中道理与阅历一定被她早早经历过了。

又是一个女子！从童年到少年再到青年，一样样的女子每每在生活中所起的作用，当是决定李白一生一世以轻灵飘逸为诗风诗骨的某种关键！

"江油南面三十里处的中坝是川北商业汇集的地方，有小成都之称。从青杠坝出发向江油前进的七十里路程中，尽是平坦地带，种满了一望无际的罂粟，五颜六色的花朵，争芳斗艳，确是美观。这是入川后所看见的最大幅的罂粟地，良田美地上，竟为毒物所占用，不免感慨系之。"这是张国焘在回忆 1935 年率部进攻江油时所写的一段文字。当地人也说，当年川北的富庶完全在于鸦片的种植与收获。在罂粟妖冶的迷惑面前，我很奇怪自己竟然游离了文学惯有的描写，不再习惯于用罂粟来形容某些女子；显现在思绪里的全是那些坐在茶馆里吸食鸦片，或者宁可扔掉刀枪也不肯放下鸦片枪的旧时川地男人。虽然罂粟与鸦片是外来的，李白那时还没有这类美艳的毒物，却丝毫没有妨碍川北男女在李白诗词之外的人生中分野出高下。阅读李白，满篇不见川北女子，满篇尽是川北女子：眼睛一眨，便会遭遇李月圆的温良；心灵一动，磨针老太婆的恭俭就能扑面而来。

铁因磨白而使成材，路因踏白而被行走。

没有磨白的铁是废铁，没有踏白的路是荒径。

那些没有载入李白诗篇中的川北女子却无损毁，一如既往地生活在以小镇青莲为诗意起点的整个川北大地上。就像李白以画屏相称的窦圌山，我所看重的不在于其诡其异，而是那朗朗如白雪的云。又像行走在当年李白求学匡山的太白古道，亦不在于那峥嵘崎岖，只想重蹈此中特有的于泥泞中自净的洁白山光。

宛如燕子红与杜鹃花、映山红，这样的山，我的乡土中也有；这样的路，我的乡土中也有。这样的山和路，人人都应拥有。

楚汉思想散

　　这些年，走过的地方越来越多。也不知道是何原因，只要所经过的道路出现惊险，就会想起那些被称为浙江佬的人，在高山绝壁上放炮修路的情景。去西藏，去新疆，去云南，去太平洋彼岸的科罗拉多峡谷，去欧洲腹地的阿尔卑斯山脉，只要车辆长时间用低速行驶，只要同行的女性不再将柔曼的目光投向车外，小时候的见闻便如期而至。因为修战备公路，浙江佬才作为名词出现在乡土生活的日常词汇中。大约是当年修鹰厦铁路练就的本领，浙江佬一来到楚汉东部的大别山区，那些一向被以为无法逾越的座座雄关大岭，便乖乖地任其摆布。这条路现在被称为三一八国道。更年轻的人，根本就不在乎那些咽喉要道是谁修出来的，如果有浙江佬一词从他们嘴里冒出来，百分之百是与在沿海一带打工的经历相关。那时候，在乡土生活中，浙江佬是一种传说和传奇。许多远离公路而居的人，男的挑上一担劈柴，女的拿着几只鸡蛋，说是卖给浙江佬换点油盐钱。那些爱看热闹却又没有多余力气的老人，哪怕搜肠刮肚也要想出一门挨着战备公路的熟人家走一走亲戚。所有人的心思都是一样的，就想看看不怕死的浙江佬如何用绳子捆着自己的腰，吊在云雾里，挥着锤柄近一丈长的腰锤，在悬崖绝壁上打眼放炮。在这种传说与传奇的背后，还有一种公论：浙江佬太苕了！"苕"字是汉语言楚汉语系独有的。它有北方语系所说的傻的意味，又不全是。从语感上分析，湖北人每每用到苕字，相比北方人用傻字时，多了一种悲悯的质感。一条战备公路，不仅引来了浙江佬，还有广西佬。广西佬来是为了修桥。广西佬爱吃蛇，乡土中人也说他们苕。此时此刻所说的苕，已经是嘲笑了。

这种总不肯一去不返的记忆，想要兆示的意义，一直让我很难面对。

浸泡在乡情里的人谁个不会敝帚自珍！

在同一片地域上来往的时间太久，不知不觉中就会忽略个体和群体的秉性。直到某月某日某时，因为某人某事的触动，突然觉悟到某些个人生活的某些过程时，已经恍若隔世。2003 年正月初九晚上，楚汉东部县份的一群人，在武昌某处聚会。大家一致约定，不许说离家多年，早已学得十分圆熟的普通话或流行于楚汉之都的武汉方言，只能用在乡土中世代流芳的方言俚语。大家轮番开口说过，不用介绍，每个人在乡土中的细小位置便能大致判断出来。县里有两条河，沿西河住的人，称母亲为姨的阴平音并且尾音略作拖长，父亲称作大；沿东河住的人，将母亲称作丫、父亲称作父。在楚汉地域，关于父母的称谓，不同县份叫法时常不同。出了大别山区，紧靠长江的广济和我久别的老家黄冈两县又有区别。广济人将父亲叫作爷，叫母亲时用的是地地道道的姨。此外他们更有一种奇妙的称谓，未婚的年轻女子被他们叫作妈儿，妈字的阳平音加儿化音。这样的称谓，每每让周围那些县里的年轻女子害羞不已；同样的语词，同样的发音，所指的却是女性乳房。黄冈人更奇，母亲被叫作咩，父亲则被称为伯。民间代代相传，之所以这样叫，是因为担心生下来的儿子不好养，万一有前生前世结下的冤家，变作鬼魂前来寻仇，好使其分不清人与人之间的嫡亲关系而无从下手。一句称谓，透露出内心深处类似黔驴技穷般的无奈。但在那些置身事外的人的眼里，却成了不光彩的伎俩。楚汉地域方言实在太多，每个县有每个县的特殊说话；甚至在同一个县里，上乡的人听不懂下乡的人说什么。一个地域的方言变化太多，会让外来者觉得无所适从，这显然是清王朝派到楚汉地域的大员张之洞，慨叹"天上九头鸟，地下湖北佬"的前因后果之一。

相聚的时候总有许多失落的往事回忆不尽。那条当年的战备公路，多数路段是由乡土中人修筑，只有那些使人望而生畏的地方，浙江佬才能大显身手。据此断言乡土中人不勤奋不勇敢，显然与事实不符。况且在随之而至的修水库、改河道、挖水渠等被政治高压所驱使，企图改天换地的生产活动中，乡土中人甚至凿开了更高更险的山山岭岭。当然，说到底他们做这些事情时，是被动和不情愿的。

那位叫张之洞的大员不经意间说的一句话，被一代代的人当了真，弄得天下人都以为楚汉地域上的芸芸众生个个都是人精。乡土生活有句俗话：灵醒人从不说别人苕，苕的人从不说别人灵醒。诸如此类。当他们说浙江佬苕时，难道不是正在暴露自己本性中的苕吗？说到人精，有句在省内长盛不衰的话：奸黄陂，狡孝感，又奸又狡是汉川，三个汉川佬抵不上一个沔阳苕。黄陂、孝感、汉川、沔阳（如今叫仙桃）等县份，正好围绕着位于武汉北边的汉口、汉阳两大城区。汉口六渡桥或汉正街的居民，被公认为最正宗的武汉人。他们的前两代或三代，大多来自这几个县。那些没有在城内定居下来的人，也逐渐养成了靠城吃城的习惯，做起生意来，一点也不亚于城里的人。按照无商不奸的古训，既然入了生意门，就不应该将此生意人和彼生意人区别对待；在日常的历史中不管是礼遇还是非礼遇，彼此都应该平起平坐。事实上却不能。这些亦农亦商的人，天生比只会坐店堂的城里人更能吃苦耐劳，不管生意大小、路途远近，只要有赚的就一定肯做。特别是黄陂人，走到哪儿聚在哪儿，硬是在汉语语汇里创出一个相关的歇后语：无陂不成镇，无陂不成市。溯江而上，离武汉不到二百里，就是被民间话语推崇的现在改称仙桃市的沔阳。从性情上看，沔阳人更像吉普赛人。前两年曾经在一本杂志上读到，在俄罗斯的后贝尔加地区，居住着一群至今仍将沔阳话讲得十分地道的沔阳人。这些早已入俄罗斯籍的沔阳人，记得他们的祖先如何敲着三棒鼓，以沿途给人挑牙虫为生计，一步步地走完这千万里路程。也是奇怪，不管是在楚汉本地，还是在外部世界，做小生意时的取巧会招来说不尽的骂名；挑牙虫则不会，哪怕后来明白是中了骗局，人们也是一笑了之。再也没有谁去大肆传播，要其他人接受教训，不要相信那些唱渔鼓的人说自己嘴里有什么牙虫。沔阳人也不明白自己如何一走就走到天远地远的俄罗斯腹地，好像精于算计的心眼一点作用也没有，往哪里走全凭一双脚拿主意。不随波逐流，不趋花向柳，所有与历史世事的契合，都是因为偶然中一时兴起。看上去几乎就是机会主义盛行，随风而去，随遇而安，实际上是受随心所欲驱使，那些既成事实往往包含着许多同自己过不去的成分。有谁还在这种后现代思潮风行的时代，仍在惦记着要纠正当年自己得到的"造反派"结论之名？那一年，在楚汉之都，一个拥有百万之众的组织，愤而将"中央文革小组"的几个要员抓了起来，惹下被称作"七二〇事件"的燎天大祸。事情的发端只不过是该组织梦寐以求地希望能够获得所谓左派即"造反派"的名分。三十几年过去了，这些人还没想明白，回过头来又要求有关方面为其平反，声明他们当年不是"造反派"，而是"保皇派"。当年被这个组织抓获的那几个人，就是将这个组织当作"保皇派"，而险些被万众踩成肉泥。有这样一个笑话：一位女子在公共汽车上突然打了身边男人一耳光，过了一会儿，女子又打了男人一耳光。女子中途单独下车后，旁人问起来才知道，男人发现女子短裙后面的拉链开了，便好心好意地替她拉上。男人因此挨了第一个耳光后，一边生气，一边自省，既然帮女子拉上拉链是不对的，那就应该让其恢复原状，没想到又挨了一耳光。想一想，这一实一虚两件事，何尝不是异曲同工？有时候，楚汉之人就是这样为人处世。

记得年幼时夜间乘凉，听大人们反复讲述四个不同地方的人在一起比赛吹牛，谁赢了谁吃肉喝酒。河南人先说，河南有座少林寺，离天只有一丈一；随后的陕西人说，陕西有座大雁塔，离天只有八尺八；排在第三的四川人说，四川有座峨眉山，离天只有三尺三；湖北人最后说，湖北有个黄鹤楼，一半伸在天里头。湖北人一说完，独自将别人输的酒肉全吃了。楚汉地域上的人向来乐意别人说自己精明，并且普遍地瞧不起地理上的北方近邻。其实，不用放进更大的环境里比较，只在中南几省，出武胜关往黄河边上走，沿途遇到的那些声声叫着吃大米肚子疼的人才是真人精。想要楚汉之人承认这一点却很难，哪怕在现实中碰得头破血流，心里明白得像是点着了灯，嘴里还是说不出来。楚汉地域上，要水有水，要山有山。水是名水，譬如洪湖、汉水和清江。山是名山，譬如武当山、神农架和大别山。那一年，从西安来的一位朋友站在东湖边大声惊叹，这哪里是湖，分明是大海！没有海，却有许多海一样的浩大湖泊。大智若愚，大巧若拙，这样的功夫才是真了得。北方近邻用多年泛滥的黄河雕塑出一种仿佛与生俱来的悲怆，再用水汪汪的眼睛闪烁着干旱至极的无助。楚汉之人，假如同样擅长承接天地日月精华，武当山之仙风道骨，神农架之古朴沧桑，大别山之春华秋实，汉水之温文尔雅，清江之纯粹无邪，洪湖之富庶怡然，如此等等，随手选来，哪一种形象都能远远胜过那只强加在头上的"九头鸟"。说不上是不愿意用，还是不会用，到头来，单就外表来看，楚汉地域上，男性普遍缺少特质；女性的遗憾更甚，除少数生长在与外省接壤的山区里的女性，多数女性，或者更直率地说，绝大多数女性都是天生丽质一说的陪衬者。

与外表憨厚的北方近邻相比，生活在楚汉地域的人偏爱将仅有的那点精明，当成一种得意、一种炫耀，率性地表达在脸上。不知情的人，至今仍在将那条汉正街当成楚汉地域的脸面。想当年汉正街首开小商品自由贸易自主经营之先河，从南到北，从东到西，有多少地方比照着这里的模样，或者照本宣科，或者发扬光大。春常在，人空瘦。到如今，整条街上生意依然红火，坐在后堂盘算的店老板大多换成了那些曾经在大别山区开山辟路的浙江佬中最著名的温州佬。并不是本地人亏了血本难以为继，就算是个苕，在汉正街做生意也不会不赚钱。只是赚到一定程度时，他们就觉得够了，在别处买套房子，腾出那些黄金地段上的房屋，租给永远也折腾不够的浙江佬中最著名的温州佬。靠着他们所付的房租，每天里邀上三五知己在一起打上四个风的麻将，散局后再去街边小店喝两个回合的靠杯酒，说不上是看破红尘，也没到游戏人生的境界，真正的理由很简单，他们喜欢这样生活。这样的情形在楚汉地域上已到盛行之势。在那些星罗棋布地绕着武汉的大城小镇里，说起来，大家都在慨叹日子过得清苦，可是，大大小小的麻将馆里莫不是人满为患。能行乐时当行乐，得逍遥时且逍遥，这样的人精自然是此中极品。楚汉地域上的人如果也像生活在青藏高原上的人那样，早早悟透人生，自然能活得不同凡响。偏偏他们只是率性而为，做事论事，大多凭一时好恶，性情所致，慎思不及。张之洞所言及的以及后人对其理解的，恰恰与此相悖，差之毫厘，谬以千里，没有看到楚汉之人本质上贪欲有限。即使是做成了事，大多是为了做而做，至于为什么要做，做了又须达到何种境界，他们是不会去深思熟虑审慎为之的。

所以说，性情中的楚汉之人天性喜好先天下之乐而乐。

说楚汉地域上多是性情中人，还有语言可作佐证。楚汉方言，语调多为高开高走，即所谓的高腔高调。听上去只有喉音，等不及像北方人那样让心里的话经过腹腔，回绕一下再说出来，因而总显得尖锐有余，忠厚不足。这一点又以江汉平原和四周丘陵地带的人为最甚。深究其中，也没有别的理由，无非是不愿压抑自己的性情，久而久之自然成了习惯。在真实生活里，楚汉之人极难做到比赛吹牛所形容的，耐着性子，将一剑封喉的绝招留到最后。只要有了要说的话，哪怕别人正在说，也要插进去，先将自己的意思表达出来。这其中，最著名的楚汉人物，古有西部秭归县的屈原大夫，今有北部郧县的杨献珍，东部浠水、蕲春的闻一多、胡风二位教授。别人正在津津乐道，老先生们硬要多嘴多舌，横插一杠子，结果能好得了？性情中人，好则好矣，不好起来一个比一个下场悲惨。

所以又可以说，性情中的楚汉之人天生善于先天下之忧而忧。

楚汉地域的东西两端，有两道名菜。一道菜叫懒豆腐。这是宜昌一带的叫法，在恩施一带则称其为合渣。顾名思义，这是懒人用懒办法做成的豆腐。它省掉了过滤、点卤、煮沸、冷凝后挤压成形等工序，将泡好的黄豆磨成粗浆，直接放进火锅，加入一些当地出产的时令山菜和腌制小菜，煮好即可。看上去其貌不扬，吃到嘴里味道鲜极了。另一道菜严格说起来并不叫菜，却在楚汉东部山区广为流行。无论天热还是天冷，一边做饭做菜，一边将灶里烧剩下的劈柴或者松枝用火钳夹出来，放进一只炉子里。偶尔家里有人生病，也会用这炉子来煎药。通常情况下，这样的炉子是用作烧吊锅的。炉子随后会被掇到桌面上，再将一只黑乎乎的吊锅架上去。吊锅里别无他物，只有滚沸的半锅清水和几只翻腾起伏有红有黄的腌辣椒。等到该坐下来的人全部围坐下来，说声吃饭吧，并不是先动筷子夹菜，而是将放在吊锅四周某一碗炒得好好的菜，倒进吊锅里。无论什么菜，最终都是一样地倒进吊锅里。各种各样的菜，烩在一起，味道好到无论菜有多少，都会吃个精光。楚汉之人内心崇尚的正是此类的简单生活，需要像下棋时长考一样的思想并非其长项。得益于地理上的优越，在楚汉之人的行为里，诸多事情，只要像懒豆腐和吊锅那样，依一时性情随手处置就行。曾经有人建议楚汉之都武汉，有无市花无所谓，市香是万万少不得的。建议的市香是热干面的芬芳。每天早上，这座城市的街头巷尾，公共汽车和出租车内，各种写字楼，甚至星级宾馆里，只要有人就一定有热干面的印记。在汉语言所流传的地方，从来没有哪个地域会像楚汉之都武汉这样，假如没有热干面，男女老少宁可将空气和白开水当早点。深究起来，热干面这东西，也是随手之作。同饮一条长江水，往上有四川的担担面，往下有上海的阳春面，当中的热干面，正好取了二者味道的平均值。难怪楚汉之人爱说，性情中人自有天地垂青。

天生楚汉，天生湖北佬，每逢历史大起大落，总有一些蹊跷事降临头上。

说句天大地大不着边际的话，如果真有谁能主管人间命运，分管楚汉的那家伙一定是个爱犯糊涂的家伙。因为，相同的赏赐，只要给别处，莫不作出惊天动地的篇章，轮到楚汉却不尽然。

譬如说黄梅戏，乡音乡情浓得用水都化不开，却没有办法在本乡本土活下去，顺风顺水流浪不过几百里，踏上安庆码头后，忽然间江南江北莫不为之倾倒。同样是戏曲，当年演习汉剧的罗田弟子余三胜出武胜关北上，一不小心就让深植于北方大地上京剧变了样。如今的京剧，随处都能听出汉剧的韵味，被抑扬婉转的汉调皮黄等丰富过的京剧，唱念中理所当然地带上了许多楚汉方言。作为京剧母本的汉剧，说气数已尽当然不符合事实，理解她并接受她的人越来越少却是不争的事实。在诸多省份里，楚汉之人是乡土观念最淡薄的。别处的人，在本土之外见到本乡人，总会有各种各样的表达亲密的方式。在乡亲与非乡亲中不作区别的，恐怕除了楚汉之人再也找不到第二例。黄梅戏走了也就走了，京剧得了汉剧的精华也就得了。当地人似乎也习惯于这样。当时不说回报，尔后更想不起来。

楚汉之人最可爱的秉性是敢为天下先。受命于危难之际的张之洞，正是有此基础，才有在楚汉地域上将国家大事做出个新气象来的决心。近代史上著名的汉阳造步枪，近代史上著名的汉阳铁厂，近代史上著名的大冶铜矿，像明珠一样让中华文明的近代史熠熠生辉。著名归著名，此后的一百多年里，最早为中华民族前程大计发起工业文明启蒙的楚汉地域，反而离工业文明越来越远。一百多年后，一个叫格里希的德国人，破天荒地当上了楚汉地域一家国有企业的厂长，由此引发的震荡，再次演化为近代中华工业文明史上最大规模的体制变革。在这种牵一发而动全身的彻底性变革面前，弄过潮的楚汉之人，出乎意料地再次退居幕后。心不甘，情却愿。格里希走了，转瞬间，楚汉之人就从后工业文明的雏形里退出来，回到自给自足、自娱自乐、将曾经的启蒙置之度外的混沌状态。

在外人看来，这样的事还不足以令其扼腕长叹。那些将学问做得越来越浪漫的人，最不能容忍的事情是，整体实力在公元前足以称为超级大国的楚国，居然被各方面相对落后的秦国灭了。留下一个天大的疑问：假如当年不是由秦国而是由楚国来统一中国，中华民族的历史会不会更加光彩？在此之前，中华民族都是通过尧、舜、禹等新生的先进的力量，对旧王朝的更迭，来实现国家整体的进步。相比于其他王侯领地更具浪漫气质、更注重张扬人性、在其时更能代表社会进步方向的楚国，为中华民族史上开了恶劣的先河。虽然史有名言：楚虽三户，亡秦必楚。后来楚人刘项联手，真的灭了秦王朝，只是恶性循环一旦开始，就难以停顿。随之而来的千年经历，多少王朝竟然一次次地仿效这种恶劣，以一国之泱泱，三番五次落败于生产力相对落后的地方势力。衰落再衰落，最终几乎成了列强们的殖民地。

　　楚汉之人实在不是那么容易说得清楚的。楚国人本应该在由奴隶社会向封建社会的转型中成为主宰，最终的历史烟云只让它扮演了一名优秀的配角。说性格主宰命运，显然无法涵盖其中太多的内容。否则，在楚文化风风光光地沉沦的背景下，历史就会因此而生偏见。事实上，历史对楚汉地域的垂爱十分显而易见。经朝历代，最早从楚国废墟上建立起来封建社会的大厦，面临同样的土崩瓦解。又是楚汉之人，仅仅发起一场仓促得不能再仓促的武装起义，就超越了北方南方那些经过周密策划的暴动，并宣告了封建社会最后王朝的覆灭。区区数百人，没有真正的领袖，没有真正的纲领，事成之后，这些起义者竟然还得用枪逼着那位事发之际仍在效忠清王朝的黄陂人黎元洪来统领自己。历史就是如此不可思议！黄兴和孙中山，是何等的魅力，何等的才干，人中伟杰的他们几经生死也没做成的事，由一群毛头小子一夜间实现了。在这里，天降大任于斯人已经不能说明具体事件，而应该说成是，天降大任之际，成也性情，败也性情！

　　每个地域的人格，自有每个地域的生存考验，历经千代万代才形成。楚汉地域上人格的传承，必然受到山水地理的潜移默化。长江浊，汉水清，南风吹来酷暑，北风吹来严冬，四通八达的陆路和水路，长年往来着五花八门的人众。当年的毛泽东，自离开湖南老家，楚汉之都武汉是其在京杭之外住得最多的地方，光是东湖边的一处居所，就光顾了二十六次之多。按照西方人的理解，在性格上，毛泽东是一个不太好相处的人，哪怕是出生入死的战友，最终都没有办法不同他闹翻。楚汉地域上究竟是什么风物让毛泽东情有独钟？天下山水难说楚汉最好，天下物产难说楚汉最丰，天下人性难说楚汉最佳。也许吧，天马行空独往独来的毛泽东，于孤独中另有一种对内心少有禁忌的性情中人的喜欢。也许吧也许，那个至死也不肯承认自己是河南新县人的许世友，就因为不肯改变世代形成的楚汉性情，才被毛泽东特许，可以带枪进中南海，可以生前忠于共产党，死后孝敬老亲娘。性情中人就像熔化温度为摄氏三十七点五度的纯巧克力，入口就化，其亲和感没有丝毫强加的意思。地理上的楚汉处在五湖四海中央，三教九流涡心。天设地造时，就已经命中注定要为东边的太阳，西边的月亮，去北的鸿鹄，往南的鸥雁们充当中间站。这是最吃力不讨好的差事。人家累了，心里想象的是能得到五星级的服务。天下只有一个楚汉，那么多人事川流不息地到来，得到好处的没事，感觉没有得到善待的当然会在继续上路后，将自己的抱怨川得到流不息地播撒出去。如今的巧克力越来越不可口，是因为越来越多的非巧克力被注入巧克力里。楚汉地域上的许多败笔本是外来者留下的，很难想象，旅行者会将沿途产生的物质与精神垃圾，一粒不落地背负到终点；将其抛在楚汉这块最大的人事聚散地上，就成了理所当然的选择。楚汉之人是由长在赤道南北二十度纬度以内的可可树上结的果实所制作出来的纯巧克力，楚汉之人的性情是可可豆中所含的化学物质苯乙胺，只要喜欢，它就会刺激人体释放出使人倍觉愉悦的另一种化学物质多巴胺。思想庞杂意图超越古今指点江山未来的毛泽东，回到日常当中，愿意同思想清澈的性情中人相处，则是自然而然的事。

　　楚汉之人的无意为之，恰好契合了西方人所说的，巧克力应当醇厚，思想应当清澈。

　　楚汉之人一次次地浪费了历史给予的机遇，历史又一次次地重新赐给新的机遇，其中预示什么，它的神秘性在哪里，恐怕还得让未来作证。

唐诗的花与果

　　一个人怎么会在心灵中如此迷恋一件乡村之物?

　　这种感觉的来源并非是人在乡村时，相反，心生天问的那一刻，恰恰是在身披时尚外装，趴在现代轮子上的广州城际。那天，独自在天河机场候机时，有极短的一刻，被我用来等待面前那杯滚烫的咖啡稍变凉一些，几天来的劳碌趁机化为倦意。当我从仿佛失去知觉的时间片段中惊醒，隔着热气腾腾的咖啡，所看到的仍旧是挂在对面小商店最显眼处那串鲜艳的荔枝。正是这一刻里，我想到了那个人，并且以近乎无事生非的心态，用各种角度，从深邃中思索，往广阔处寻觅。

　　那个人叫石达开。这一次到南方来，从增城当地人那里得知，习惯上将这位太平天国的著名将领说成是广西贵县人，其实是在当地土生土长，只是后来家庭变故，才于十二岁时过继给别人。十二岁的男孩，已经是半个男人了，走得再远，也还记得自己的历史之根。传说中的石达开，在掌控南部中国的那一阵，悄然派一位心腹携了大量金银财宝藏于故乡。兵匪之乱了结后，石姓家族没有被斩草除根，只是改了姓氏，当地官府甚至还容许他们修建了至今仍然显得宏大奇特的祖祠武威堂，大约是这些钱财在暗中发挥了作用。身为叱咤风云的清代名将，对于故乡，石达开想到和做到的，恰恰是乡村中平常所见的人生境界。

岁月不留人，英雄豪杰也难例外。增城后来再次有了声名，则是别的缘故。因为有了高速交通工具，这座叫增城的小城，借着每年不过出产一两百颗名为挂绿的名贵荔枝之美誉忽然声名远播。那天，在小城的中心，穿过高高的栅栏，深深的壕沟，站到宠物一样圈养起来的几株树下，灵性中的惆怅如同近在咫尺的绿荫，一阵阵浓烈起来。

不管我们自身能否意识到，乡村都是人人不可缺少的故乡与故土。在如此范畴之中，乡村的任何一种出产，无不包含人对自己身世的追忆与感怀。正如每个人心里，总有一些这辈子不可能找到的替代品，而自认为是世上最珍贵的小小物什。乡村的日子过得太平常了，只要有一点点特异，就会被情感轻易放大。乡村物产千差万别，本是为了因应人性的善变，有人喜欢醇甘，也有人专宠微酸，一树荔枝的贵贱便是这样得来的。因为成了贡品，只能是往日帝王、斯时大户所专享，非要用黄金白银包裹的指尖摆着姿态来剥食。那些在风雨飘摇中成熟起来的粗粝模样就成了只能藏于心尖的珍爱之物，当地人甚至连看一眼都不容易，长此以往当然会导致心境失衡。

从残存下来的历史碎片中猜测，十二岁之前的石达开，断然不会有机会亲口尝到那树挂绿的甜头，如能一试滋味，后来的事情也许会截然不同。乡村少年总会是纯粹的，吃到辣的会龇着嘴发出吱吱声，吃到甜的会抿着嘴弄出啧啧响。率性的乡村，没有爆发什么动静时，连大人都会不时地来点小猫小狗一样的淘气样，何况他们的孩子。石达开甚至根本就不喜欢荔枝，在这荔枝盛产之地，如果他尝过所谓挂绿，只要有机会，便极有可能用其调换一只来自遥远北方的红苹果。事情的关键正是他缺少亲身体验。绝色绝美的荔枝，或许根本就是地方官吏与前朝帝王合谋之下的一种极度夸张。小小的石达开想不到这一层，而以为那棵只能在梦想中摇曳的荔枝树，那些只能在天堂里飘香的挂绿果，真的就是益寿延年长生不老之品。

是种子总会在乡村发芽。难道就因为位尊权重，便可以堂而皇之地掠走乡村的心中上品？后来的石达开，一定因为这样想得多了，才拼死相搏，以求得到那些梦幻事物。后来的石达开，得势之时还记得这片乡村，难道没有对少年时望尘莫及的荔枝挂绿的回想？

在现有的据说是用石达开捎回来的财宝修建的宗祠的屋檐上，至今还能见到"当官容易读书难"的诗名。当年不清楚的事情，留待如今更只有猜度了。正是由于如此之难，更可以让人认为石达开当然吟诵过杜甫的名句。那些开在唐诗里的乡村之花，一旦与历史狂放地结合，所得到的果实，就不是只为妃子一笑的一骑红尘，而是一心想着取当朝而代之的金戈铁马万千大军。

没有记忆，过去就死了，不得再生。没有记忆，历史就是一派胡言，毫厘不值。没有石达开了，没有挂绿，荔枝总不至于不是荔枝了吧？将唐诗当作花来盛开，最终还得还以唐诗滋味。这样的荔枝才是最好的。

失落的小镇

一

　　差不多半年时间，我几乎不能写一个字。那笔对我来说，拿在手里如同拿着一把刀或一支枪，让我去除掉一个谁；当面对纸上许多方方正正的小眼睛时，我却惶惶不知往何处落下。那一阵，就连在工资册上签上自己的名字，也觉得疙疙瘩瘩的，笔和纸仿佛存在着一种仇恨，推推搡搡，让我怎么也把握不了。

　　《凤凰琴》的电影改编者对原著的肆意妄为及相关版权纠纷，单位里人事的角逐，还有内心深处那种巨大的难以对人言的苦闷与痛楚，如山一样压在自己的身上。

　　当然，也不是没有欢乐的日子，但那时光之短暂，让人更感到痛苦的漫长。这实在又一次印证了那句名言：欢乐是虚无的，痛苦才是实在的。

黄州是个极小的城市，任何一种俗套都企图淹没她的风雅。

身居其中，实在有万般的无奈。譬如，在黄昏的晚风中，想独自寻找一片净土，让灵魂出一回窍，捎一些清凉和宁静给心灵，让星星、月亮抚一抚永远也不会出血的伤口，让无边无际的夜空融合那一声声的呻吟。可我尚未动步，那几双职业仁望的眼睛，就降落在脊背上；那彻骨的凉意，一瞬间就能冻僵散步的情绪。

往常，一位学工科的才华出众的朋友，常常脱口冒出一句：高处不胜寒。我那时没有站在高处的体会，不知此寒为何物。现在，当我一步一步向着山峰攀去，回想朋友说此话时的情景，不免慨然、怅然，还有惘然。

感谢王耀斌、丁永淮等师长的帮助，我终于请上了三个月的创作假；那个神秘的山里小镇，当然不是世外桃源，但它能帮我回到文学的伊甸园。潇洒逃一回，这当然难说是最佳选择，起码不是那种挑战人生的男性的强悍风格，但这怪不得我，要怪只能怪生活。拿上行李，就要出门，儿子生病上医院打针去了，过几天他就要满十岁。在他十五岁时，他会责怪我此刻不在他身旁，可我相信等到他三十岁时，他会理解父亲的。所以，我将要把自己的第一部长篇小说，献给年满三十的儿子。

咬紧牙关，逃一回吧！管他潇不潇洒。

二

送我进山的中巴车，在胜利镇街口将我扔在一派萧条之中，一扇大门旁不知谁用红油漆写着四个字：胜利车站。我环顾四周，除略显破败的街景与大多数车站一样，实在没有什么东西可以让人感觉到这就是车站。

在以后的日子里，我慢慢地对此表示理解，作为亦迎亦送的车站，它从来不是旅行者的归宿，而永远只是整个旅途的一部分，疲倦与无奈才是它的本色。北京火车站、深圳火车站，在落成之际是够豪华的了，一旦涌入匆匆来去的人流，那些僵硬的奢侈无论如何也掩不去灰色的苍茫。无处不在的是迷惘，是惆怅，是遗憾和失落！

不知是什么原因，在随之而来的那四十多个孤独的日子里，于写作之余，下楼走一走，散散步，放松一下情绪，那脚步便情不自禁地迈向车站。尽管那儿雨天很泥泞，晴天又尘土飞扬，嘈杂与脏乱则是不受气候的制约，每日里一如既往，可我总是管不了自己的脚步，非要绕着车站走一圈，然后或是沿着河堤、或是沿着沙滩、或是沿着公路与小街慢慢地走去。

有时候，一边走一边免不了想，如果父亲一直待在这座名叫胜利的小镇，那如今的我会是什么模样呢？那个黑得很深的夜，其实还不到八点钟，老长老长的公路上，只有我一个人在行走着。后来我也停下来不走了，望着大河淌水，听着旷野流风，我无法不想到爱与爱情。就在这种时刻我突然异想天开地意识到，人对历史的关注，更甚于对未来的仰望。在我每天对小站的不自主的回望中，包含着所有普通人的一种共性，那就是对无法拒绝的过去的百感交集。

我在写完第六章中的一个较精彩的细节后，曾问过自己，你怎么想起要来胜利镇写自己的第一部长篇呢？这是一种纪念，还是一种向往？我不愿对自己多作解释，因为这已成为"过去"了；关于过去，是谁都无可奈何的。然而，过去可摸、可看、可怀想、可思考，还可以悔、可以恨、可以欢喜、可以忧愁。就像眼前这小站，无论它如何破败，也仍是无数旅途所不可缺少的一环一节。人生也有许多破败之处，包括选择上的失误，过程中的不当，一段痛苦的婚姻，一个不如意的工作，或者还有受人欺侮，上人贼船。虽然它是那么不堪回首，可它把你塑造成一个有血有肉、有苦有乐的生命实体，没有它，人生就无法延续下来。就像一件穿了多年的破内衣，由于习惯，甚至不能察觉它的坏损。

在后来对小站的回首中，我努力想把它升华到具有文化地位和历史意识的高度，想从中找到一些哲学感来。越是如此越是发觉事情的奇妙，我不但不能抽象出形而上，反倒变得更加形而下。随着时间的延长，我对小站的回望也越来越多，我很清楚自己的真实想法，多日不能与人长谈，许久不知山外消息，我太渴望能见到一个熟人了。每当那驻足不前的大小客车开门吐出一堆堆陌生人时，我总是希望从中见到一个让我大吃一惊的身影来。在一次次的失望以后，我甚至觉得此刻哪怕遇上曾让自己恨之入骨的人也行。幸亏我并没有这种机遇，真的那样，我肯定还是无话可说，而只有那种又与自己的历史打了一回照面的感觉。

面对过去，许多人可能都会无话可说。这不是一种无奈，人在"过去"面前永远都是一个幼稚的小学生。尽管每个人的过去是每个人造就的，过去仍旧固执地教化每个人。我从小站来，我记得小站以前的一切的路，但小站以后的路呢？小站只是又一个起点，它不能告诉我什么，可它是我前程的唯一依靠，或者说是离前程的最近之处。人恋旧大概也是这个缘故，旧事再难过，它也是踏实的，而未来总在虚幻之中，缺少一种安全感。我老是回头看小站，一定也是感觉到前面的路太长了。

三

胜利镇过去叫滕家堡,更早的时候还叫屯兵堡。

父亲以前曾在这里工作过一阵。我一直不明白,是胜利选择了我,还是我选择了胜利。十月十三日的黄昏时分,当我初次踏进这个小镇时,竟一点也不觉陌生,一切都似曾相识,仿佛是我那梦中无数次编织过的小小家园。实际上,我并没有真正拥有过一座家园,当父亲雇人将他的子女以及全部家当放在一担箩筐里,挑进大别山腹地后,我的人生就注定开始了那永远漂泊而达不到彼岸的浪迹。多少次,或在清晨,或在正午,或在黄昏,骤然踏进一座村庄或一处集镇,于是就在灵魂深处问自己,这是你的家园吗?这鸡鸣,这炊烟,这牛栏里浓酽的故土气味,这在村边小路上背着小山一样的柴火缓缓挪着脚步的女人,会是自己渴望中的家园情景吗?

在刚刚消逝的这个夏天,我们在与胜利镇隔着一座大山的青苔关办了一个笔会。也是一个黄昏,一行人走了十余里山路爬上关口,而后又踏黑寻访那边山下最近的一座小村。他们在前头走了,而我在已接近那小村时忽然停了下来,然后开始慢慢往回走。我反复地对自己说,你不能那样冒失,你有什么可以张扬的而让小村的人猛觉惊疑与惶惑呢?那样的家园是不可以随意打扰的!平静是他们唯一的财富,我们无权去抢掠他们!

面对着胜利镇我真不知该说什么,该想什么。站在自己既往的梦想面前,除了惆怅的回忆,很难有其他作为。

我暂住的那座小楼,窗口正对着一片河滩,河滩白茫茫的一片,横躺在一泓浅水与半弧枯岸之间;夕阳余晖洒在上面,不明不白地泛起一些别样的光泽。我想起自己四岁时偷偷跑到一条比这河要大要宽要深的另一条河里去洗冷水澡，被寻来的母亲按在沙滩上用篾条打屁股的情景。猛然想起这事时是在一天中午，那时我已吃过午饭，独自躺在那片沙滩上，任太阳慵懒地晒着，天地间到处都是暖洋洋的，秋水在顺流而下，秋风在逆流而上，沙滩像云像船一样载着我，我仿佛感觉到一阵阵舒徐的晃荡。

好久了，我都没有如此轻松，如此惬意，如此无忧无虑地享受人生片刻。这一两年来，一部部小说的发表与获奖，从未使我获得过短暂的快乐，相反，却使我感觉到无限的累与沉重。只有此时此刻，我才发现我是属于自己的，我可以有快乐，可以有幸福，也可以有胡思乱想，甚至可以高声将谁臭骂一顿，诅咒一番。当然，我不会这样做，因为我心情好极了，我已原谅了一切的不如意。

我在沙滩上躺了好久好久，那种舒坦让人不想起身。后来，我对自己说，你再在河边贪玩，小心母亲又要来用篾条打你的屁股了，这才一骨碌地爬起来，回了屋子。

这天，我写了一万两千字。

从此，我每天都要到那沙滩上躺一躺，走一走。

那天，天一直阴着。傍晚时，我走出屋子才发觉外面正下着小雨。我懒得上楼去拿伞，一缩脖子便钻进雨中。

在我正要踏上沙滩时，忽然见到路上横着两只狗，两条尾巴绞在一起，而脑袋却是一东一西。它们一点也不理会我的到来，站在那里一副极投入的样子，当我恍然明白它们是在做着延续生命的大事时，便有些不好意思地绕着走开了。

小雨下得细细密密，四野里全都默不作声。我顺着沙滩缓缓地走着，一步步地将一条河踩成一片漆黑，远山上的几盏小灯在随风闪烁。如果将来某天我对别人说，在这一刻里我听到了大自然的召唤声，我感觉到了生命存在的意义，我意识到了某种艺术的真谛，而使自己有了参透万物的大彻大悟，那肯定是在说谎吹牛或是神经错乱。在这冷雨中，沙滩上，我独自走了一个多小时。可我什么也没想，只是任凭冷雨将自己洗个透彻，洗成心空如禅，心清如月。只是反复祈祷，谁也别来打搅我，让我一个人好好待一阵，让我轻轻松松地活几天，活得像一个人。

在我离开沙滩，开始返回时，那两只狗已经不见了。只是在这时，我才想起生命的意义。说实在话，在那一刻里，我觉得人不如狗，因为狗从来就不用瞻前顾后，就本能地懂得生命的意义。

四

丝毫没有必要隐瞒，我从未像现在这样感到小说是如此地难写。哪怕是在八十年代初的那种闭门造车或者说是勤学苦练的日子，也不曾有过脑子里空空荡荡、没有一丝灵感、没有一个词语的时刻。

枯坐灯前，那种阴影还笼罩着我。特别令我不安的是，耳朵里从早到晚一直嗡嗡作响，以至于不得不用一个小纸团来塞住它，求得暂时的解脱和虚假的平静。我知道，我不能寄希望于随身带着的二百五十颗中药丸。其实，每一个艺术家都比医生更了解自身疾痛。我知道，只要自己能够获得一片宁静，几缕温馨，沉重的生命就会变得轻灵起来。我恨那黑驴粪一样的药丸，可我不得不一日三次地用温水服下它。

五点钟的山区，天黑得很。这两年我走过各种各样的路，可我还是第一次如此充满信心，认可生命对于自己的无限意义。我想起许许多多关于生命的哲理名言，为了爱我的人和我爱的人，我将好好活下去，认真写下去。

在我来到胜利镇约一个月的一天中午，我刚上床准备稍事休息，窗外遥遥地传来了一阵鞭炮声，随后又传来了阵阵号乐声。开始，我还以为是谁家的新郎娶新娘，待推开窗户看过，才知是一队送葬的人群。

正在看时，队伍中不知是谁吆喝一声，那八个抬着黑漆棺材的男人，齐刷刷地跑将起来。道路起伏不平，那黑棺材竟像舰艇一样在海涛中豪迈挺进，脚下踏起的尘土亦如那蒙蒙的水烟。

那一刻，我的灵魂受到了强烈的震撼。直到他们跑过小镇，消失在镇子外面的原野上，我仍于窗边久久伫立。

那一刻，我实在不明白这究竟是不是一个生命的葬礼，在我看来它俨然是一种展示生命的庆典。旧的生命在新的生命的肩上不正是继续在做一种盛大的长跑与强势的延续吗？

然而，毕竟有某个生命单元无可挽回地失去了，单就个体来说，这是一万种悲剧中最惨痛的一种。

因为，世界上唯有生命不可替代，不可作伪，不可被人摆布。

那天黄昏，我一个人爬上镇子后面的小山，山上有一个纪念碑，那是为悼念在本世纪上半叶那场改变了中华民族命运的血与肉的洗礼中，在此地非正常死亡的那些人而立的。在绕着纪念碑穿行、在没膝深的荒草中寻觅时，我不能不又一次想到死亡。

不管我们想还是不想，死亡每时每刻都在身边窥视着那种有机可乘的破绽，随时都有可能突袭我们。令人想不通的是，如今的人特别是那些养尊处优的年轻人，竟如此地不将生命当回事，且不说动不动用刀砍杀他人，就连对自己也那般的刻薄，甚至仅因大腿不好看，不能穿超短裙就可以去寻短见，仿佛真的如此便能再活第二回。

我至今只目睹过爷爷的死亡。那是一个深秋，爷爷已有半个月不能进食了。那晚，一家人都聚在爷爷的床前，此时的爷爷，除了眼皮能眨，其余一切活力都已先行离他而去。父亲替爷爷穿上寿衣、寿鞋，然后坐在床边，望着爷爷。就在这时，爷爷嘴唇忽然动了一下，像是要说什么。父亲猜测了一阵，拿起寿帽问爷爷是不是要将它戴上。爷爷的眼皮眨了一下，下巴也像点了一下。父亲给爷爷戴上寿帽后，爷爷便永远地闭上眼睛，接下来的满脸的安宁分明是一派无奈，只是心知死亡的不可挽回，才有此最后妥协。

我想起爷爷的死，那时我刚过而立之年。爷爷的离去使我明白自己并没有完全成熟起来。我像小孩一样，害怕去碰一下爷爷那正在发僵的躯体，甚至害怕去停放爷爷的屋子，害怕送爷爷去火化。我害怕生命的脆弱，更害怕生命为何只有这仅有的一次。

在荒坡上徘徊时，四周安静极了，只有山风偶尔来做一回短短的光顾。我伫望着那条曾有送葬队伍跑过的小街，心里突然明白，为何那些送葬的人要如此张扬。他们实在是要告诉众人，一个生命消失了，哪怕他活得再长，也还是要死的，那么趁着还活着，我们要万般珍惜。所以，送葬只是一种形式，它的真正意义是在警示我们：对每一个人来说，只要没有死亡，活着是没有问题的。问题只是活法的不同。有的人用智慧和思想，有的人用灵魂和血肉。这一点于作家也不例外，而我由于智慧的匮乏、思想的浅薄，便只能选择用灵魂和血肉来面对文学了！

（本文系长篇小说《威风凛凛》后记）

心 灵 处 方

　　老家的堂兄专程来汉口，让我为新修的家谱作序。如果不是父亲早先在电话里嘱咐过，真让我难以相信这样陌生的人和自己竟是一脉相承下来的。父亲原本不大掺和这些，他年轻时就离了故土，携我们兄弟姊妹去几百里以外的地方，实践那个时代人所共有的社会主义理想。那时家族家谱都是迷信和封建，是要荡涤的污泥浊水。没料到几十年后的今天，这些曾经的朽木又逢春了。

　　黄冈郑仓老家我只回去过一次，当时的感觉是无论住所还是人全都极为普通，假如没有人指点，无论如何我也想象不出那里是我们这些流连在外的人的根。

　　一个人从哪里来又要到哪里去？这个问题以它的终极性，困扰了一代代生生不息的人。先祖也无法超越这个局限，他们在无奈之中才将一代代的生命血缘用文字记载下来，使那些离他们越久远的后来者，越是有一条清晰的脉络，然后在心里模拟自己生命出现之前的可能的状态与意义？一些家谱已够资格存入世界各地的著名博物馆里，在那种庄重而神秘的地方，它获得了相当的尊重，原因就在于它对于生命的可寻找性，以及对生命个体之外的虚空的可触摸性。当然这些都只是发生在文化意义上，它只强调精神世界里的作用，与用高精仪器和逻辑公式来研究人的肉身与灵魂决然不同。说到底，对普通人，家谱只是给心灵的一个处方，寻方煎药还得靠每个人自己。

详尽地阅读着家谱，也就是经历着一条漫长的大河，源头上细流涓涓，千里万里之后我们成了海一样宽阔的水面。

老家的人说，他们都以为上次修的家谱找不到了，历经几次战乱，接着又是动乱，多少东西被毁掉了难以修复，没想到有人在尘封的破木箱里找到了一堆废纸，里面竟然包着一套完好的家谱。老家的人为此兴奋不已。家谱上记载，上次修续的时间是在公元 1933 年。而上次的序却是在公元 1918 年就写好了，其中的拖沓让后人想到过去日子里的许多艰难。岁月在纸上变黄了。别人都说盛世修路、修桥和修谱，我惊讶我们家族的人不是这样。1933 年在历史上是战火纷飞的年份，日本人在我们的国土上步步进逼，国共两党两军就在老家门口血肉相拼，而且年前还发了一场后来被写进县志的洪灾。兵荒马乱、天灾人祸时家族却在修谱。现在的情形也不太乐观，改革已让很多人感到阵痛，去年长江流域又暴涨大水，国家动用了几十万军队才挽狂澜于既倒。放在十年前那个浪漫的时期，修谱是一项不见歌声的赞颂，谁见了都会眉开眼笑。此时此刻，怎么做情绪里都摆不脱那份沉重。正因为这样，这样的家族更应该受到历史的尊敬。不管世界的宠辱如何，该做什么做什么，这是一种高贵品质。我们的先祖出身卑贱，自他以后的子子孙孙，亦多是自得其乐的种田人。能记载的只是他们的生卒年份，阳舍冥居，字里行间淡泊如行云流水。据说这样行文简约的原因是先辈中没有达官显贵。只是到了我父亲这里才出了他这么一个离休后能享受待遇的副县级的局长。其实这样也好，清清楚楚地给后人留一个明明白白，是能永久享受的最实惠的遗产。没有贪官污吏给家族抹黑，没有强豪劣绅让家族蒙耻，多好！假如摊上一个"刘桧"，我们的血脉还能如此干净吗？上次为家谱作序的是一位叫林彪的先生，他只是与老家的邻居、后来在蒙古温都尔汗坠机身亡的那位正巧同名，这一点千万要说明白，不可讹传。

家谱上写就的辉煌并不是后人的骄傲，家谱上记载的耻辱却是后人的羞愧。

续写家谱应是对本门本宗一段历史的盘点。比如，我们做过什么，我们正在做些什么，我们还将做些什么。光宗耀祖，在家是家事，在国是国事，在世界则是做人的基本。平淡久了则要浪漫，世纪正在更替，人不能不思进取。修写家谱是为大众明理励志。也是借先祖之尊，诘问今人。先祖无言绝不是无可奉告，何况多少代后我们也会成为祖先。因此我们今日所说的，一如先祖所说；今日我们所做的，也就是先祖所做。家谱怎么续写是每一个人的事。作为新版序言，我所说的最后的话是：咱们刘家的人还有很大的潜力，我们的家谱还应该更厚重一些，这一点并不难做到，只要用胆识、用勤奋、用聪慧，只要拥有新知识、新思想和新方法，即便身在穷乡僻壤也能创造辉煌。

尚在初始，就已终老

读了晓民兄转来的你的文稿。与你一向未有交往，我却不愿形容为素不相识，因为在你笔下流动着的几乎所有的细节与情怀，在我这里同样烂熟于心。

有句话说，普天之下，莫非王土。只要动用一个字，这句充满贪欲的大话就变成一句实话：普天之下，莫非水土。除了水和土，这世界还有什么东西是永久、永远和永恒的呢？情到深处，还是改动一个字，就会变成大实话：普天之下，莫非乡土。

君之文章，真如乡土一生，见不到童年、少年和青年，一切尚在初始，就已经终老。偶尔有花开鲜艳如霞，偶尔有裙袂随歌飘扬，也不过是生殖季节的鲫鲤那般，产几次鱼子，随即就归于平静。乡土灵魂再执拗，也改不了幽静深沉之垂垂老者风范。乡土的一生就是眼睁睁看着荒野田园，从越来越为自己苟安的世界中怆然去远。愿意和不愿意都是无效的！人所体察的诗情，需要乡土扮演芳草萋萋、孤烟空寂、愁云薄如天、夕阳西下时，不能太痛，却少不得深深惋惜的情境。夏之苍翠，秋之苍黄，冬之苍白，春之苍茫，乡土终其一生，究竟在等待什么？究竟等到了什么？一辈子只能待在老家，用女人滴滴凄凉的泪水煎熬自己的内心，每每炼成峻峭深沉的诗句，便放在冰冷的历史长河里，凝成一种命中注定的咏叹。这是乡土唯一拥有的方式，面对始终处在阴影中的继往开来，默默无语地书写着这些永远的遗憾。

那是四季皆能生长的乡土。

那是与野草一样保留着少许辛辣的乡土。

没有诗意是一种痛苦。拥有诗意是一种更痛的痛苦。乡土疼痛时不会是诗意，但是诗意一定会是一种乡土疼痛。

谁还记得乡土与我们曾经相伴相生？乡村的孤独是那样绝对，让事事都能一分为二的哲学彻底失语。乡村的生命小路充满生存泥泞，进入很难，离去后的抛却更是很多人穷毕生之力都无法办到。山水无形，固有的从来是惆怅，轻柔温软地就将一季的辛劳化作了长梦，早早将思绪困锁在夜的深处。荷塘幽香，高悬在上的却不是玉洁冰清，乡土私语早已潜入老泥纵深；昔日露珠一样的诗意，除去变成不堪重负的生产资料，余下的还不够促成冬季里冰封的刺痛。

常常地，在乡村行走，心里感觉不到自身。能够持之以恒地面对旷阔的乡村，只有乡村本身。乡村的天空渐渐暗淡，乡村的季风反复无常，总是如耳光响亮一样的诗曰：东风恶、欢情薄、春如旧、人空瘦、世情薄、人情恶、晓风干、泪痕残、人成各、今非昨——此种千古绝唱，断肠之声幽幽，在那重重烟云背后的陆游与唐婉，如何不是当下的乡村与我们？

是谁让有些人再也难以与乡村执手？

大浪淘沙。一场大水过后，泥土和细沙全被冲走了，河床中能够留下来的起码也是砾石。若要经得起千千万万的洪流，则只有那些如小山般的巨石了！谁也休想让君放弃内心的坚持！君的眼睛明白地看见，无论是流经城市的江河，还是只在乡村泛滥的溪流，用干涸之后的故道来推测之前的汪洋与滋润，是毫无信用可言的。

在已经找不回诗意的当下，君还没老，就心甘情愿地希望被当成老男人，与不会年轻，也不善于年轻的乡土，做一个心怀诗意的伙伴，将叹世事无常，"人生常恨水长东"的英雄气短，将"回首向来萧瑟处，也无风雨也无晴"的浪荡潇洒，将"日日花前常病酒，不辞镜里朱颜瘦"的悱恻缠绵统统化为一往情深。

诗意会放大乡土的悲欢离合。

没有诗意的乡土更好，索性在沉默中潜行。

没有诗意也就少了一样疼痛。即使有人在痛，也不会传染开来，还有可能在平静中接受现实，而不去一次次轻弹男儿之泪。

然而，我们最不会糊涂的是，拥有诗意是乡村与生俱来的权利。所以我们才选择了文章。

受君之托写了这些文字，不足为序，只算得是共同的心声。

第三章

小路，
才是用来回家的

小路是少有人走的路，幽僻清冷。但是，只有小路，才是用来寻找的；只有小路，才是用来深爱的；只有小路，才是用来回家的。

母　亲

过年回家，有一种东西总在堵着我的喉咙。

我们是在黄昏时刻到家的。从车窗里望见系着旧抹腰的母亲，孤单地等候在院门外的那一刻，我第一次发觉，一生中最先学会、叫得最多、最了不起的称谓，竟然无法叫出声来。是女儿趴在怀里，冲着奶奶，响亮而又深情地替我叫了一声生命中最爱的母亲。母亲灿烂的笑容，分明是冬日苍茫中最美丽的景致。我的心却紧得很，阵阵酸楚直往眼底涌：国庆节放长假我们曾经回来过，才三个月时间，母亲又老了，并且老得格外厉害。许多次，我在电话中一边同母亲说话、一边想象母亲苍老的模样，眼见为实的母亲让我惊讶不已。在一段时间里，我一直不去看女儿绕在奶奶膝前撒娇并撒欢的模样，只用耳朵去听她们一声声"好奶奶——好孙女——"地相互叫着，并相互说着：我好想你呀！在听来的这些动静中，让我略感宽慰的是母亲的笑声，在女儿的亲昵下，甚至还透露出一丝逝去多年的娇媚。

这么多年，记忆中唯一没变的是系在母亲身上的抹腰。母亲四十几岁时就病退在家，此后的三十年中，一件又一件的抹腰，也就是别处称之为围裙的东西，就成了她日常生活中最主要的时装。回家之前，妻子拉着我特意去商场为母亲买了一件枣红色绣花中长棉外套，我们非常满意，拿给母亲试穿，母亲也非常满意。初一早上，母亲走出睡房后的模样，竟然没有一个人及时看到。临近中午，大家在院子里晒太阳，我问母亲为何不穿那件新衣服。话刚说完，我就发现，那件新衣服其实早已穿在母亲身上。只是母亲在穿上新衣服的同时，亦随手系上那件沾着油腻、补有补丁的抹腰。

母亲过分的苍老，主要原因在于父亲。腊月底，二叔带着二婶来武汉医治青光眼，见面后聊起家事，二叔二婶毫不客气地表示，八十一岁的父亲在所有事情上越来越任性而为，完全是母亲宠坏的。父亲将自己可以有些作为的岁月，全部献给了他曾百般信任的乡村政治。如今回过头去看，父亲这辈子从未弄懂过什么是政治。离休后第一个十年，父亲结交了一批钓鱼的朋友。第二个十年，父亲不能再钓鱼，只能打打小麻将，于是就有了一批老赢他钱的牌友。第三个十年开始后，父亲的体能只够在院子里养养花，仅仅剩下两位爱花的老朋友就成了必然的事。于是，已到了"现在的事记不得、过去的事记得清"阶段的父亲，就用那貌似清醒明白的糊涂，开始了对母亲仿佛不近情理的导演。越来越靠潜意识生活的父亲，迫切需要有人来出演往日工作与生活中相伴过的那些角色。譬如他不让母亲洗被子，母亲没有听信，父亲便夺过被子，放到砧板上，用菜刀剁得稀烂。譬如，锅里的饺子煮好后，两位孙子像请示工作一样去问他，可以吃几个。几经反复，他才哼一声：八个。那样子十分像小时候看战斗故事片，日本人伸着手指比画：八路的有？

母亲是天下最常见的那种任劳但不一定任怨的妻子，心里有委屈，就会在儿女的面前一一数落。吃着母亲亲手做的饺子，心中塞满了母亲这辈子太多的辛苦、辛劳和辛酸。不由得，我们也会跟着母亲抱怨父亲几句。然而，母亲往往不给我们哪怕一丁点的过渡，只要父亲那里有任何动静，她便即刻赶过去，那种敏捷与由衷，让满屋子的晚辈每每自叹弗如。

到家的第二天，我抢先起床，打算做一顿早饭给母亲吃。正在忙碌，母亲出现了。她笑我这么多年没烧煤了，还能记得如何生煤炉子。我也笑，却没有说，因为怕生不着煤炉子，而比她多用了两倍以上的引火木炭。母亲说她整个冬天都不敢烧煤，她那手像豆腐渣，不晓得为什么，只要一沾煤，就会裂得大口子连着小口子。

我想起前年母亲在武汉过年。母亲当时之所以同意在外面过年，是因为那一身折磨她多年的疾病实在不能再拖下去，答应我们年后上同济医院彻底治一治。为了陪伴母亲，我们要了一间温馨病房。手术之后的母亲从麻醉中醒来，顾不上疼痛就开始后悔，治病哪能像住宾馆。无论我的稿费来得容易和不容易，在母亲看来都不应该如此为她花费。母亲住院的那半个月，是迄今为止，我对她最为孝顺的日子。印象最深的一件事是坐长途客车来看望的大姐，捧着母亲的手说，真像是姑娘的手。那一刻，母亲笑得十分满足。

母亲的手是那乡村沃土，只要一场雪，就会变得风姿绰约光洁照人，然而沃土之意义不是妩媚其表，而在于内里长久的奉献。此时此刻，不烧煤的母亲双手上那些隐约带血的裂口子，只是稍细了些，会不会少一些都说不准。

大清早，母亲一边和我说着话，一边随手将我正在做的各种事顺手接了过去。而我也像以往每次回家那样，不自主地就顺从了母亲。直到这顿早饭做好后端上桌子，我才重复着从前，在心里责备自己，怎么连这么小的一点事情也替不了母亲哩！守岁的那夜，过了零点，我一再吩咐母亲初一早上好好睡一觉，那些该做的事，由我起床做。一夜好觉被邻居家的鞭炮惊醒，匆匆起来也放了一大串迎新年的开门吉响。我真的不晓得，做儿子怎么会如此滥用母亲的慈爱，无论我如何告诫自己，到头来一切如故，母亲轻轻地走近来，不用费力争夺，只需稍一抬手，我就放弃了为母亲分担点什么的诺言。

就这样，我伤心地发现一个可能属于天下所有男人的秘密：不要相信儿子对母亲的承诺，不是儿子们不孝顺，只因为母爱太伟大了，做儿子的到老也离不开。

在家的那几天，母亲曾问她的孙女："我到你家去住好吗？"女儿想了想才回答："我家住七楼，奶奶你上得去吗？"女儿没有笑，我也没有笑，唯有母亲在那里开心地笑着，一切答案仿佛都与己无关，就像母亲这辈子所走过的，七十岁、八十岁和一百岁都不是目的，真正属于她的只有这些日复一日，让我这做儿子的想得心疼的实在小事。那一天，我将女儿叫到身边，故作神秘地问，将你的奶奶借给我当母亲好不好？女儿明白我在逗乐，一边说奶奶本来就是你的母亲，一边像小猫小狗一样快乐地跑开了。所有的青春少女都是在快乐中渐行渐远，直到无影无踪，留下来陪伴终生的都是不再将爱字说出口来的老母，那才是每一个人的至亲。

抱着父亲回故乡

抱着父亲。

我走在回故乡的路上。

一只模模糊糊的小身影，在小路上方自由地飘荡。

田野上自由延伸的小路，左边散落着一层薄薄的稻草。相同的稻草薄薄地遮盖着道路右边，都是为了纪念刚刚过去的收获季节。茂密的芭茅草，从高及屋檐的顶端开始，枯黄了所有的叶子，只在茎干上偶尔留一点苍翠，用来记忆狭长的叶片，如何从那个位置上生长出来。就像人们时常惶惑地盯着一棵大树，猜度自己的家族，如何在树下的老旧村落里繁衍生息。

我很清楚，自己抱过父亲的次数。哪怕自己是天下最弱智的儿子，哪怕自己存心想弄错，也不会有出现差错的可能。因为，这是我平生第一次抱起父亲，也是我最后一次抱起父亲。

父亲像一朵朝云，逍遥地飘荡在我的怀里。童年时代，父亲总在外面忙忙碌碌，一年当中见不上几次，刚刚迈进家门，转过身来就会消失在租住的农舍外面的梧桐树下。长大之后，遇到人生中的某个关隘苦苦难渡时，父亲一改总是用学名叫我的习惯，忽然一声声呼唤着我的乳名，让我的胸膛感觉到一种从未有过的温厚。那时的父亲，则像是穿堂而过的阵阵晚风。

父亲像一只圆润的家乡鱼丸，而且是在远离江畔湖乡的大山深处，在滚滚的沸水中，既不浮起，也不沉底，在水体中段舒缓徘徊的那一种。父亲曾抱怨我的刀功不力，满锅小丸子，能达到如此境界的少之又少。抱着父亲，我才明白，能在沸水中保持平静是何等的性情之美。父亲像是一只丰厚的家乡包面，并且绝对是不离乌林古道两旁的敦厚人家所制。父亲用最后一个夏天，来表达对包面的怀念。那种怀念不只是如痴如醉，更近乎于偏执与狂想。好不容易弄了一碗，父亲又将所谓包面拨拉到一边，对着空荡荡的筷子生气。抱着父亲，我才想到，山里手法，山里原料，如何配制大江大湖的气韵？只有聚集各类面食之所长的家乡包面，才能抚慰父亲五十年离乡之愁。

怀抱中的父亲，更像一枚五分硬币。那是小时候我们的压岁钱。父亲亲手递上的，是坚硬，是柔软，是渴望，是满足，如此种种，百般亲情，尽在其中。

怀抱中的父亲，更像一颗砣砣糖。那是小时候我们从父亲的手提包里掏出来的，有甜蜜，有芬芳，更有过后长久留存的种种回甘。

父亲抱过我多少次？我当然不记得。

我出生时，父亲在大别山中一个叫黄栗树的地方，担任帮助工作的工作队长。得到消息，他借了一辆自行车，用一天时间，骑行三百里山路赶回家，抱起我时，随口为我取了一个名字。这是唯一一次由父亲亲口证实的往日怀抱。父亲甚至说，除此以外，他再也没有抱过我。我不相信这种说法。与天下的父亲一样，男人的本性使得父亲尽一切可能，不使自己柔软的另一面，显露在儿子面前。所谓有泪不轻弹，所谓有伤不常叹，所谓膝下有黄金，所谓不受嗟来之食，说的就是父亲一类的男人。所以，父亲不记得抱过我多少次，是因为父亲不想将女孩子才会看重的情感元素太当回事。

头顶上方的小身影还在飘荡。

我很想将她当作是一颗来自天籁的种子，如蒲公英和狗尾巴草，但她更像父亲在山路上骑着自行车的样子。

在父亲心里，有比怀抱更重要的东西值得记起。对于一个男人来说，一辈子都在承受父亲的责骂，能让其更有效地锤炼出一副更能够担当的肩膀。不必有太多别的想法，凭着正常的思维，就能回忆起，一名男婴，作为这个家庭的长子，谁会怀疑那些聚于一身的万千宠爱？

抱着父亲，我们一起走向回龙山下那个名叫郑仓的小地方。

抱着父亲，我还要送父亲走上那座没有名字的小山。

郑仓正南方向这座没有名字的小山，向来没有名字。

乡亲们说起来，对我是用"你爷爷睡的那山上"一语作为所指，意思是爷爷的归宿之所。对我堂弟，则是用"你父亲小时候睡通宵的那山上"，意思是说我那叔父尚小时夜里乘凉的地方。家乡之风情，无论是历史还是现世，无论是家事还是国事，无论是山水还是草木，无论是男女还是老幼，常常用一种固定的默契，取代那些似无必要的烦琐。譬如，父亲会问，你去那山上看过没有？莽莽山岳，叠叠峰峦，大大小小数不胜数，我们绝对不会弄错，父亲所说的山是哪一座！譬如父亲会问，你最近回去过没有？人生繁复，去来曲折，有情怀而日夜思念的小住之所，有愁绪而挥之不去的长留之地，只比牛毛略少一二，我们也断断不会让情感流落到别处。

小山太小，不仅不能称为峰，甚至连称其为山也觉得太过分。那山之微不足道，甚至只能叫作小小山。因为要带父亲去那里，因为离开太久而缺少对家乡的默契，那地方就不能没有名字。像父亲给我取名那样，我在心里给这座小山取名为小秦岭。我将这山想象成季节中的春与秋。父亲的人生将在这座山上分成两个部分，一部分称为春，一部分叫作秋。称为春的这一部分有八十八年之久；叫作秋的这一部分，则是无边无际。就像故乡小路前头的田野，近处新苗茁壮，早前称作谷雨，稍后又有芒种，实实在在有利于打理田间。又如，数日之前的立冬，还有几天之后的小雪，明明白白提醒要注意正在到来的隆冬。相较远方天地苍茫，再用纪年表述，已经毫无意义！

我不敢直接用春秋称呼这小山。

春秋意义太深远！

春秋场面太宏阔！

春秋用心太伟大！

春秋用于父亲，是一种奢华，是一种冒犯。

父亲太普通，也太平凡，在我抱起父亲前几天，父亲还在挂惦一件衣服，还在操心一点养老金，还在渴望新婚的孙媳何时为这个家族添上男性血脉，甚至还在埋怨那根离手边超过半尺的拐杖！父亲也不是没有丁点志向，在我抱起父亲的前几天，父亲还要一位老友过几天再来，一起聊一聊"十八大"；还要关心偶尔也会被某些人称为老人的长子，下一步还有什么目标。

于是我想，这小山，这小小山，一半是春，一半是秋，正好合为一个秦字，为什么不可能叫作小秦岭呢？父亲和先于父亲回到这山上的亲友与乡亲，人人都是半部春秋！

那小小身影还在盘旋，不离不弃地跟随着风，或者是我们。

小路弯弯，穿过芭茅草，又是芭茅草。

小路长长，这头是芭茅草，另一头还是芭茅草。

轻轻地走在芭茅草丛中，身边如同弥漫着父亲童年的炊烟，清清淡淡，芬芬芳芳。炊烟是饥饿的天敌，炊烟是温情的伙伴。而这些只会成为炊烟的芭茅草，同样既是父亲的天敌，又是父亲的伙伴。在父亲童年的一百种害怕中，毒蛇与马蜂排在很后的位置，传说中最令人毛骨悚然的鬼魂，亲身遇见过的荧荧"鬼火"都不是榜上所列的头名。被父亲视为恐怖之最的正是郑仓垸前垸后，山上山下疯长的芭茅草。这家乡田野上最常见的植物，超越乔木，超越灌木，成为人们在倾心种植的庄稼之外，最大宗的物产。八十年前的这个季节，八岁的父亲正拿着镰刀，光手光脚地在小秦岭下功夫收割芭茅草。这些植物曾经割破少年鲁班的手。父亲的手与脚也被割破了无数次。少年鲁班因此发明了锯子。父亲没机会发明锯子了。父亲唯一的疑惑是，这些作为家中柴火的植物，为什么非要生长着锯齿一样的叶片？

芭茅草很长很逶迤，叶片上的锯齿锋利依然。怀抱中的父亲很安静，亦步亦趋地由着我，没有丁点犹豫和畏葸。暖风中的芭茅草，见到久违的故人，免不了也来几样曼妙身姿，瑟瑟如塞上秋词。此时此刻，我不晓得芭茅草与父亲再次相逢的感觉。我只清楚，芭茅草用罕有的温顺，轻轻地抚过我的头发，我的脸颊，我的手臂、胸脯、腰肢和双腿，还有正在让我行走的小路。分明是母亲八十大寿那天，父亲拉着我的手，感觉上有些苍茫，有些温厚，更多的是不舍与留恋。

冬日初临，太阳正暖。

这时候，父亲本该在远离家乡的那颗太阳下面，眯着双眼小声地响着呼噜，晒晒自己。身边任何事情看上去与之毫无关系，然而，只要有熟悉的声音出现，父亲就会清醒过来，用第一反应拉着家人，毫无障碍地聊起台湾、钓鱼岛和航空母舰。是我双膝跪拜，双手高举，从铺天盖地的阳光里抱起父亲，让父亲回到更加熟悉的太阳之下。我能感觉到家乡太阳对父亲格外温馨，已经苍凉的父亲，在我的怀抱里慢慢地温暖起来。

小路还在我和父亲的脚下。

小路正在穿过父亲一直在念叨着的郑仓。

有与父亲一道割过芭茅草的人，在垸边叫着父亲的乳名。鞭炮声声中，我感到父亲在我怀里轻轻颤动了一下，父亲一定是回答了。像那呼唤者一样，也在说，回来好，回到郑仓一切就好了！像小路旁的芭茅草记得故人，二十二户人家的郑仓，只认亲人，而不认其他。恰逢家国浩劫，时值中年的父亲逃回家乡，芭茅草掩蔽下的郑仓，像芭茅草一样掩蔽起父亲。没有人为难父亲，也没有人敢来为难父亲。那时的父亲，一定也听别人说，同时自己也说，回到郑仓，一切就好了。

随心所欲的小路，随心所欲地穿过那些新居与旧宅。

我还在抱着父亲。正如那小小身影，还在空中飞扬。

不用抬头，我也记得，前面是一片竹林。无论是多年前，还是多年之后，这竹林总是同一副模样。竹子不多也不少，不大也不小，不茂密也不稀疏。竹林是郑仓一带少有的没有生长芭茅草的地方，然而那些竹子却长得像芭茅草一样。

没有芭茅草的小路，再次落满因为收获而遗下的稻草。

父亲喜欢这样的小路。父亲还是一年四季都是赤脚的少年时，则更加喜欢，不是因为宛如铺上柔软的地毯，是因为这稻草的温软，或多或少地阻隔了地面上的冰雪寒霜。那时候的父亲，深得姑妈体恤，不管婆家有没有不满，年年冬季，都要给侄儿侄女各做一双布鞋。除此之外，父亲他们再无穿鞋的可能。1991年中秋节次日，父亲让我陪着走遍黄州城内的主要商店，寻找价格最贵的皮鞋。父亲亲手拎着因为价格最贵而被认作是最好的皮鞋，去了父亲的表兄家，亲手将皮鞋敬上，以感谢父亲的姑妈，我的姑奶奶，当年之恩情。

接连几场秋雨，将小路洗出冬季风骨。太阳晒一晒，小路上又有了些许别的季节风情。如果是当年，这样的季节，这样的天气，再有这样的稻草铺着，赤脚的父亲一定会冲着这小路欢天喜地。这样的时候，我一定要走得轻一些，走得慢一些。这样的时候，我一定要走得更轻一些，更慢一些。然而，竹林是天下最普通的竹林，也是天下最漫不经心的竹林，生得随便，长得随便，小路穿过竹林也没法不随便。

北风微微一吹，竹林就散去，将一座小山散淡地放在小路前面。

用不着问小路，也用不着问父亲，这便是那小秦岭了。

有一阵，我看不见那小小身影了，还以为她不认识小秦岭，或者不肯去往小秦岭。不待我再多想些什么，那小小身影又出现了，那样子只可能是落在后面，与那些熟悉的竹梢小有缠绵。

父亲的小秦岭，乘过父亲童年的凉，晒过父亲童年的太阳，饿过父亲童年的饥饿，冷过父亲童年的寒冷，更盼过父亲童年对外出做工的爷爷的渴盼。小秦岭是父亲的小小高地。童年之男踮着脚或者拼命蹦跳，即便是爬上那棵少有人愿意爬着玩的松树，除了父亲的父亲，我的爷爷，父亲还能盼望什么呢？远处的回龙山，更远处的大崎山，这些都不在父亲期盼范围。

父亲更没有望见，在比大崎山更远的大别山深处那个名叫老鹳冲的村落。蜿蜒在老鹳冲村的小路我走过不多的几次。那时候的父亲身强体壮，父亲立下军令状，不让老鹳冲因全村人年年外出讨米要饭而继续著名。那里小路更坚硬，也更复杂。父亲在远离郑仓，却与郑仓有几分相似的地方，同样留下一次著名的伫立。是那山洪暴发的时节，村边沙河再次溃口。就在所有人只顾慌张逃命时，有人发现父亲没有逃走。父亲不是英雄，没有跳入洪水中，用身体堵塞溃口。父亲不是榜样，没有振臂高呼，让谁谁谁跟着自己冲上去。父亲打着伞，纹丝不动地站在沙堤溃口，任凭沙堤在脚下一块块地崩塌。逃走人纷纷返回时，父亲还是那样站着，什么话也没说，直到溃口被堵住，父亲才说，今年不用讨米要饭了。果然，这一年，丰收的水稻，将习惯外出讨米要饭的人，尽数留了下来。

我的站在沙河边的父亲！

我的站在小秦岭上的父亲！

一个在怀抱细微的梦想！

一个在怀抱质朴的理想！

春与秋累积的小秦岭！短暂与永恒相加的小秦岭！离我们只剩下几步之遥了，怀抱中的父亲似乎贴紧了些。我不得将步履迈得比慢还要慢。我很清楚，只要走完剩下几步，父亲就会离开我的怀抱。成为一种梦幻，重新独自伫立在小秦岭上。

小路尽头的稻草很香，是那种浓得令人内心颤抖的醇香。如果它们堆在一起燃烧成一股青烟，就不仅仅为父亲所喜欢，同样会被我所喜欢。那样的青烟绕绕，野火燎燎，正是头一次与父亲一同行走在这条小路上的情景。

同样的父亲，同样的我，那一次，父亲在这小路上，用那双大脚流星追月一样畅快地行走，快乐得可以与任何一棵小树握握手，可以与任何一只小兽打招呼，更别说突然出现在小路拐弯处久违的发小。那一次，我完完全全是个多余的人。家乡对我的反应，几乎全是一个"啊"字。还分不清在这唯一的"啊"字后面，是画上句号，还是惊叹号？或许是省略号？那一次，是我唯一见过极具少年风采的父亲。

小秦岭！郑仓！张家寨！标云岗！上巴河！

在那稍纵即逝的少年回眸里，凡目光触及所在，全属于父亲！父亲是那样贪婪！父亲是那样霸道！即使是整座田野上最难容下行人脚步的田埂，也要试着走上一走，并且总有父亲渴望发现的发现，渴望获得的获得。

如果家乡是慈母，我当然相信，那一次的父亲，正是一个成年男子为内心柔软寻找寄托。如果大地有怀抱，我更愿相信，那一次的父亲，正是对能使自身投入的怀抱的寻找。

小路，只有小路，才是用来寻找的。

小路，只有小路，才是用来深爱的。

小路，只有小路，才是用来回家的。

八十八年的行走，再坚硬的山坡也被踩成一条与后代同享的坦途。

一个坚强的男人，何时才会接受另一个坚强男人的拥抱？

一个父亲，何时才会没有任何主观意识地任凭另一个父亲将其抱在怀里？

无论如何，那一次，我都不可能有抱起父亲的念头。无论父亲做什么和不做什么，也无论父亲说什么和不说什么，更遑论父亲想什么和不想什么。现在，无论如何，我也同样不可能有放弃父亲的念头。无论父亲有多重和有多轻，也无论父亲有多冷和有多热，更别说父亲有多少恩和多少情。

在我的词汇里，曾经多么喜欢"大路朝天"这个词。

在我的话语中，也曾如此欣赏小路总有尽头的说法。

此时此刻，我才发现大路朝天也好，小路总有尽头也罢，都在自己的真情实感范围之外。

一条青蛇钻进夏天的草丛，一只狐狸藏身秋天的谷堆，一片枯叶卷进冬天的寒风，一片冰雪化入春天的泥土。无须提醒，父亲肯定明白，小路像青蛇、狐狸、枯叶和冰雪那样，在我的脚下消失了。父亲对小秦岭太熟悉，即便是在千山万壑之外做噩梦时，也不会混淆，金银花在两地芳菲的差异；也不会分不出，此处花喜鹊与彼处花喜鹊鸣叫的不同。

小路起于平淡无奇，又始于平淡无奇。

没有路的小秦岭，本来就不需要路。父亲一定是这样想的，春天里采过鲜花，夏天里数过星星，秋天里摘过野果，冬天里烧过野火，这样的去处，无论什么路，都是画蛇添足的多余败笔。

山坡上，一堆新土正散发着千万年深蕴而生发的大地芬芳。父亲没有挣扎，也没有不挣扎。不知何处迸发出来的力量，将父亲从我的怀抱里带走。或许根本与力学无关。无人推波助澜的水，也会在小溪中流淌；无人呼风唤雨的云，也会在天边散漫。父亲的离散是逻辑中的逻辑，也是自然中的自然。说道理没有用，不说道理也没有用。

龙回大海，凤凰还巢，叶落归根，宝剑入鞘。

父亲不是云，却像流云一样飘然而去。

父亲不是风，却像东风一样独赴天涯。

我的怀抱里空了，却很宽阔。因为这是父亲第一次躺过的怀抱。

我的怀抱里轻了，却很沉重。因为这是父亲最后一次躺过的怀抱。

趁着尚且能够寻觅的痕迹，我匍匐在那堆新土之上，一膝一膝，一肘一肘，从黄坨一端跪行到另一端。一只倒插的镐把从地下慢慢地拔起来，三尺长的镐把下面，留着一道通达蓝天大地的洞径，有小股青烟缓缓升起。我拿一些吃食，轻轻地放入其中。我终于有机会亲手给父亲喂食了。我也终于有机会最后一次亲手给父亲喂食。是父亲最想念的包面，还是父亲最不肯马虎的鱼丸？我不想记住，也不愿记住。有黄土涌过来，将那嘴巴一样，眼睛一样，鼻孔一样，耳郭一样，肚脐一样，心窝一样的洞径填满了。填得与漫不经心地铺陈在周边的黄土们一模一样。如果这也是路，那她就是联系父亲与他的子孙们最后的一程。

这路程一断，父亲再也回不到我们身边。

这路程一断，小秦岭就化成了我们的父亲。

天地有无声响，我不在乎，因为父亲已不在乎。

人间有无伤悲，我不在乎，因为父亲已不在乎。

我只在乎，父亲轻轻离去的那一刻，自己有没有放肆，有没有轻浮，有没有无情，有没有乱了方寸。

这是我第一次描写父亲。

请多包涵。就像小时候，我总是原谅小路中间的那堆牛粪。

这是我第一次描写家乡。

请多包涵。就像小时候，我总是原谅小路中间的那堆牛粪。

此时此刻，我再次看见那小小身影了。她离我那么近，用眼角都能看得清清楚楚。她是从眼前那棵大松树上飘下来的，在与松果分离的那一瞬间，她变成一粒小小的种子，凭着风飘洒而下，像我的情思那样，轻轻化入黄土之中。她要去寻找什么只有她自己清楚。我只晓得，当她再次出现，一定是苍苍翠翠的茂盛新生！

我是爷爷的长孙

过去和现在，我读过的经典和非经典著作，难有一个精确的数字，其中有我喜爱的和我并不喜爱的，综合起来对我的影响也是一个很难说清楚的问题。我能确定的是，无论何时何地都不可能进入经典，甚至连非经典都算不上的爷爷，对我写作上的影响是巨大的。也包括我正在修养的书法，从2011年腊月十八开始与水墨共舞，略有长进后，连一向熟悉的家人和朋友都认为我一定有过童子功。我只能说那一定也是爷爷在天之灵在暗中传授，爷爷虽然只读过三年私塾，却写得一手好毛笔字。小时候，我家的椅子、水桶、扁担等时常外借的生活用具上，爷爷都会用正楷写上他的长孙的名字。

这样的举动在当时是很普遍的，就像现在我们会在自己的电脑或者手机上设定一个密码。很小的时候我就晓得爷爷的名字，至今还记得当初对爷爷名字的感觉：爷爷就是爷爷，爷爷怎么可以有名字呢？稍大一些，自己又像很有文化一样，暗地里不喜欢爷爷的名字，觉得俗气加古怪。当年，我却不高兴，爷爷为什么不将他自己的名字写在那些物品上？我不高兴的原因还在于，那时候，我的名字经常被说成是带有封建主义思想，而受到同伙们一定程度上的歧视。

爷爷的名字如今赫然刻在老家一座小山上。在那块刻着爷爷名字的石碑面前，我年年都要下跪祭拜。石碑后面的那抔黄土是爷爷永远的故事，那些故事曾经让我心中五味俱全，并且终生难忘。每一次祭拜之后，我站在小山之上，望着山下那口浅浅的水塘，心里总也免不了要问，当然不是问大梦千年与万岁的爷爷，而是问自己：这么一口平常的水塘，如何装得下爷爷那千变万化、常说常新的故事？星光下，火盆旁，那些故事曾是一大群孩子的快乐与梦幻所在，也是惊悚与胆怯的根源。

一定是爷爷对我的影响。从能听故事时起，我就不喜欢那类不是捉弄就是卖弄的所谓机智人物的故事。我喜欢爷爷讲的不知是真是假，在形式与内容上绝对具有亲历性的那类故事。爷爷的故事人物是有形象的，爷爷故事的内容是有某种喻世规劝作用的，爷爷的故事起始是有命运感的！这大约是我更喜欢长篇小说的写作，而在短篇小说上不够下力的最初原因。一如在《往事温柔》中神秘而残忍的笑刑，还有那只一直在记忆中游荡、却找不到契机为其写作的死而复生的鸭子。

讲故事是小说的天性，写小说是故事的修养。故事不灭，小说就不会消亡。那种摈弃故事的小说写作，无异于取消加减乘除的数学。直到今天，我还在向记忆中的爷爷学习，希望在某个夏天里，用自己的故事来取悦自家的孩子，让他们远离手机、电脑或者电视机，在夜空下，一边默数着星星，一边听着那些能够绵延一个接一个的夏夜，既不重复自己也不模仿他人的独一无二的美妙故事。

女儿是父亲前世栽下的玫瑰

所写博客文章《大人们真不好玩》，本是针对最近发生的一场小说官司而发的一些感慨。没想到这么受大家欢迎。读到客人们如此温暖的留言，真的很感动。特别是在悄悄话中劝我将女儿的照片撤下来的那一位，其话简直说到我心坎里去了。为了孩子的安全，有时候我们不得不多几个心眼。

我还要告诉大家，女儿刚才读了上面的大部分评论与留言，她觉得最有趣的是"扬州菲鸟"说："五岁就戴上眼镜了？可怜的小宝宝。"她没有觉得自己可怜，反而站在电脑前面笑个不停。的确，女儿刚刚戴上眼镜上幼儿园时，班上的小朋友都很羡慕，有的小朋友甚至还吵着要爸爸妈妈也为其配一副像我女儿那样的眼镜。

再来说说女儿的趣事吧。昨天晚餐时，她突然对我们说，班上的小朋友在一起议论哪个妈妈最美丽时，被老师听到了。老师干脆就让小朋友们公开评论，结果全班的小朋友中除了一个例外地说自己的妈妈最美丽，其余的小朋友全体一致地认为我女儿的妈妈最美丽。坦率地说，尽管女儿的妈妈开心极了，以一个成年男人的目光来看，她绝对不是三十几位妈妈中最美丽的。我们不解地继续问，有没有评选最帅的爸爸。女儿说："当然评啦，就是你！也是只有一位小朋友说自己的爸爸最帅，别的小朋友都认为我爸爸最帅。"我当即举几位小朋友的爸爸为例，说他们肯定比我长得帅。女儿说："可小朋友们觉得他们不是作家，而你是作家。"到这时我才明白，这帮五岁左右的孩子，已经晓得看人美丑不光是外表了。于是我对女儿的妈妈说，冲着这一点，我也要好好珍惜做作家这一行。

　　写小说对我来说真是一件妙不可言的事。且不说小说本身的妙不可言。它给了我太多的意想不到，对世事的发现，对人的发现，对自己的发现。就说这部《圣天门口》，无论我有多少想法，也不管这种想法是如何天花乱坠，甚至还有哗众取宠、自吹自擂的嫌疑。其实，最真实的目的是这六年间，女儿这个小生命太可爱，她的成长需要有成年人在一旁监护。人到中年，得一个宝贝女儿，自己哪里愿意远走一步呀。去年秋天，《文艺报》的王山，来武汉参加一个活动，因飞机误点，半夜过后才到。一屋子的人都在对他说些慰劳的话，他却充耳不闻，径直冲着我走过来，说："醒龙，我也生了个女儿！今天刚满月！"在众人的一片惊愕中，年纪相仿的两个男人紧握着手放声大笑。一部好小说总是独特得非要天马行空才行。而一部小说再好，也会命中注定是一个必须在尘俗中打滚的东西。我的书写到了何等程度，我的思想境界穿透了哪一重天，在一分钟一分钟度过的日子里，谁也看不见，我自己也同样摸它不着。

用一百万个汉字来打熬六年，最能让自己信服的理由只有一个，做这样一件可以耗掉更多时间的事，使得自己可以终日面对那可爱的小生命，也让一步也舍不得走远的世俗念头，披上障人眼目的外衣。男人非要到四十岁以后才懂得，如何做父亲，如何善待女性。才能体会到女儿是父亲前世最爱的情人。至于小说，我相信自己永远也不明白它是什么，那样的小说才会使人始终保持着前所未有的兴趣。用我家里的话来说，小说是放养的，小说家是圈养的。

2005 年夏天，刚满两岁的女儿接连三次住院，一天里，光是一瓶红霉素打下来，便至少要六个小时。因为红霉素导致的胃部难受，女儿一刻也不肯离开爸妈的怀抱，只能是一个人抱着她，另一个人举着点滴瓶子，在病房的走廊上不停地走动。每当大夫同意女儿出院时，我的眼睛就会潮湿得不敢看人。现在想来，我相信这是一种命定。正如上天在我临到中年时，赐给我一个聚万千宠爱于一身的女儿。在年纪上《圣天门口》与女儿一般大。所以，我只能相信，如果不是女儿的降临，就不会有这部作品。尽管很多年前我就在为这部小说做准备，然而一切都是那样清楚明白，没有女儿带给我的安宁，就不会有六年中一以贯之的写作状态。

在写作的后期，从襁褓中一天天长大的女儿，时常从腋下钻进我的怀里，站在我和电脑之间，大声念着显示屏上的文字，遇到她认为可笑之处，便用五岁的嗓门放声大笑。2005 年元月二十一日，是小说最终完稿的日子。女儿听到这个消息时，高兴地大声说，爸爸终于可以跟我玩了。翻开那一天的日记，是这样写的："太太送女儿上幼儿园后，因有小朋友发水痘，又带了回来。她很乖，几乎没有打扰我，一直在看书。中午吃饭时，她突然指着窗外问：爸爸，那是什么？回头一看，竟然大雪悄悄落了下来。一时很兴奋，这是今年入冬以来的第二场雪。《圣天门口》经过再次修改，下午四点半正式完稿。"有天使一般的小生命在自己的日常生活中蜿蜒前行，谁都没有理由不好好享受安宁。我的心情，就像长途跋涉后来到一座驿站。如此符合人性的写作，也足以成为我灵魂的驿站。

在今天的晚餐餐桌旁，女儿又讲了她班上的事，这一次老师见孩子们喜欢在一起说些"吹牛"的笑话，就让大家集中起来进行"吹牛"比赛。女儿所在组别竟然得了冠军。女儿的搭档是个小男孩，他先吹牛说，自己在妈妈肚子里就认识很多字，读了很多书。女儿接着"吹牛"：她能用一张牛皮弹奏出很优美的音乐。大约是小朋友们认为他们最会"吹牛"，顿时鼓起掌来，老师一下子就给他们加了一百分。孩子们的想法，有些我们永远也无法想象。能想到的是孩子们的心灵是这个世界上最健康最干净的，哪怕让他们去吹牛，听起来也是那样甜蜜与可爱。

自从有了女儿，我越来越觉得，身为男人，其情感中最伟大、最动人的不是对女性的爱，而是对女儿的爱。一个连自己女儿都不会爱，或者干脆不爱的男人，肯定是不合格的男人。就我来说，有许多东西是女儿教会的。当然，这种教会在某种意义上看，也可以说成是对那种洁净纯美的响应，和从麻木沉睡中的苏醒。女儿总在说，而我也非常愿意听女儿说：我不怕爸爸凶，爸爸一凶我就撒娇。女儿真撒娇时，我不是没辙，而是感觉到有一种无边无际的爱在铺天盖地。女儿是父亲前世的情人，无论别人信不信，在我这里早已是不需要重新证明的真理。

荒野随风

　　传说是照亮人生阴暗的一盏松明子或梓油灯，我之所以不用其他照明用具是因为松明子与梓油灯很难被人看见了，所以它们最接近于传说。现在，在我曾经生活过的地方，也出现了一些关于我的传说。当然是与文学有关。一旦将我与文学相剥离，传说于我就很走样。人观历史总比观现实清楚准确，传说也有一种历史的意味，人对它却特别地感情用事，譬如那个关于陈世美的传说，其实只是一群嫉恨小人的编造。这类的传说，本不该叫传说，而叫谣传更准确。

　　我想本应该成为传说的是爷爷。老人家活了八十八岁。在他八十三岁时，一头牛将他自公路旁的高岸撞落，胯骨摔成粉碎性骨折。所有的人都认为他必死无疑，半年之后他竟扔掉拐棍，每天步行到城南的几条小街上逛一趟。虽不是对死亡的反讽，也是对生命的张扬。老人家年轻时曾在汉口遭日本兵毒打，抬回乡下时，胸口上的大洞中昼夜不停地向外流脓水，那个洞直到他闭上眼睛，几十年里一直没有闭合。当年林彪尚不叫林彪、老人家也不是老人家时，他曾在林家做过八年雇工。爷爷的这一经历在"文革"中差一点祸及全家。爷爷没有看到、也没有料到，在他死后的第五年也就是 1991 年里，被他的长孙追认为自己的文学启蒙者。在我最早的那些有关大别山的神秘故事里，爷爷总是化作一个长者，在字里行间起着点化作用，如同幼年时躺在夏夜的竹床上和冬日的火塘旁，听老人家讲述那些让人不信不行的故事。那时，一切的别人都是无关紧要的，唯有我爷爷例外。这种判断在现在来看，确实准确而真切。然而，这些却没有人来传说。那些播送传说的人以为这样就可以将他们渴望的东西强加于我，却没有料到爷爷可以永远八十八岁地守护着我心灵的笔调，别的人则是永远不可能做到这些。

爷爷是一种心灵的传说，这种传说可以鄙视一切庸俗的私利与卑劣的嫉恨。它其实无须对别人诉说，只要能够永远流传在爷爷的长孙心中就行。

没有我爷爷，谁能再造一个作家！这是足以使我自豪的一句响亮的话！

谁能相信，作为鄂东著名帮会"汉流"的红旗老五，年轻力壮的爷爷在丧妻以后一直没有再娶，孤身一人将他的三儿一女养大成人。而后来他又差不多依然是孤身一人地将他的长孙与另外一个孙子和三个孙女抚养大。七十多岁时，爷爷还跑到离家二十几里的大山上砍柴。八十多岁时，爷爷读《参考消息》不用眼镜。爷爷还将他小时候听来的长篇说书，在六十、七十、八十的老年时光里，一夜接一夜地说给邻居那些孤独的老人和天真的孩子。这都是传说啊！喜欢传说的人们，无论如何编织我的传说，请不要异化我的爷爷。现在的幼童已经对自身的孙子角色很陌生了，这样我对爷爷的怀想应该比别的传说更有价值、更真实也更富人情味！

　　还有，对于一个想具备浪漫艺术家气质的男孩来说，"爷爷"比任何教养都重要。对于女孩来说，当然是奶奶了。这是真心话，同时也是一种传说。

谁比妈妈更伟大

　　面对女儿那总也没有止境的古怪问题，我终于想到一个可以好好考一考她的问题。那天早上，女儿刚刚醒来，正在床上瞪着眼睛不知想何事情时，我赶紧问她：谁比妈妈更伟大？女儿一笑，有些轻蔑地回答说：当然是地球呀！这样说不是没有道理，当今的孩子个个信奉绿色懂得环保，晓得地球是全人类共同的母亲。可我说的是家里的人，让女儿选择的也只是家庭中有着血缘关系的这一群人。于是女儿在我面前轻轻地撒了一个娇然后说，那就是爸爸你呗！于是我也对她说，你也有答不对的问题吧，你最早学唱的一首歌谣，有这样一句话，妈妈的妈妈叫什么？女儿赶紧说是外婆。是呀，世界上只有妈妈最伟大，那生下妈妈的外婆不是更伟大吗？女儿明白过来，直往我怀里拱，用一只毛茸茸的后脑勺，顶着我的下巴。这是她在害羞时惯用的方法。

　　曾经写过这样的一段文字：

　　感觉里，"外婆"是在雪花飘飘的季节来到这个世上，又在雪花飘飘的静谧里安详地长睡而去。外婆一生对雪如痴如醉，常常让我在盯着她看时亦如痴如醉。外婆临去前的那个冬天，下了一场几十年不遇的大雪。雪是从头天傍晚时开始落下的，望着鹅毛雪片，外婆用一种我从未听见过的娇柔声音轻轻地自语：明早可以睡个懒觉了。我相信这话不是对我们说的，而是说给那个已随岁月远去的人。第二天早上醒来屋里不见外婆，开门后，见一行脚印孤零零地伸向雪野，在脚印的那一端，包着红头巾的外婆，化作一个小红点，无声无息地伫立着。家里人都没去惊动她，甚至连她踏过的雪地也不去打扰，任软茸茸的一串小小脚窝，几分优美、几分凄婉地搁在那里。外婆年轻时的照片在过去的流亡生涯中全部遗失。但是，下雪的那个早上，我又一次让自己肯定了外婆少女时代那超凡脱俗的美丽。我曾不止一次想象着美丽的外婆冲出闺阁的小楼，穿着白色裙裾，不顾父母的反对，翩翩迈进女子师范学校时的风姿。我曾想象，外婆与英俊潇洒的外公相遇相亲相爱，并结为连理的浪漫情怀，我甚至大胆地假设，外婆与"外公"一定是在雪地里相识的，在我想到这一点时，我清楚地感觉到那两道目光碰撞的那一瞬间的震颤。难以想象的是，在外公早逝之后，外婆坚强地满怀悲怆生活下来的景况。

　　失去了外公的外婆，从此住在一幢大房子里，潜心培育着父亲，直到解放后，外婆的房产被当时政府没收，搬进平民区，从此过起俭朴的日子。光景不长，这种自食其力的平淡日子便被打破了，随着一场又一场政治斗争及运动的频频席卷，外婆和父亲开始了流浪生涯。具有双重坏出身的父亲，理所当然地成了改造对象。

父亲遭批判，外婆便每天跟着他走街串巷。看儿子在台上被人苦打侮骂，外婆便用针刺自己的大腿，仿佛这样便可将父亲身上的疼痛转移到自己身上。父亲在很长时间内不知道，当他得知这事以后，曾跪在外婆的面前将他这一生的眼泪都哭干了，直到外婆死，他也再没有落过一颗泪。父亲像老鼠被猫玩够了，那些人便将外婆和父亲下放到北方一个偏僻的乡村，住在一间茅草棚里相依为命。在夹在山沟中的垸子里，于深闺书香中长大的外婆开始学着做各种农活：养鸡、种地、挖野菜，过着往往只有在米饭中夹着野菜、番薯、豆类等才得一饱的日子。

奇怪的是，在那群山起伏、鸡犬相闻的宁静中，外婆比以前更加丰润美丽起来，岁月的风霜一点也没有摧去她那美丽的气韵与高贵的风范。甚至外婆养的鸡也比别人养的鸡下蛋勤，外婆种的白菜萝卜个头也比别人家的大。

外婆的这份美丽，很快使得自己必须带着父亲第二次踏上流浪生涯。外婆并不惧怕强人。村里的强权人物曾数次将父亲安排去看地瓜或修水利，然后便在一个深夜来到外婆的茅草屋里坐下来。一开始是以将外婆安排到村里的仓库去住为利诱，随着便是有权有势的男人对付弱女子惯用的强暴。外婆用她那只纤细的手指着门口，再从牙缝里迸出三个字：请出去！那种气质的力量，使得他再也不敢上门。

这段文字出现时，女儿还没有出生。甚至连她妈妈在哪里我都无从知晓。

之所以必须有这样的文字，完全是因为内心需要。

多年之后，女儿的妈妈终于出现在我的生活里。有一天，她无意中读到这段文字后，马上指出"父亲"只能由"奶奶"生出，"外婆"养育的当然只能是"母亲"。她的话让我对自己的文字产生莫大诧异，这种不可能犯的错误，到底是如何发生的，自己太不明白了。

当然，后来我还是明白了。

成长到如今，许多的岁月过去，许多曾经让我心动与心碎的羡慕都无法持久，譬如，小时候，我最羡慕的是有朝一日我要独自一人吃一碗蒸鸡蛋。让我持之以恒，从未有过改变的，是我对别人的外婆的羡慕。因为，我这辈子再无可能冲着一个女人，叫一声"外婆"了。在我们这一代出生之前，奶奶和外婆便早早大行。成年之前我一直认为，天下最美妙的称谓只能是外婆。这种无法弥补的遗憾，在我成年之后，反而愈演愈烈。稍早的那些时间里，这种情感上的缺陷总是被人从我的小说中阅读出来。

所以，那篇虚拟的文章还要继续往下写：

在童年中，周围的老人几乎都是不识字的，唯有外婆是个例外。外婆不仅识字而且还挺有学问。上小学时，有一阵我怎么也分不清鲜和艳字，总是将它们搞混了，用鲜作艳，用艳作鲜。为这事外婆揪着我的小耳朵说过几次，可我仍然转眼就忘了。

那一回，当我又写错了以后，外婆真的生气了，罚我将每个字写五百遍。我哭哭啼啼的半夜才写完。一直没作声的外婆，这时将我拉到怀里，一边给我洗脸，一边对我说："饿了吗，想吃什么？"我说："不想吃！"外婆说："那就喝点汤。"外婆说着就端来一碗汤，我尝了一口，味道真是好极了。我问外婆这是什么汤，外婆让我猜。我猜了半天没猜着。外婆才告诉我，说这是用鱼肉和羊肉混合后做的汤。

外婆说："鲜吗？"我说："真鲜。"外婆说："你再想想它为什么鲜，因为它是用鱼和羊做的！"外婆这解释真是妙极了，从那以后，我再也没有写错"鲜艳"二字。用现在的话来说，外婆具有大专学历。外婆小时候，上过小学，读了几年家里就不让她读了。后来，外婆碰上了将要成为我外公的那个人，他极力劝外婆去读女子学校。外婆同家里说时，遭到一致反对，都说女孩子读点书识点字就行，关键是要将针线活学好。外婆不和他们吵，自己把自己关进房，拿了一块布一门心思地绣起花来。

外婆绣的是黛玉葬花，她在房里一坐就是三天三夜，不吃饭不喝水也不睡觉，甚至也不流眼泪，见人来劝时她反而先笑，笑得劝的人反倒落起泪来。饿了三天的外婆，越发楚楚动人，见到她的人没有不生怜惜的，长辈们没办法只好发话任外婆去，并说看她读那么多书日后有什么用处。外婆毕其一生，只爱读一本《红楼梦》，连她自己也说不清读了几百几十遍。外婆不爱贾母，也不爱王熙凤，唯独对林黛玉特别钟爱。她常常对我和妹妹说，年轻时，她将林黛玉当作自己的姐姐和妹妹；生了父亲以后，她慢慢将林黛玉当作自己的女儿；现在她又将林黛玉当作自己的孙姑娘。

外婆称赞女孩子时，从来只用一句话，说你长得真像林黛玉。由于外婆特别的气韵，她在女孩子心中显得很了不起，她们也跟着外婆说，你是个薛宝钗。外面的人不晓得，这是一句贬人的话。读《红楼梦》时，每逢到了黛玉葬花那一回，外婆便哭得死去活来，常常两天不思茶饭，只知道长吁短叹。所以，一家人里谁都怕那个第九十八回，一旦外婆拿起《红楼梦》，不管是谁外出，一到家总要先打听还差多少读到九十八回。

从我记事起，外婆这样的"死"，每隔一阵就要来一回。只要外婆翻开九十八回，再晴的天气，我们家也是一片忧郁的愁云。父亲很小时，周围的人就问外婆将来给他找个什么样的媳妇，外婆说，不管怎么样，我决不当贾母。父亲长到二十岁时，便开始领女孩子上门来请外婆认定。外婆看过之后，总是说，这是个王熙凤，那个是薛宝钗。父亲知道外婆要的是林黛玉。他又找了一个女孩领回来。这之前，他请别人评价过，大家都说这是一个活生生的林黛玉。谁知外婆见了以后，却说她不是林黛玉，而是秦可卿。直到有一天父亲将母亲领进家门，那时母亲刚刚从大病中恢复过来，脸上的嫩红还可以看出那痛苦的痕迹。母亲穿着一身素色衣裤，一副纤瘦文弱的样子一出现在屋里，外婆便忽地眼睛一亮，禁不住地走上前来，拉着母亲的手，也不知是悲是喜，眼窝竟真的潮湿起来。不过，外婆当时并没有称她什么，只是说了一句：这一生只要我在，就决不会让你再受人欺负。

母亲后来对我们说，当年外婆讲的那话，她一直认为实该是对林黛玉讲的。天下的真女孩只有黛玉一人，这是外婆毕其一生而得出的结论。

坦率地说，后来与女儿的妈妈第一次见面，第一次看她一眼，她也第一次看我一眼，我便在那一瞬间里决定，这就是我这辈子要娶的女人，根本原因也在这里。在过去的日子里，我心里积淀了太多对外婆的向往。

包括虚拟中外婆对一个男孩子的关爱与抚育。在与太太相爱之后，才晓得太太真的有过一位神似我那虚拟记忆中的外婆。她给我看过那张仅存下来的相片，外婆与外公在二十世纪四十年代的模样，竟是如此熟悉。就此开始，外婆在我心里也变得实在起来。

第一次随太太去浙江义乌探亲时，我就在太太的外婆曾经住过的旧房子外面久久徘徊。正是黄昏时分，那种感觉竟然分不清眼前所见所闻是真是假，是自己走进了自己的写作里，还是写作中的梦想所布下的一个美丽陷阱。正是那一次，让我下定决心，婚后一定要一个女儿。再次见到那所旧房子时，女儿已经上小学一年级了，旧房子已经更旧了，那魅力一点也没有减少。

我很清楚，用不了多久，女儿就会懂得如下的文字：

一个人的一生倘若能真正做到淡泊名利、清心处世，实在是不容易。然而，外婆却用其一生的品行实现了这一点。出身富贵却历经盛衰无常的外婆，对人生得失领悟成定数。她曾说《红楼梦》只有两个人不是俗人，那就是宝玉、黛玉，其他的人多为铜臭所惑。

外婆的嫁妆里被她视为最珍贵的是十几幅清代字画和一些古瓷器。后来房子被没收，这些心爱之物也在辗转迁徙之中一点点地流失了，最后保存下来的只有四五幅字画和两个青花瓷瓶。然而，在那个年代里，面对抄家的威胁，外婆一气之下将几幅价值很高的字画埋进屋外的荒地里，并用石块垒了一座无言的墓碑。那时，满面泪水的外婆面对父亲惊疑的目光说，我宁肯自己亲手毁掉这些珍宝，也不让那些人玷污了它。而这些事情，外婆在后来的岁月里只字未提，哪怕是那些文物贩子当着外婆的面说某某的画值多少万元时，她仍是那样似乎一切都不曾有过地沉默着。

外婆也并非对一切都不在乎，凡是她真正视为生命的东西如果被损坏了，则后果不堪设想。八岁那年，我趁外婆不在家时，翻开了她那只平常不让我们靠近的红色小皮箱。皮箱里有她出嫁时的首饰，有几幅年轻时与外公合拍的照片。翻了一阵，我被一只白色雕花烟斗吸引住了。我想外婆又不吸烟，留着这东西做什么呢？

我将它装进口袋一溜烟地跑出去，在同伴中炫耀一阵后，又和同伴一起打起了水仗。当我回家后准备将烟斗放还到皮箱里时，才发现那烟斗不见了。我不敢声张，偷偷地问小伙伴们是否拾到，当我一无所获后，又想这没用的东西丢了外婆不会知道的。

谁知外婆第二天下午就发现了。她那惊慌失措的样子就连父亲也是第一次见到。那天我放学一进门，见外婆端坐在竹椅上，脸上的那种惨白让人不敢看第二眼。一旁的父亲冲着我大声呵斥："是不是你拿走了皮箱里的烟斗？"我犹豫了一会儿，眼见躲不过便只好说了实话。当外婆知道事实以后，立即绝望地大声唤了一人的名字，然后就昏死过去。外婆醒后说的第一句话是：烟斗不是掉的，是他拿走的，他想我，要我过去陪他！

为了找烟斗，爸爸和妈妈动员了所有邻居的孩子，光是送给他们的水果糖就有两三斤，然而，烟斗再也没有回到外婆身边。外婆用那游丝般哀怨的声音说："人啦，我以为可让留有你气息的东西伴我入土，看来这最后的希望也没有了。"为了安慰外婆，父亲专门到省里找了一家文物商店，请人做了一只与先前那只相差无几的烟斗，然后对外婆说烟斗找到了。外婆看着烟斗，努力地对父亲笑了笑。

那一年，外婆终于彻底衰老了。病危之际，外婆最后拿出那只假烟斗，反复看了一阵后说："我很爱这个烟斗，就让它伴我入土吧，我这一生有缘和你们组成一家，并得到大家的爱，我都心领了！"这话让我们立时哭起来，明白外婆其实早就晓得烟斗的秘密。外婆在雪夜里安详地睡去，那场大雪是我从未见到过的，原野上洁白得见不到一处灰暗。我上书店里买了一套油墨喷香的《红楼梦》，将它们折成纸钱模样，然后一张张地烧化在外婆的灵前。我在心里告诉外婆，往后每年的这一天，我都会送一套新书让她细细地阅读。

前不久，与朋友聊起来，说起外婆，几个大男人立即收拾起嘻嘻哈哈的表情，一个个充满神往地说，外婆是所有孩子的天堂。这样的天堂对我来说从未有过真实的存在。想不到，女儿也将终生带着这样一种缺失。如果她有一个真实的外婆，以她那滴溜溜转得飞快的小心眼，肯定会联想到，只有外婆才会比妈妈更伟大。所以，我坚决不让女儿去读那删节得只剩下铜臭的所谓儿童版的《红楼梦》，我担心女儿会由此混淆童话里的狼外婆，与比妈妈还要伟大的外婆的区别。尽管曾经有过这样或者那样的说法，但我还是相信，只要不是另有所图，天下之青少年，没有不喜欢《红楼梦》中贾母对黛玉以及金陵十二钗的疼爱。只要是孩子，能有这样一位外婆为什么就不是幸福哩？即便是被我念念不忘的这些文字，时至今日也还令我感动不已，并且每翻看一遍，就会有一种由衷的满足。从未有过外婆的我和今后也不可能拥有外婆的女儿，只要懂得外婆在我们的生命中所象征的意义，也许并不比别人少太多。

果园里的老爸头

太太的父亲从高级畜牧师位置上退休有两年了。

在他尚可称为年轻时，就被膝下的儿女叫作老爸头。

大年初一，我们打电话拜年，得知老爸头骑着摩托车，又去了他的果园。

有果园之前老爸头的模样我见得很少。我那聪明美丽能歌善舞的岳母，更因为早逝，而只存在于家人年复年、日复日的追忆里。按照太太的理解，大别前的最后一刻，岳母挂在眼角的那颗迟迟不肯落下的泪珠，是对老爸头的放心不下——岳母在世时，时常会逼着老爸头做些她认为的事业。就是这样，老爸头还是在知识分子难得受到重用的那几年里，坚决地回避了种种当领导的可能。老爸头的确不会管理人。自从丧母之后，太太兄妹几个，几乎全都早早离开老爸头，过上各自的日子。想起这些，太太就会说，如果妈妈在，家里肯定不会是这种离散的样子。

第一次随太太回娘家时，一家人冒着密密麻麻的小雨，出了安远城，爬上风景果然不同凡响的三百山，去看那滋润香港一带生灵的东江源。一路上说起老爸头的称谓，大家异口同声地指认太太，都说是她叫响的。即使没有这样的指认，就凭这样的称呼，也能让我轻而易举地断定，除了太太，世代居住在那闻名遐迩的赣南土围子里的谢家，没有第二个人能有这样的才华。就像现在整天缠着不肯放太太离开的女儿的爱称，已被太太随心所欲地叫出差不多十种花样。这样的统计只包括经常叫的。因为全家人少有的齐聚，老爸头难得时髦一回，带着全家近二十口人上酒店去吃团圆饭。趁着人多，我试着像大家那样叫了一声。看着四周的反应，我一点感觉也没有，隔一会儿，我又叫了一声。这一次感觉是有了，却不怎么好。作为这个家庭的一员，我的加入有些晚。其他儿女媳婿习以为常的东西，在我看来竟像对长者的不恭。

实际上，老爸头是一个极随和的人。

在数千里之外的武汉，太太每每提起老爸头的随和，深爱之下还含着一种深刻的不满。在太太眼里，"文革"之前大学毕业的父亲，对自己的日常起居太随意了。几乎到了有什么穿什么，有什么用什么，有什么吃什么，只要手边没有的，他就不去想，更不会去找去寻，更别说开口要了。我曾经对太太说，如果老爸头不随和，我们能叫他老爸头吗？太太没有改变她的心情，反而连我一起数落，说我和老爸头一样，喜欢将吃得精光的菜碗用开水淘一淘，掺成一大碗汤，津津有味地喝下去。老爸头的这种习惯，太太提过好几次，最动情的那次，声音没出来，泪花先出来了。刚开始我还安慰说，特别是青菜，哪怕只剩下几滴菜汁，用开水掺一掺，好喝极了。真的如老爸头所说，是神仙汤。后来不再这样说，是因为我也知道这样的菜汤，都是苦日子逼的。太太有兄妹四人，她没喝菜汤是因为比我家少一人。我家过去的日子更艰难些，所以在父母要求之下，我得挺身出来喝那菜汤。前年过年，太太正怀着身孕，我们一起去商场，买了一件挺不错的大衣寄回去。去年过年，我们带着十个月大的女儿回安远时，那件大衣还在老爸头的箱子里原封未动地放着。要不是赶上与广东接壤的这座小城难得下了一场雪，要不是太太记着这事盯着追问，老爸头仍旧不会拿出来穿。一群都不算小了的儿女，七手八脚地将老爸头打扮一番，穿上新大衣的老爸头露出一脸的不好意思。男人中喜欢穿新衣服的少，一件衣服只要没有不能再穿的理由，男人总是觉得穿着越久越舒服。不过，让老爸头舍不得脱的那身旧衣服，明显存在着太多不可再穿下去的问题，老爸头差一点就将新大衣脱下来。那天是大年初一，老爸头还想去果园看看，虽有儿女们的一致反对，中午过后，老爸头还是悄悄地去了一趟果园。不过他没有将身上的新大衣脱下来。

有时候，我会想，如果老爸头不随和，他那爱女与我的爱情，会不会顺利地发展成婚姻？由于一些非常态的现实情况，在没有得到老爸头的首肯之前，开在我们心头的那朵玫瑰，总也摆不脱不时就会袭来的风雨。第一次见到老爸头是在开往三峡的长途汽车站门外。那是太太的主意，她想趁着这趟旅游，让我和老爸头认识一下，顺便看看我们有没有翁婿缘分。太太向老爸头介绍我时，紧张得连我的姓名都忘了说，只说我是一个朋友。老爸头没有握我的手，也没有追问我的姓名，就像见到自己的孩子一样，慈善地笑一笑。直到现在我还在同太太开玩笑，如果那时老爸头要握我的手，或者客客气气地将对平常人的称呼给了我，太太的老爸头就不是我的老爸头了。老爸头有一副人们常说的慈眉善眼，又与日常的慈眉善眼不大相同：老爸头的眉心有一颗黑里透红的痣，平时不太明显，每逢老爸头的眉眼被笑容淹没时，那痣就会变得异常醒目。当老爸头以他一贯的行事方式默许我们婚事的时候，那颗痣在额头上所有皱纹的簇拥之中，平静如常地微笑着，看不出与头一回见面时有何变化。而对于老爸头，那颗痣更像他的为人。

　　除了笑，老爸头的脸上很难出现别的表情：那也是老爸头对人最多的话语，不管是在奔向三峡的长途汽车上，还是在往来川江的游轮上，老爸头总是用笑来回答；对人是这样，对那倾心太久的鬼斧神工的自然风光也是这样。说不上是淡泊，也说不上是大度，其中确有一种视万物万事皆如常态的意境。船过新滩古镇，太太犹豫着错过了在第一时间告诉老爸头，我写过一部以此地为背景的惊世骇俗的长篇小说。站在船舷边的老爸头同样笑得让人心动。船又过新滩，已经知道我的写作的老爸头，还是将一样的笑留在因为枯水而格外空旷的峡谷里。正是这些带有亘古意味的笑，让我提前在尚为女友的太太面前早早得出结论：老爸头心里已经接纳了我。

　　果然，从三峡归来的第三天，老爸头让太太约我上她的住处吃晚饭。那晚的电灯有些暗，一点也不亚于总也温情的烛光。这样的气氛反而让我和太太变得格外没主意，不知如何将我们的事向第二天就要回安远老家的老爸头提起。微光之下，我们的目光一次次地碰得火星四溅，那些在世俗观念中很难被破除的婚姻障碍，在这样的时刻更加令我们忧心忡忡。让我们万万没有想到的是，第一杯酒刚喝完，老爸头忽然同我们谈起计划中的果园。岁月在老爸头身上留下的痕迹也是恰如其分地平淡，五十九岁的老爸头看上去也就五十九岁。那些实岁五十五，看上去像五十的人可以退休，老爸头却不行，单位里将他当作骨干，留到五十九，单位再也没办法了。老爸头已经写好了未来果园的计划书，包括投资在内，什么都想好了。他知道远离身边的女儿担心的是什么，计划书里还有请两个帮工的安排。老爸头的计划百密无疏，最后一条说的是柑橘三年试果，四年挂果，到了第四年秋天，他要请所有的儿女，包括远在武汉的，去果园尝新。谈笑之间，俨然没有比果园更重要的事。趁着高兴，我向老爸头敬了许多次酒。老爸头只回了一次，而且还不是单独的。正是通过这杯酒，老爸头将一枚定海神针放在我们心头。老爸头端起酒杯，一边示意，一边天高云淡地叫着我们的名字，只用一句简单的话，就将我们提心吊胆了很久的婚姻决定下来。老爸头没说将女儿托付给我，也没说要我们往后甘苦与共，更没说对我们共同生活的考虑与希望。老爸头极目云天地一举酒杯，舒缓地说了句：祝你们健康平安，幸福美满！说完便先将红玛瑙一样的酒一饮而尽。激动之中我已记不得当时说了些什么，但我肯定没有叫老爸头。

等到我也能当面叫老爸头时，女儿已经知道谁亲谁疏了。出生才十个月，又正好生着病的小家伙，一见到外公，居然毫不犹豫地张开双臂，扑了过去。女儿在她的外公怀里美美地待着，连妈妈都不要了。此前她的舅舅姨父们试着抱了多次，女儿硬是躲在充满母乳芳香的怀里不肯就范。老爸头一点也不会哄他的小外孙女，抱在手中只知道乐和，偶尔想起来了，也只是唤一声她的乳名。女儿却不客气，转眼间就在外公怀里干了一件所有孩子都会干的小小坏事。天生一副笑佛模样的老爸头，出乎意料地说了句，屎（时）来运转！赣南一带的方言隔着一条河便相互听不懂，因为我，一屋的人都说着普通话，老爸头也是这样说的，虽然其中方言味道很重，却能让我听明白。更因为老爸头的普通话是那些总在身边的儿女从未听见过的，满屋子的欢笑，一时间盖过了街上迎春的鞭炮声。

　　老爸头的快乐与幽默，不只是在语言上。此时，他离职快一年了。正是别人大闹退休综合征的时候，六十岁的老爸头，踏着江西著名的红土地独自出行，去那离城四十余里的谢家老屋附近，买下一片荒山，按部就班地挖出一道道沟，一座座坑，栽上用他的专业技术认定过的最好的柑橘树苗。被老爸头用六十岁人生开垦出来的果园里，还盖有一栋两层的小楼。小楼旁边，养有近二十头猪的猪圈，也是老爸头老来的事业。在更远的山沟里，老爸头只是动用少许少年时便拥有的知识，就修起一座几米高的水坝。有了细细铁管的引导，天赐清泉自行而来，或到橘园，或到猪圈，或到屋里，无须再加任何人力。就是那些有腿没手的猪，口渴要水喝时，也不用主人帮忙。老爸头在猪圈里安了几只特别的龙头，大小猪们用嘴一碰，那水就哗哗流入嘴中。老爸头从不赶时髦用绿色当说法，也不去刻意体现环境保护，老爸头只在意对自己毕生所学知识的尊重。在这样的尊重面前，所有的发展都会自行体现持续性。老爸头建圈养猪，是因为种柑橘用猪粪做肥料最好。老爸头还建了一座处理猪粪的沼气池，所有点灯烧灶的问题全都在里面解决。更为奇妙的是，养在圈里的家猪竟然引来一头野猪。野猪来了，不肯再走。老爸头又多了一样想法。用野猪和家猪杂交，这对大学里就是学畜牧专业的老爸头来说，就像是一种幽默，就像他在城内新华书店旁边开的那家兽药店，有做相同生意的人背后说他是外行那样，老爸头只是快乐地笑一笑，再也不肯多说一句。新生在果园里的一切，有时候真像是老爸头内心深处的一种满足。在职的时候，老爸头总在将与此类似的东西教给别人，几十年了，真正学到刻骨铭心程度的人并不多，更多的人只是出于种种原因在他面前装装样子。老来的老爸头如此倾心一座果园，那是对自己毕生喜爱事业的归结哩。

在老爸头的词典中，汉语中许多常用的词都被剔除了。别人说去吧，他只说去。别人回答好的，他只回答好。如果涉及果园，不管有多少事，尚在城里的老爸头绝对只会用三个字：去果园。老爸头说的话都是不可或缺的，那些用来练嘴皮子的词语句子，在他看来实在毫无意义。

自从有了果园，老爸头的话比从前多了起来。也是有了果园，太太往日那种隔山隔水温情脉脉的抱怨也消失了。太太不再说老爸头本不应该生活成这样，特别是老爸头在果园那边屋子里装上电话后，太太对老爸头的想念总能及时缓解。每次听她和老爸头说话时，都能听到老爸头在那边邀请我们回去吃橘子，太太则在电话这头嚷着一遍遍问什么时候才会挂果。这时候的太太终于接受了早先我对她说过的话：凡事只要老爸头觉得高兴就行，如果老爸头不高兴，就是做成天大的事业又怎么样？能在自己所爱的生活中享受个性的自由，当然就是幸福了。

我那永无相见可能的岳母去世数年后，在南昌上过大学的太太，意外碰到岳母在江西"共大"的一位最要好的女同学。像亲人一样的南昌阿姨，如今也退休了，可整个人依旧风姿绰约容光焕发，说起岳母，南昌阿姨不胜慨叹，其中既有对岳母当年比她更富魅力的神往，也有对岳母后来嫁给老爸头的遗憾。按照她的说法，岳母的初恋被那个时代丑陋的政治生生扼杀了。对于"共大"文艺宣传队女报幕员的爱情归宿，南昌阿姨的不满显然不是针对我们的老爸头，可南昌阿姨在说老爸头每次见她都会不好意思时，还是表现出某种遗憾。作为浙江女子，岳母当年报考"共大"时，首要因素是听说"共大"有饭吃。读上"共大"的岳母，的确从每顿饭里省出一些，晒成米干，寄回地美田肥却饥荒连连的义乌老家。在那样的时代，岳母最终将自己的爱情之果，结在根正苗红的老爸头身上，是一件再平常不过的事。

1999 年的春天，为着我和他女儿的婚礼，老爸头再次来到武汉。"共大"毕业后，一直在南昌工作的岳母的女同学也来了。两位前辈坐在一起，没见到老爸头身上有不自在的地方。话不多的老爸头依然不多说话，总在微笑的老爸头依然笑容可掬。老爸头还将后来的妻子带在身边。他将对我们说的有关果园的一切，新鲜如初地对南昌阿姨说了一遍。他那样子让我们这些听过多次的，也觉得新鲜如初。南昌阿姨后来说，要是她那最要好的女同学、我们的岳母还活着，老爸头绝不会这么一把年纪了还去经营什么果园。为了他的果园，老爸头比南昌阿姨先起程回江西。送他的时候，南昌阿姨开玩笑地对老爸头说，骑摩托车时小心点，别以为自己还是小伙子。老爸头笑一笑，没有正面回答。限于尊讳，我没有将心里想到的话说出来。

有了果园的老爸头买回一辆时尚的摩托车，每天都会骑上它，穿过南方的小城安远，去到那个被称作果园的一天比一天葱绿的地方。关于骑摩托车的老爸头，太太一说起来，眼睛就笑成一弯弦月，就像听到我对她说那最亲密的一句话，就像老爸头的果园在她心里每分钟都轮换一下春华秋实。如果没有果园，肯定不会有老爸头的摩托车。有了果园，有了摩托车，老爸头一下子变得青春勃发起来。本来，一过六十岁，无论身体如何，都不可能合法获取机动车驾驶证。为了果园，一辈子生活在各种规矩里的老爸头，敢于从这个制约中走出来，这在他的儿女看来，简直是天大的奇迹。"头""古"之类的后缀语是安远一带对男孩的昵称。被后辈叫作老爸头，本是太太小时候没大没小的顽皮淘气，随和的老爸头不以为忤。今日我们在喊老爸头时，言语中自然多了一层敬重与亲近。我那想说而没说出来的话是：不管岳母在和不在，她都会爱这个和果园一起成长的老爸头。一个头发花白的老人还能挤在年轻人的道路上，骑着摩托车风驰电掣；还能将只长杂草的处女地，开垦成鸟语花香的果园，我们能不喜欢并热爱他吗？

第四章

偏执是
打造生命的匕首

　　面对过去，许多人可能都会无话可说。这不是
一种无奈，人在"过去"面前永远都是一个幼稚的
小学生。尽管每个人的过去是每个人造就的，但过
去却固执地教化着每个人。

我的工厂，我的青春

几年前，太太在另一个单位上班，某天下班回家她很伤心，问过了才知不是她的事，是一个同事要调到别的单位，与头头话别时，伤感地说起自己从大学毕业起到现在，将自己最好的青春年华全给了这个单位。不料，那个老男人竟粗暴地回答：谁要你的青春？太太的同事大恸而去。听毕，我忍不住在心里说了一句粗话。

不一定人人都会老去，但人人都会有自己的青春。我也有过青春，我不敢说自己将青春献给了那座小小的工厂，但从十八岁到二十八岁，如此十年全在这家县办工厂度过。想起来，当年之事历历在目，包括进厂之前，即将上岗的青工们在一起培训，因为有三家工厂可以选择，当时大部分都认为其中的电机厂最为理想，工具厂则次之。而当相关人员问起我的意愿时，我却毫不犹豫选了阀门厂，原因是阀门厂厂房外面有半个篮球场，别的工厂都没有。

多少年后的今天，我仍对飞速旋转的砂轮心有余悸。那是我进厂的第一天，师傅给了我一个毛坯件，要我去砂轮上将毛刺等打磨掉。师傅教给我打开砂轮的方法后就回车床上忙去了，却没说如何让砂轮停下来。这让我在打磨完毛坯件后很是束手无策。虽然关掉电源半天，砂轮还在高速旋转。我几乎要伸手捉住砂轮！那一瞬间里，冥冥中有某种声音提醒，让我在最后时刻中断了那个伸手动作。时间长了我才晓得砂轮的厉害，人的肌体只要微微碰上去，就会磨去一大块。而当车工的因为天天都在磨车刀，稍不注意就会出现险情。好在磨车刀是细活，碰上了也只是磨去一些皮肉。如果我那用力捉住砂轮的动作完成了，一只手掌肯定就没有了。在我独立操作车床后的某个夜班，因为加工庞大的阀体，必须用专用小吊车帮助装卸，而这些小吊车都是厂里的钳工自己制造的，并无任何安全认证。那天晚上，用 380 伏电压运行的小吊车漏电了。当我伸手抓住行程开关，按下运行红键时，一股强大的电流击倒了我。也正是身体横着倒下的惯性力救了我，如果不是这样，也许我就要变成一堆焦炭了。因为 220 伏电压通常能将触电者弹开，而 380 伏电压只会将敢于触碰者牢牢吸附住。那一次，同车间的工友被我的惨叫吓坏了。我却浑然不知。事后在床上躺了三天才恢复过来。在阀门厂，最苦最累的不是通常所认为的翻砂工，而是车工。一两百斤重的大铸件从机床上搬上搬下，加工铸铁扬起的尘砂更是塞满了全身上下的每一个毛孔。最让车工头疼的却是对付不锈钢 T 形螺杆。当车工的第一年，一位姓刘的师姐，就是在加工不锈钢螺杆时，不慎被缠绕的铁屑缠住，生生将右臂拧断。离开工厂十几年后，在一次采访中，有记者对我脖子上的十几个疤痕很好奇。那些有着优美弧线的伤痕，正是我当车工强力切削不锈钢时铁屑飞溅的烙印。被车刀挤压下来的铁屑带着几百度的高温，偶尔会准确地钻入我的领口，因为强力切削时不能中断操作，必须等这一刀走完，停下车床后才能处理。这当中，滚烫的铁屑会将接触到的肌肤烤出一股烤肉香。

这个世界有机会闻到自己肌体发出的烤肉香的人应该不会很多，或许这是我一直怀念那座曾经以半个篮球场而成为自己青春梦想的小厂的理由之一。我还怀念那位以爱护的名义阻止我参加高考的党支部书记，不管当时或后来发生了什么，这一点从未有过改变。我的那座小工厂条件很差，屋顶上盖着石棉瓦，窗玻璃十块有九块是破的，一年当中三分之一是冰窖，三分之一是火炉。还有一年四季都得加工的不锈钢 T 型螺杆，别的工厂的车工们一班能加工一件就不错了；在我们厂里，每个车工每班必须完成的定额是十八件。所以这些都没有让我觉得有什么不对。最终让我心存惶惑的是一位初中的同学。在学校里他总是抄我的作业，毕业后他却在不到三年的时间里当了区委副书记，有一次在县城的小街上遇见，他竟然装作不认识我。当天晚上，我失眠了。这也是我生平第一次失眠。就在那个不眠之夜，我为自己绘制了一个普通青年的人生梦想，同时也是那个时代的青年学子最喜欢的梦想：将自己的一生交给文学。无论成功与否，决不半途而废。只要真正努力过，决不对自己的选择后悔。相信生命在于奋斗；相信自己所设定的那个目标，是青春与灵魂的一场约会。

十年工厂生活，让我获得了二十张先进生产者奖状。很多年后，因为写作我获得过武汉市劳动模范称号。这小小的荣誉却是我最为在乎的，也是我最愿意引以为骄傲的。正因为如此，当我的笔与文字与工厂相遇时，最由衷的总是对工厂的一切的不舍与敬重，而不敢用那些不敬之语来描写，更不敢有半分亵渎之心。

大约在离开工厂后的二十几年，不锈钢铁屑留给我的伤痕才完全抚平。在我心里却永远记得当年那些从领口里冒出来的烤肉香。我越来越相信，那是一种青春的滋味，虽然那不是青春的唯一滋味，但却是我既往生活中最值得热爱的。我热爱工厂生活中诸如此类的不快。正是这种没有什么了不起的不快，和绝对了不起的青春，锻造了我近乎不锈钢一样坚韧的神经。

写给我的工人兄弟

　　从十八岁那年开始，我在一家阀门厂当了整整十年工人，从拿二十元工资的学徒工干起，一直到晋升为三级车工，虽然后来做过车间副主任和厂办公室主任，但最让我难以忘怀的是那三班倒的几年车工生活。由于自己的技术是优秀的，干维修活的时候占多数，更多的男车工成年累月都在满身油污的同沉重的铸铁阀搏斗。那段青春虽然远去，却没有逝去，每当自己在城市里看到或听到我的工人兄弟的有关消息时，甚至遇到静坐于街道上、市府前的工人队伍时，那些陌生的面孔中透射出来的熟识的忠诚和勤劳的光彩，都让我感到难以言状的揪心；特别是那种光彩被压抑和无奈半掩半遮时，更是如此。

　　我当工人的最后几年，赶上了工厂实行改革的日子。大家当时都挺浪漫，看着工资飞快增长，奖金逐月增加，都以为日子会越来越好。接下来的事实是，日子越来越好甚至好到人间天堂的大有人在，我的工人兄弟却不都在此列。当听到我的那些工人兄弟的实际工资比前几年下降许多时，眼前顿时闪现出一个个熟悉的面孔：那位被车床铰断胳膊的女师傅，那个被铁屑弄瞎了眼睛的小伙子，那位被冲床切断五个指头的工友……他们都是有家有口的人了，那么一点收入怎么可以活下去呢！

记得当时厂里的一位工程师就强烈地批评过厂长责任制及承包制，他的理由是如果企业摊上一个混账厂长，那么这家企业就会完蛋。实际上，今天的许多困难都是几任的承包者一点点地积累起来的，才导致今日的积重难返。当初，全体中国人都为"一个能人能救活一个企业"而欢欣鼓舞，现在，许多的工人兄弟都在为一个所谓的能人也能搞糟搞乱搞垮一个企业，孤独地背负着艰难。也许这是又一沉重的代价！将凤阳农民创造的农业生产承包方式引入意欲走向现代化的工业生产中，这是否还是以农业的方式和小农的意识来引导中国工业革命前进的步伐并终将证明是误导呢？我的那位工程师朋友曾经预言：早点实行股份制，工人兄弟们还能获得他们作为企业主人的一些利益；等到企业被少数人掏空了，工人兄弟们一辈子的希望也就变得渺茫了。

以上这些，就是我的长篇新作《寂寞歌唱》的写作背景。在1996年八九月武汉最难熬的酷热里，我在那间简陋但有空调的卧室兼办公室的房间里以每天八千到一万字的速度疯狂写作。隔着一层地板，在我的楼下便是一家全心全意"为人民币服务"的桑拿场所，在那里出入的人中绝对没有我的工人兄弟，但为这些人服务的人多数是工人兄弟的姐妹家人！真的，我感到那一阵子自己的笔尖在滴血。今天，我们是不是该重新思索一下"谁养活谁"的问题：是作为能人的老板养活了工人，还是流血又流汗的工人硬撑着大厦之将倾？不少人喜欢《寂寞歌唱》这个书名，我自己也很喜欢，寥寥四字便勾出了我的工人兄弟眼下所处状态的精神氛围。无论如何他们都是用心在歌唱，他们歌唱的是自己毕生为之营构的曾经光辉照耀的事业与理想。

当我写完这部书的第二天突然病倒时，我第一次感到死亡的威胁。不过死亡的挑衅很快就被击退了，大夫说心脏的毛病是劳累引起的，是功能性的。我祈祷工人兄弟们遇到的困难也是功能性的，挺一挺，对症吃点药后好日子还会有的！

在记忆中生长的茶

　　人的内心并非总是难以捉摸，越是那种平常琐碎的场合，越是那些胡乱忙碌的行为，越是能将其藏匿得不见踪影的底蕴暴露无遗。譬如喝茶，像我这样的固执地喜欢，很容易就会被发现其中已不是习惯，而是某种指向十分明显的习性。

　　在我少年生活过的那片山区，向来就以种茶和在种茶中产生的采茶歌谣而闻名。上学的那些时光里，一到夏季，不管是做了某些正经事，还是百事没做，只是在野外淘气，譬如下河捉小鱼，上树掏鸟窝，只要看到路边摆着供种田人解渴消暑的大茶壶，便会不管三七二十一，捧起来就往嘴里倒，然后在大人们的吆喝声中扬长而去。往后多少年，只要这样的记忆在心里翻动，立刻就会满嘴生津。年年清明刚过，谷雨还没来，心里就想着新茶。那几个固定送我茶的朋友，如果因故来迟了，我便会打电话过去，半真半假地说一通难听的话。到底是朋友，新茶送来了不说，还故意多给一些，说是存放期间的利息。

因为只喝从小喝惯了的茶，又因为有这样一些朋友，使得我从来不用逛茶市。外地的茶，从书上读到一些，有亲身体会的，最早是在武夷山，之后在泉州，然后是杭州西湖和洞庭湖边的君山等地，那些鼎鼎大名的茶从来没有使我生出格外的兴趣。只要产茶的季节来了，唯一的怀念，仍旧是一直在记忆中生长的那些茶树所结出来的茶香。

九月底，《青年文学》编辑部拉上一帮人到滇西北的深山老林中采风。带着两裤腿的泥泞，好不容易回到昆明，当地的两位作家朋友闻讯赶来，接风洗尘等客套话一个字也没说，开口就要带我们去喝普洱茶。汽车穿越大半个昆明城，停在一处毫不起眼的大院里。时间已是晚十点，春城的这一部分，像是早早入了梦乡，看上去如同仓库的一扇扇大门闭得紧紧的。朋友显然是常来，深深的黑暗一点也挡不住，三弯两拐就带着我们爬上那唯一还亮着"六大茶山"霓虹灯光的二层楼上。

与别处不一样，坐下来好一阵了，还没有嗅到一丝茶香。女主人亲自把盏，边沏茶边说，她这里是不对外营业的，来喝茶的都是朋友，万一有人意外跑来，她也一样当朋友待。女主人将几样茶具颠来倒去，听得见细流声声，也看得见眼前所摆放的那些据称价值连城的茶砖，熟悉的茶香却迟迟不来。这一趟天天十个小时以上的车程，又都是那别处早就消失了的乡村公路，确实太累了，小到不够一口的茶杯，不知不觉中已被我们连饮了十数杯。女主人很少说话，倒是我们话多，都是一些与普洱茶无关的事。女主人不时地浅浅一笑，那也是因为当地朋友对她的介绍所致。不知什么时候，心里一愣，脱口就是一句：这普洱茶真好！话音未落，寻而不得的茶香就从心里冒了出来。

到这时女主人才露些真容，细声细气地说，不喝生茶，就不知道熟茶有多好。又说，刚才喝的是当年制成的生茶，而正在泡的是放了二十三年的熟茶。不紧不慢之间，一杯熟茶泡好了，端起来从唇舌间初一流过，真是惊艳，仿佛心中有股瑞气升腾。这感觉在思前想后中在反复萦绕，不知不觉地就有一种悲天悯人的温馨念头生出来，在当时我就认定，普洱茶就像成就它的乡土云南的女主人，是冷艳，是沉香，是冰蓝，是暖雪。女主人继续温软地说，天下之茶，只有普洱可以存放，时间越长越珍贵。昆明地处高原，水的沸点低，在低海拔地区，水烧得开一些，泡出来的普洱茶味道会更好。听说由于温差所致，普洱茶在酷热的南方存放一年，相当于在昆明存放五年。我便开玩笑，将她的茶买些回去，五年后，不按五五二十五年算，只当作十五年的普洱茶，由她回购。一阵大笑过后，普洱茶的滋味更加诱人。

满室依然只有高原清风滋味，那些在别处总是绕梁三日熏透窗棂的茶香，一丝不漏地沁入心脾。从舌尖开始，快意地弥漫到全身的清甜，竟在那一刻里升华出我的母亲。有很多年，母亲一直在乡村供销社里当售货员。一到夏天，她就会频繁地操着一杆大秤，将许许多多的老茶叶片子收购了，装进巨大的竹篓里，还为它们编上"黄大茶一级"或者"黄大茶二级"等名称。每当竹篓层层累累地码上供销社的屋顶时，就有卡车前来拖走它们。那些巨型竹篓上的调运牌，所标志老茶叶片子的最终目的地，就曾包括云南。只是那时的我们实在难以相信，这种连牛都不愿啃一口的东西，也会被人泡茶喝。一杯普洱，让我明白只要怀着深情善待，那些被烈日活活晒干的老茶叶片子也能登峰造极。

为茶的一旦叫了普洱，便重现其出自乡村的那份深奥。对比茶中贡芽，称普洱为老迈都没资格；对比茶中龙井，称普洱太粗鲁都是夸耀；对比茶中白毫，普洱看上去比离离荒原还要沧桑；对比茶中玉绿，普洱分明是那岁岁枯荣中的泥泞残雪。所有的所有，一切的一切，种种宛如真理的大错铸成，都是没有经历那醍醐灌顶般的深深一饮。乡村无意，普洱无心，怪不得它们将性情放置在云遮雾掩之后！世代更替，江山位移，以普洱为名之茶，正如以乡村为名之人间，是那情感化石，道德化石，人文化石。还可以是仍在世上行走之人的灵魂见证：为人一生，终极价值不是拥有多少美玉，而应该是是否发现过像普洱茶一样的璞玉。

看看夜深了，有人撑不住先撤了。留下来的几位，号称是茶中半仙，都说一定要喝到女主人所说，普洱茶要泡到五十泡才是最好的境界。作为过客的我们，终于没坚持到底，在四十几泡时，大家一致地表示告辞，将那也许是梦幻一般的最高境界留给了真的梦幻。

因为有送我茶的朋友，这辈子我极少花钱买茶。那天晚上一边把着茶盏，一边就想买些普洱茶，只是有些额外担心，怕人家误以为是在暗示什么，才没有开口。离开昆明之前，我终于忍不住在机场商店里选了一堆普洱茶。虽然最终是同行的李师东抢着付了款，仍然可以看作是我这辈子头一次买了自己所喜爱的茶叶。

请我们去喝茶的朋友们再三说，在云南当干部，如果不懂普洱茶，大家就会觉得其没有文化。即便是省里最高级别的领导人在一起开会，最先的程序也是拿出各自珍藏的普洱茶，十几个人，十几样茶，都尝一尝，当场评论出谁高谁低。不比升职或贬谪，评得低了的，下一次重新再来就是。普洱茶好就好在普天之下从没有两块滋味相同的。一如人一生中经历过的情爱，看上去都是男女倾心，个中滋味的千差万别，大如沧海桑田，小似一棵树上的两片叶子。

用不着追忆太久，稍早几年普洱茶还是平常人家的平常饮品。也用不着抽丝剥茧寻找乡土之根，那些远在天边近在眼前的所在本来就是普洱茶的命定。更用不着去梦想命定中的乡土，能像它所哺育的这一种，忽如一夜春风，便能洗尽了其间尘埃。那天晚上，我和李师东相约都不刷牙，好让普洱茶的津香穿越梦乡，一缕缕地到达第二天的黎明。我因故早就不喝酒了，却偏偏要将普洱茶饮成一场久违的乡村宿醉。

那叫天意的东西

一切离开得那么久了。一切又仍在咫尺。那些本应因太久而远去的东西，常常在不经意间跳出来，使我那历经三十度寒暑历练的情怀，像开冻的冰层那样出现咔咔嚓嚓的阵阵震颤。

我暂且生活的这个小城里流行着文学病，1980 年以后县文化馆的两名创作辅导干部，先后获得了全国优秀新诗奖和全国优秀短篇小说奖，而使这病变得愈发肆虐了。最令人感叹的是有两名青年农民在高中母校同场发表演说，先上台的发誓要做鲁迅第二；后上台去的不甘示弱，赌咒要拿诺贝尔文学奖。

小城在鄂东英山，旧称城关镇，如今借城郊的几眼温泉而改名叫温泉镇了。

我的青春梦境里，像绝大多数男孩那样：想当兵，可是那该死的副鼻窦炎，销蚀了也许应该与巴顿齐名的将军；想打篮球，可是那倒霉的一米七的身高，使之一听到穆铁柱的名字就感到世界太不公平；想当小提琴家，虽然使劲在省歌舞团的那位首席提琴手面前锯了几天马尾，仍无法使之发现丁点天赋。再后来，我仅仅只能在光厂名就叫人心烦的阀门厂当了一名车工（这个集体所有制的小厂使我蒙受出身不好之冤，至今仍未得到昭雪）。尽管我不断地写了一些叫作诗的东西，尽管这东西曾独占了整整一场晚会，但这仅仅是作为团支部宣传委员而对自己所组织的活动履行义不容辞的职责。

感谢某次上夜班突然遭受 380 伏电压的电击，从三天眩晕中清醒过来，小城中普遍流行的文学病不可避免地侵入到我的肌体，而且是积重难返，于是我用建设四个现代化所急需的那种干劲写起小说来了。为什么？大概是觉得刚刚结识的后来写了《第九个售货亭》的姜天民兄，相貌长得并不比自己标致——除了这些我实在不敢瞎说，有些东西还是永远藏在心里好！

然后，我每年比别人少看了一百场电影。

然后，我每年比别人多了几十张大部分是铅印的退稿笺。

然后，我在一个短篇中愤懑地写道：什么慧眼？哪儿见过慧眼？生活的道路上尽是些卉眼！秽眼！烩眼！晦眼！并开始怀疑自己一向坚持的信条：人生的道路并没有任何捷径，唯一的诀窍是，看准一条道路走下去，不要回头，不要旁顾；犹豫者，徘徊者，终归是跟着别人爬的碌碌鼠辈——似乎自己正在成为这种碌碌者！

然后，获奖诗人和获奖作家被上级文化部门调走了，"出身不好"的我被名不正言不顺地"借调"到县文化馆。就这样，机遇露出了尾巴：

我住进全馆最有灵气的 404 号房间，写《第九个售货亭》的姜天民兄已人去楼空，留下那张曾经趴在上面写出了那篇佳作，因为是公物不得搬走的旧办公桌，还有那把没有人坐着压着也会吱呀作响的烂藤椅，最重要的是那一屋灵秀。

"守着这风水宝地写不出东西才怪。"冲我说这话的人弹出了弦外之音。退稿笺和废手稿又积攒了一大堆，我怕当着众人的面烧，躲在屋里点了一把火，浓烟呛得睁不开眼睛也不敢开门，邻居都以为是失火了。

在县里待着的所谓文化人，都有一个剪贴本，上面粘贴着出现在大小报纸上自己的文字。尽管那些小的才一指宽，最多不过五指宽的剪贴与文学没有任何关系，只不过是地方新闻与逸事的文字书写，但在小城里却是极为重要的文化氛围。我没有这种剪贴本，骨子里更是不屑为这类事物写上哪怕一个字。所以，都说我没有发表过一个字，我断无反驳的可能。反过来看这也是事实，一个尚未正式发表任何时作品的人待在文化馆的这个位置上，其压力可想而知。

当自己的手稿变成"铅字"的希望越来越渺茫时，我情不自禁地将内心的抱怨和焦虑写进习作中。在两万多字的中篇小说《黑蝴蝶！黑蝴蝶……》中，我百感交集地写道：机遇是存在的，但它只是少数人才能享受的奢侈品。习作完成之后，我把它寄给了《安徽文学》，这时是 1983 年 11 月。

当初，真不敢相信这种奢侈品自己居然有缘品尝。

而今我对机遇的体会是：只有歪打才能正着。

1984 年元月上旬，邮递员送来一封信，而且是我生平第一次收到编辑部寄来的挂号信，是《安徽文学》寄来的。我已经十分熟悉，如此厚厚的一沓肯定是退稿！也不知是生谁的气，我揪住封住的一角，"哗"地一下撕开封口。没料到虽然还是退稿，附在退稿之上的却是一封满是溢美之词的亲笔信。信中提了不少建议，并让我"修改后速挂号寄小说组苗振亚"。那一阵儿子刚出生，取单名：早。其中就有自己的期待：但愿儿子能早早给他的爸爸带来机遇。没想到苍天有眼，不负我望，机遇真的早早来了。

此后不久，县文化馆组织了一次业余小戏剧本创作笔会。下乡的那天，我又收到了苗振亚老师的信，他在信的开头说《黑蝴蝶！黑蝴蝶……》已发四月号二条，信的结尾写道："我争取最近能有湖北之行，到时一定去看你，很想见见你这位年轻人。"看完信我半天说不出话来，当然这激动是因信的开头而发生的，至于结尾我很快就将它作为一般的客套忘却了。从合肥到英山，关山重重、路途遥遥，能随便来随便去么，况且在文学大军中我算老几，值得他们专程跑此一趟？

我一头扎下去，同几名业余作者一道边看边写，边写边看，走走停停半个月，才移师至鄂皖交界处、属于安徽省霍山县的漫水河镇，住在一家生意萧条的国营小旅社里。

接下来的一天让我终生难忘。三月十一日本是个很普通的日子，南方的倒春寒在阳光普照之下减退了不少。吃过午饭正要上床略事休息，同行的南河区文化站长王中生突然闯进屋来直嚷嚷：你的老师来了！一时间我成了丈二和尚，这儿离英山县城差不多两百里，初来乍到有什么老师？王中生的样子又让我不得不相信。进到他的房间，只见客房的床上并排坐着两个中年人，面孔是百分之百陌生。在我怔怔的不知说什么好时，对方主动作了自我介绍。我才知道靠左坐着、戴鸭舌帽、一副忠厚长者模样的叫温文松；靠右坐着、戴近视眼镜、清瘦并让我觉察到儒雅气质的就是那个写信给我的叫苗振亚的人。

世间为何如此浩荡又这般狭小。苗振亚老师和温文松老师头天从合肥市搭乘长途客车到霍山县城，再转这天的早班车前往英山，长途客车不早不晚，正好在途经漫水河镇时出故障抛锚了。因为要等中午开出的第二班车来接走出故障这趟班车上的乘客，那样到达英山的时间就很晚了。苗振亚老师担心深夜时分找不着我，便跑到镇上的邮电所打电话到英山县文化馆，接电话的人对苗振亚老师说，我不在家到外地出差了。即将放下电话那一刻，很是失望的苗振亚老师，随口问了一句：他去哪里了？得知我正在漫水河镇，二位老师顿时大喜过望！

他俩乐了！我却傻眼了！天下之大，道路之多，日子之繁复，时光之匆匆，怎么会这般巧？在后来的日子里，我一直想不明白，这个叫天意的东西，是不是就长着这副模样？我们当即决定一起乘车到英山。下午一点从霍山县发出的当天的第二班车本来就是满满的，加上上午扔在漫水河镇上的头班车上的人，想挤上去难度系数之大可想而知。苗温二位老师却出奇地会挤车，转眼间就上去了，还有座位。而我的旅行包里保温茶杯被挤得咔咔作响也难以接近车门，幸亏他俩伸出手来使劲拉，才使我抄了捷径从车窗里爬进车内。日后的某个时刻我猛然醒悟：一个人跨进文学殿堂时，编辑老师尽力而为的不也同样如此么！在当时我只顾惊叹：到底是大城市的人，天天挤公共汽车，见多识广，熟知门道，年轻力壮只会使蛮力的山里人全都比不过。车上人太多，简直是堆着放，一位大姑娘顾不上害羞，汽车稍一颠簸便坐到苗振亚老师的身上；虽然比不得坐怀不乱的典故，三番五次下来，苗振亚老师倒也能泰然处之。

坐落在大别山主峰天堂寨下面的小城，近几年宾客来得多了，但是从外省文学殿堂来的圣使仍属罕见。苗振亚和温文松二位老师的到来，不能不在小城文化圈引起骚动。因为他俩是专程来为我指点迷津的，这种骚动就更显得不比寻常。我那时处境不妙，"倒刘运动"方兴未艾，在小城文化界权倾九鼎的那帮人瞄准我"出身不好"的"软肋"，几欲"清理阶级队伍"，将我撵出文化馆这个龙凤巢、金银窝，赶回写在另册上的集体所有制小厂。所以，我也乐得让小城里的文化要员见见他俩。好客的山里人最怕招待那种不抽烟不喝酒的客人，二位老师像是约好了的，谁都是烟酒不沾。既然达不成烟酒不分家的友谊，又因为只是专程为我而来，在文化要员们的彬彬有礼背后，是某种拒人千里的冷冰冰。心知肚明的我还想瞒着不让客人知道，哪知离开英山，前往黄州赤壁，再与地区几位见过面之后，苗振亚老师马上对我说，地区的这几位要比县里的那些人对你要好些。在我还不知如何回答时，苗振亚老师主动说："同当官的打交道是最吃力的事，还是少见他们，咱们多聊聊吧！"

在漫水河镇的那顿午餐上，纵然是初次相逢，两位老师也绝不肯沾一滴酒。第二天才听到苗振亚老师的实在话：他知道皖西大别山区一带有个恶俗，酒宴上无论是谁，只要一端酒杯不是醉倒的不准退席，他担心鄂东大别山区也如此。这种心理同样反映在他俩来英山的动机上。我在处女作中描写了这么一种焦虑：为什么人们都崇拜张海迪的自我奋斗精神，而在有意与无意之间冷落了朱伯儒的炭火效应？因为学张海迪既有付出又有收获，学朱伯儒则完全只有给予。苗振亚老师说，与鄂东毗邻的皖西四县的情况他是了解的，他有点惊奇怎么一道山脉之下，一片山丛之中，文学的思维模式会有这大的差异。所以他想了解其中奥秘所在。

从三月十一日下午至三月十六日上午，第一次与文学前辈接触便独享五天时光，文学真谛获得多少不好说，如何在文学的背景下修炼自身真的是受益匪浅。在十四日谒拜东坡赤壁、寻访东吴故都的过程中，因来过多次，对此古迹胜境早已漠然的我，有些不把二赋堂、赤鼻矶的古今沧桑收入视野中。当苗振亚老师买下三本《东坡赤壁》并送我一本时，让那个一直将自己当成普通游客、一直将东坡赤壁当成普通家乡的我实在无地自容。私下里，苗振亚老师还谈及，为何将我的处女作放在第二条，而他的本意是要放在头条的，其中缘故与文学无关，却是文学生活中经常遇到的又不得不妥协的，说是难题也是难题，唯有不将这些一时的位置看得很重，才能突显出文学的真正意义。

有一次，谈起某些作品，苗振亚老师不禁脱口说道，有人写小说一辈子，字里行间一点小说味也没有，还说他喜欢我的小说，是因为很有小说味。至于什么是小说味，他也说不清楚，只是觉得真正的小说一定是小说味十足。这番话在我听来格外贴心，让我很容易就联想到性感、悟性等一类普遍运用，却很难说清楚的感觉。

在谈到我读过、他也读过的一本名叫《众神之车》的书时，苗振亚老师说，世界的确有许多不可思议的神秘之处，这也是生活永远具有魅力的根本所在；爱因斯坦说神秘最美，所以他说他是倾向文学作品可以有点朦胧感、有点说不清楚的神秘感。这也是我特别喜欢、特别入心的，生活本来就是解释不清的，能解释清楚的就不是真正的生活；因而文学应该是去表现生活，而不是解释生活。正是这一觉悟，使我找到了自己应该去探索的文学小路：我愿在使自己融合进绝对不应当被称为浪漫的"东方神秘"的过程中深情地表现它，并为重建楚文化的神话体系，而与各洞南蛮一起竭尽绵薄之力。

三月十六日上午九时，红白两色的公共汽车拖着一股尘埃远去了，两位编辑老师的鄂东之行结束了，只需四十分钟，即可进入皖西地界。以后的两年，我们的书信往来甚多，其中也有谈到小说的闲笔问题。苗振亚老师曾经说过，读我的小说觉得闲笔很多，可一旦将这些看上去可有可无的闲笔删了去，整部作品就变得毫无生气了。他说他也不知道这是我的长处，还是我的缺陷。有一次，我读到一篇文章，其中一句话让我很是振奋，就写信与苗振亚老师，告知有这样一种观点，小说的艺术其实就是闲笔的艺术。今年年初的那封来信中，苗振亚老师说自己："老得快，感到心太累！"读毕为之黯然，他可是刚近五十的人，我那尊敬的为人作嫁的编辑老师啊……

这是关于我与文学相遇的第一个故事，说与那些新结识的友人听时，他们总是不相信，笑话我在讲构思中的某篇小说。不过，这段经历中的所有的人仍健在，我衷心祝愿他们幸福长寿，这样在我第一千遍讲述这个故事时，也无须起誓请苍天作证了。

坐我右边的军人

　　浮华时节的尘缘，有时候也会具有新奇。新年伊始的一个会议上，因为按姓氏笔画排列的缘故，我和身为某部副司令的刘耀来坐到了一起。之后几次例会，他始终坐在我的右边，我便始终坐在他的左边。于他于我，因职业的陌生感产生的彼此好奇，使我们在会议上各种报告的缝隙，作了许多每每是只有开头和结尾，省去中间过程的一竿子插到底式的简短交谈。

　　在我这里，一直认为保家卫国是军人天职，只有真正履行过这种天职的军人才是真正的军人；只有在枪林弹雨中冲锋陷阵，敢于提着自己的头颅，将一腔铁血漫天抛洒的司令，才不是阿庆嫂眼中的胡司令。所以，有一次，我突然问他打过仗没有。

　　耀来兄懂了我的意思，他取下军帽略低一下头，露出头顶正中一块指甲大小的伤疤。那是一颗 AK-47 突击步枪子弹的绝作。当年他在南方边境丛林里与敌军突然遭遇，眼前白光一闪，他下意识一缩脖子，原本冲着眉心而来的子弹，无奈地贴着军帽上的红五星的上沿，擦过耀来兄的头皮，坠落在身后常绿的丛林里。我这才发现生死之隔，远没有一架飞机翅膀那么宽大，末日与未来的距离也不会有飞机起落架飞出的那么远。

　　生活在浮华时代，尘俗比比皆是。万一遇上针鼻大小的艰难，便会放大到仿佛天要塌下来的末日一样，不仅让自己惊恐，还要绑架般让他人跟着绝望。在耀来兄那里，生与死、末日与未来，只隔着一颗金属锻造的红五星。放到平凡生活的人们那里，相隔也只有一块橡皮擦那么宽、一片口香糖那么厚、一粒米那么长；至于时限，肯定少于某个日常欢乐场合无心抛向异性媚眼之一瞬，肯定短于对某项分配或委任不甚满意的一声长叹与低吼。耀来兄身上还有一块碗口大的伤疤，那是一枚迫击炮炮弹在他冲锋的路上猛烈爆炸所留给他永远的纪念。

　　军人的荣耀从来是与牺牲相伴。耀来兄原来不叫耀来，在他还是个乡村小剃头匠、小泥瓦匠和小卫生员时，父亲赐给他的名字是跃来。在成为一名军人，并且成为连级指挥员之后，他才将自己原来名字中的"跃"改为"耀"。无论是跃来还是耀来，这时候的他，已经在 TNT 爆发的烈焰中将自己的脊骨淬过火，更将乡村少年的青春替换成中国军人的铁血，真的是怎一个耀字了得！

　　那一次在会上，耀来兄说起他写了一些关于自己的文字，有两万多字。我有意无意地信口说道，何不再充实一些内容，写一本一个普通中国军人的成长史。事隔半年，他真的拿出一部洋洋十万言的书稿来，要我在书的前面写上一段话。还说这是武汉大学的一位女士出的主意，要他谁也别找，就找开会时坐他左边的那位来写。耀来兄的幽默让我无法拒绝。读完书稿，其中铁血军魂自不待言，最妙不可言的是作为职业军人的他，所获得的最幸福，也最真挚，同时又是最为奇妙的爱情信物。那位日后成为终生伴侣的梁子湖畔的美丽女子，用一块美丽的花布包上一枚自己生产的扣子，将自己的初恋献给了一个从南方前线回来后，又去驻守西部大漠的军人。这情怀是那样的普通，因为那样的扣子每天都会在车间里堆出一座小山。这情怀又是如此浪漫，因为这枚扣子是从小山一样的扣子堆里精心挑选出来的最美丽的一枚。身为副司令的耀来，何尝不是这样一枚扣子！

如耀来兄爱妻当年所言，随便将这枚扣子缝在衣服上的什么地方都行。上战场、守大漠、护奥运、保家乡，他都做到了。像扣子一样，守住应当守的美丽家国，并且一步一个脚印地铸造出从普通中超越出来的壮丽军魂。

（本文系《铁马金戈入梦来》序）

灵魂的底线

在和刘华、若知母女俩还有一帮朋友商量出版《姜天民文集》时，大家都要我写点专门的文字。我无法推却，有些话必须趁早说，也必须由我来说，再不说就对不起姜天民日夜佩带的那把匕首，对不起姜天民坐过的那把破藤椅。

先说藤椅，多年以前，在一座破旧两层小楼背后，有一处更加破旧的瓦房，那把连破旧一词都不好意思用作形容的更加破旧的藤椅就摆放在瓦房正中。某个下午，我第一次走进这间屋子，坐在这把藤椅上的一位尚能抓住青春尾巴的年轻人站起来，用清瘦的右手同我握了一下。

这简简单单的一握让我至今难忘，不是由于握过来的手掌有种在冰凉中挣扎的温暖，也不是由于那手掌上有一种异于平常人的朱红，而是右手中指第一关节上的那颗比黄豆大、比蚕豆小的硬茧。那时我已与钢铁机器共处数年，十指指根处无不生长着被钢铁机器厮磨出来的直到离开工厂十几年后才渐次消失的老茧，也见识了工友们因工种不同而生长在肢体上形状各异的老茧，绽放在中指关节上硬如筋骨的茧花却是第一次见到。当我回到工友中间描述这枚老茧时，竟然无人相信。如果不是亲眼所见，很难想象那被叫作钢笔的东西，真的能与钢铁较劲，将肉身磨成硬骨头。很快这个从民办教师岗位上借调到小城文化部门工作的名叫姜天民的年轻人，成了我兄长般的朋友，不时在我们厂的车间和集体宿舍中出现。借故过来打探的工友，看清楚他那手指关节上真有茧花绽放之后，不免发出声声惊叹。一个人用一支钢笔将肢体上最不可能之处磨出老茧，需要何等的意志与力量？

一个人的毅然决然既可赞叹，又显悲壮。认识姜天民不久，他患病住院，转氨酶高达数百，身体所需的营养全靠打点滴来维持。偏偏在这时，省内一家文学期刊通知他去修改中篇小说《淡淡幽香的槐花》。姜天民想也不想，就要求出院。医生再三警告，这时候中断治疗是要出人命的。情急之下，姜天民不惜做出若有问题绝不找医院麻烦的保证。

我一直相信，即便姜天民其时不在那个岗位上，我们也会在宇宙时空的某个角落里相遇，并成为一辈子的朋友。不为别的，是因为志趣太相投了。那一次，带我与姜天民认识的学弟，冲着姜天民一口一个老师地称呼，我却脱口喊出他的名号。几乎在认识的那一刻，我们就成了无话不谈的知交。在越来越多、越来越明快的谈锋中，有一个话题是经常要触及的，那就是曾被贴在二层小楼大门上的那副对联，上下联的开头分别是"庙小"和"池浅"。几年之后，姜天民受上级单位赏识经历百般辛苦、千种麻烦，得以离开这座小楼大门。当我更加辛苦、更加麻烦地进到这座小楼门内，坐上姜天民特意留给我的那把破旧老藤椅后，有机会到古城黄州与他相聚。三言两语寒暄过后，他便问我感觉如何，我想也没想脱口将那副对联重复了一遍。随之而来的是我俩辛酸与共的喟叹。

姜天民走出这小楼大门之后就没有再回来，离开之日，就是诀别之时。在这一点上，我们性格略有区别，我是历经犹豫徘徊，三番咬牙，五次切齿，才最终下决心的。相比之下，我比姜天民要幸运，命运将他的血脉安排在那个地方的那份名义之下。我则不然，我的家族，我的天地，我五体投地的青草，我四季叩拜的黄花在数百里之外的回龙山下、扬子江畔，我的离开只关乎肉体，肉体的告别反而让灵魂更自由地融合在故乡故土之中。姜天民的离开既在于肉体，也在于灵魂。离开故乡，不再回头，感觉上不可能有快乐，感情上更是深渊般痛苦。姜天民在英年早逝的那一刻是否有过某种回望，已是无人知晓。记得那年在汉口殡仪馆送别的人流中，望见姜天民决绝的最后模样，如同望见他又一次离开故乡。这一次姜天民走得太远了，远到无人知道他去了哪里。

再说匕首。2014 年秋天，在苏北泗洪的一个文学活动上，当地一位女子谈及她舍弃一切只为文学写作活着、到老也未能成功的父亲时，眼泪汪汪的恨不能将此行中的几位外地作家，当作窃取乃父天赐才华的江湖大盗。那双哀怨的秀目，让我记起三十年前，姜天民必须面对的许多双不好说是不怀好意，却分明是不怀好意的侧目与怒目。1980 年代初期的姜天民，其文学才华在极短的时间里全面爆发，使其不可避免地成为人心不古者肆意中伤的目标。妖言最甚的那一阵，姜天民手握一把我的工友用高速钢替他打制的匕首，恨不能宰了口中数出的一二三四五个人。

这世界最丑陋的物什中某些酸臭文人的口舌有足够资格上榜，那种分明连雕虫小技都谈不上的人，最叹为观止的是其妒火中烧后的厚颜无耻，以及比小人还小人地用卑劣手段侮辱他人，作为狐朋狗友的娱乐。

那一次姜天民拖着病体从武汉回来，再见面时，他闷头抽了几支烟，那样子不说也晓得，一定是小说没被那家杂志接受。抽完烟的姜天民将一只紫砂壶举起来，几乎要砸在地板上，大声骂出一句脏话后，才原原本本地说了经过。其实他不说我也明白，一定是受到那惯于中伤他的人的又一次中伤。成名之后，多家杂志抢着要这部《淡淡幽香的槐花》，其中也包括省里这家杂志，这一次轮到姜天民断然拒绝了。

那时的姜天民，时常两眼通红。因为年轻不识沧桑，我们都以为是愤怒的缘故，从未想过那是生命严重透支的危险征兆。人生奋进历程中，将对恶俗的愤怒转化为生命动力，表面看来最为有效，藏在深处的却是自己对自己的残酷。污水四溢之际，姜天民如同火山喷发的才华，终于换得往来时空中的鸦雀无声。写作者价值的唯一证明是作品，写作者品质的唯一证明是作品。1982年《第九个售货亭》问世随即获全国优秀短篇小说奖的那一阵，应当是姜天民故乡生活为数不多的纯美日子。人们忽然发现原来感情外露疾恶如仇的姜天民另有一颗柔软纯粹的内心，透过他的作品可以看见，简陋得近乎粗拙的山区小城原来蕴藏着冰清玉洁。或者还得感谢那些职业酸臭酿造者们暂时的痴呆，来不及找到可供泼洒的污秽。才情逼人这个词在姜天民短暂一生中那段更加短暂的日子里，像月光泻地般抒写着小小山城空前绝后的诗意。等到死灰复燃的恶俗试图侵蚀诗意时，姜天民已经如愿离开了堆满是是非非的故乡。

不管后来姜天民名气有多大，从不推荐朋友的作品，无论情谊有多深，他都不会心慈手软。后来的我却不如他，常常抵挡不住那点世俗之心，忍不住就答应帮别人一把。这其中有别人后来的成名作，也有别人的代表作，还有一些所谓突破性的作品。过不了几年，本来是朋友或者学棣的人，无一不生分了。前两年，被李敬泽戏称为"郁达夫的转世灵童"的甫跃辉写过一篇小文，他是王安忆带的写作专业硕士生，但王安忆从一开始就点明了对他说，休想自己会为他推荐一个字。姜天民当年也大约说过类似的话。本是举手之劳的事，他们为何都不做？其中理由，我也是这几年才悟透：将别人的作品推荐发表，如是长辈对晚辈的提携，则是大雅。换成年龄相差无几的人与人，就不一样了。当时是做好人好事，过后说起来，是作品好，还是人缘好？是作者本人行，还是推荐作品的那个人行？这个问题肯定会如针在股，如鲠在喉，如芒在背，成了当事人既躲不掉，又不愿提及的心病。

从不在写作上对人抱有怀柔之心的姜天民，临走时郑重地将那把破得不能再破的藤椅交到我手里，说了一句：在这地方，不坐在这把破藤椅上是写不出来的！日后验证，这貌似夸张之语真如寓言。姜天民离开此地时，已经住进新盖的四层小楼的四楼，包括获得普遍赞誉的一系列作品仍旧是坐在这破藤椅上写就的。日后，我离开此地，也对这把破藤椅有所交代，并转述姜天民说过的话。然而，曾经的文脉很快就只有面对遗憾了。世事之错，往往是自己的错，当一个人责备他人时，一定是自己首先犯下识人之错。在这一点上姜天民胜过我等。相赠以一把破旧藤椅，其意义远大于推荐一篇作品，更大于现如今四方张罗出版《姜天民文集》。

前几年，北方一家文学杂志要我点评一部当代文学名篇，我选了姜天民的短篇小说《失落在小镇上的童话》，并对应具体文字写了一些话。

"态度决定一切，生活无不例外。"

"人在很多时候所做的事，其实不是做事，而是为着铸造自己的内心。"

"梦想决定审美。"

"这些实话，说起来容易，做起来难。"

"人间不能没有寓言，人间更不能没有童话。"

这后一句，我以为最有可能深入到姜天民的内心。

黄州是我的故乡及出生地，姜天民调到黄州不久便遇上爱情，随之又到北京学习，与莫言等做了学友。期间回家养病，女儿若知出生。喜忧纷繁之际，《北京文学》发表了他的短篇小说新作《失落在小镇上的童话》。当年读毕，就将其当成神来之笔。

姜天民是真才子！就像他在这篇小说中写的那样，明明是童话般生活的境界，到最后却无法不成为命运的寓言。姜天民写这篇名满天下的小说时，我才刚刚发表自己的处女作。我一直珍藏着自己读着这篇小说的感动，牢记因这篇小说而泪流满面的样子。姜天民从北京回到黄州，我趁出差之机顺路去看他，却没有说自己的感动，反而表示如果能写得再细致而不是太匆忙，有可能获得更大反响。比如说，让孩子读书没有错，但以一辈子卖馄饨为不齿，有欠考虑。其实，我本可以继续表示，不管怎么说，这是一篇足以让人心碎的杰作。姜天民当时很生气，当面斥责我懂什么小说。以我们的友好关系，当时我也有些生气，只是没有他气粗。说实在话，如果放在现在，我不会对朋友如此说话。

作为小说艺术，每一篇的成就都有独一无二的理由。汪曾祺的小说，如不精致就没有可能传世。也有一类小说是替天行道的，生逢其时就要为天地立言，这时候的艺术，重在呐喊的穿透力。二十五年后，重读这篇小说，思索当年举国皆商，在全民向钱的大潮面前，除了姜天民，还有哪几位曾经有过这种特立独行的思考？姜天民生气对我是一种触动，我没去多想生气这事本身，而是在想自己是不是真的判断有误。所幸终于有了发现，文学与但凡伟大的事物一样，伟大本身就是命定的缺陷。人可以将一朵花绣得完美无瑕，不可能将一座大山修筑得了无破绽。童话都失落了，哪来完美？在早春中独立绽放的花朵，如何可以苛求花蕊无损，花瓣没伤？

二十五前的泪水，到今天还在流。谁又能晓得，当年的远行人如今平安否？尽管远行的姜天民会伤心落泪，会心如刀绞，我必须要说到姜天民的遗孀刘华及爱女若知，在最困难的十年间，这对在武汉举目无亲无依无靠的母女，仅靠刘华退养的六百元生活费，艰难度日，硬是让若知上完大学，成为一家著名医院的执业医师。这中间，母女俩从未向人说过一句软话，尽管她们明知姜天民生前在这座城市里还有几个可以信赖的朋友。直到某天在一条小街上与刘华偶然相遇，听她淡淡地说些近况才知一切，那种心酸实在难以言表。刘华身体不好，却无力求医问药，便自学中药，用最简单的方法自己给自己当医生。二十多年过去，除了电视机更新了，其余居家用品全都是姜天民去世前的旧物。生活是艰难了，却与姜天民短暂一生的品格相延续。

为了重获被剥夺的爱与写作的权利，姜天民当年只身从苏北逃回故乡。为了寻找被扭曲的爱与写作的自由，姜天民又只身从故乡逃到他乡。为了铸造太贫瘠的爱与写作的高地，姜天民最终无法不选择先行天国，这一次他不再孤独，因为他的品格感动了许多人。

　　姜天民匆匆离世，中国文学新进中少了一员大将。姜天民的文学生涯只有短短十年，其探索与创造，对于文学宏观的启迪意义是十分明显的。从先期的《第九个售货亭》到后期的《失落在小镇上的童话》，不算汪洋恣肆的《白门楼印象》系列，仅此两篇短篇小说，就胜过一些人的洋洋百万言。此生此界，有人在社交平台上活得很光鲜，口碑却如鼻屎。又有人身前身后只有一把不到关键处不知其作用的风骨，偶然受人提及，顿时满场崇敬。为人一生，为文一世，姜天民都可以成为风范。姜天民不去追逐名利高处的奢华，在尘土飞扬的社会生活中用破旧藤椅般的文脉，以及匕首一样的风骨，打造人的世界里至关重要的灵魂底线。

（本文系《姜天民文集》序）

一种名为高贵的非生物

　　一个人终其一生，不知会做多少荒唐事。那些立即就懂了的，自然是用同步进行的一笑了之。有些荒唐当时并不晓得，过去了，经年累月了，非要被某种后来才发生的事情启发了，才会明白。

　　那一天，去到江西永修境内的柘林湖。到达湖边时，一路上不曾间歇的夏季豪雨，突然停了。徐徐退去云雾的水坝旁，更是突然露出一块标示牌，上面分明写着：桃花水母繁殖基地。桃花水母是学名，平常时候人都叫它桃花鱼。叫桃花鱼的人与叫桃花水母的人不同，只要开口就不难分辨出，是治学古生物的专家，还是天下人文故事的口口相传者。

　　多年前的那个夏天，我曾经奔着桃花鱼而去，那是奔流不息的长江为桃花鱼最后一次涨水。秭归的朋友在电话里告诫，这几天不来看，就只能永远地遗憾了。依照家在三峡的朋友们的说法，桃花鱼也不是想见就能见到，排除了当地人，许多专门奔桃花鱼而来的人，两眼空空来与去的实在太多了。朋友所指人与桃花鱼的缘分，不是俗来俗去的所谓桃花运。就连当地人也说不清楚，同样的天气，同样的时辰，同样的水流，体态婀娜的桃花鱼有时候出来，有时候却死活不肯露面，像是怀着玫瑰之约，相思女子偏不肯露面，故意不使那些渴望之人，一见钟情心绪飞扬。那时的桃花鱼生长在秭归城外的那段长江里。如九龙闹江的叱滩上，有一座每年大半时间都在江底隐藏着的鸭子潭。我去时，当地的朋友往天上望一眼，然后众口一辞地断定，这天气，见不着的。在我与百闻不如一见的桃花鱼相逢在水边后，朋友才说，他本来也是坚信这一次肯定是白跑一趟。我去的时候，小妖一样的桃花鱼，偏偏一身小资气质地现形了。多年以后，只要有审美的需要，就会情不自禁想到此种细细的九亿年前的尤物。譬如柔曼，譬如风流，譬如玉洁冰清，譬如款款盈盈，再也没有比得过这汪洋蓝碧之中所荡漾的了。

现在，我当然懂得，任何的绝色无不属于天籁，不要想着带她去天不造、地不设的去处。人的荒唐就在于，不时地就会冲动，想着那些非分之想。我从礁石那边的江流里捞起一只瓶子，洗净了，装了一只桃花鱼在其中，然后就上了水翼船。不等我回到武汉，刚刚接近西陵峡口的那座小城，绝色桃花鱼就在荒唐中绝命了。过完夏天，又过完秋天，一条大江在屡屡退却中，再次将鸭子潭归还给想念的人们。从满江浊水中脱胎出来的潭水一如既往地清澈，然而，这已不是桃花鱼灿烂的季节了。山崖上的红叶扬起凛冽寒风。江水终于不再退了。那座因为空前庞大和空前纷争而举世瞩目的大坝，如期将这条最自由和最独立的大江，彻底套上了枷锁。那些铺天盖地倒流而来的巨大旋涡，沿着枯干的江滩反扑回来，在不计其数的时光中，向来不惧怕激流浪涛的细细桃花鱼，当然无法明白，从不涨大水的冬季，一旦涨起大水来，注定就是她们的灭顶之灾。

失去桃花鱼的不是桃花鱼本身，而是那些以人的名分自居的家伙。科学的意义自不待言，对于普通众生，他们失去的是不可再生的审美资源。后来的一些日子里，偶尔谈论或者是在书文中阅读桃花鱼，总也免不了猜度，没有见过桃花鱼的人一天比一天多，当他们的阅历让其与那早已成为虚空的桃花鱼相逢时，传说中由四大古典美女之一的王昭君，涕泪洒入香溪河中幻化而生的桃花鱼，是否会被想象成北冰洋边人所尽知的美人鱼？

仿佛如幽深的思绪，柘林湖边的那块标示牌，不动声色地为我更换了一种旷远、静谧的背景。这样一片浩瀚的水面，宛如一本智者的大书，翻动其页面，又有什么不能告之于人的呢？清水之清，被风吹起，俨然那薄薄霜色铺陈大地。湖光自然，被山收拢，一似莽莽森林落光了叶子。在居所所在的武汉，人在天界伟力面前第一位敬畏的就是水。在水的前面，只要被称为武汉佬，人人都是对水见多识广。而柘林湖还是让我震惊。

年复一年，日复一日，那些总让城市无法整理的清洁，随风入怀，汪洋肆意，毫无顾忌地游走在总是渴求一片冰蓝的情怀里。

于是，我在想，在桃花鱼古老的生命里，真正古老的是那份不与任何尘俗同流合污的高贵。宁可死于每一点来历不明的污染，也不改清洁的秉性。宁可葬身万劫不复的沧浪，也不放弃尊严随波逐流。与柘林湖水同游，时常有滴水成线的细微瀑布，送来深厚修养的轻轻一瞥；翡翠玛瑙散开的小岛大岛，也会端明九百九十几个情爱，没有任何算计地坦荡说来。也许，柘林湖此时的高贵只是一种风景。对于人，是这样。桃花鱼却断断不会这样想，高贵是其生命中唯一的通行证，舍此别无选择。有桃花鱼的柘林湖，理所当然值得每一个有心人去景仰，并且还要深深感谢它，用怡情的清洁，用梦想的冰蓝，用仰止的浩然，在大地苍茫的时刻，为滋养一种名为高贵的非生物，细致地保养着她所必需的墒情。

新三五年是多久

赣南是我如今常常要去，并且常常在心里牵挂的命定之地。

第一次去，却是五年前的春节。那是我头一回陪妻子回娘家。年关时节，火车上人很多，就连软卧车厢也没法安静下来。火车在赣州前面的一个小站停了几分钟。我们抱着只有十个月的小女儿，迎着很深的夜，就这样几乎什么也看不见地踏上了总是让我感到神秘的红土地。到家后的第一个早晨，那座名叫安远的小城，就让我惊讶不已。包括将一汪清水笔直流到香港的三柏山，和小城中奇怪地起名"天灯下"的古朴小街。我是真的没想到赣南的山水如此美妙，第一次行走在她的脊背上，天上下了雨，也落了雪，浓雾散过之后，冬日暖阳更是习习而来。从安远回武汉，那段路是白天里走的。山水随人意，美景出心情，这样的话是不错。回到湖北境内，将沿途所见一比较，就明白对什么都爱挑剔的香港人，为何如此钟情发源于赣南的东江秀水。

我是在大别山区长大的，上个世纪二三十年代，鄂东和赣南两地有着非常特殊的渊源。在安远的那几天，妻兄不止一次地对我说起，此地从前也是苏区，在政治上三起三落的邓小平，第一次就"落"在安远。那一天，他带我去看毛泽东著作中屡次提及的"土围子"，当地人称为围屋的建筑奇观。汽车先在一处苍凉的废墟前停下来。妻兄说，从前，这里是一处围屋，赣南一带最早闹革命时，里面曾经驻扎着一支工农红军的部队，号称一个营，其实也就一百多号人。那一年，他们被战场上的对手围困住了。对手虽然强大，却屡攻不下。对峙了一个月后，一架飞机从天际飞来，将一颗颗重磅炸弹扔在做了红军堡垒的围屋之上。曾经坚不可摧的围屋被炸成了一堆瓦砾，红色士兵的血肉之躯，没有一具是完整的。历史的围屋有的毁于一旦，有的仍旧生机盎然。当我站在另一座名为东山围的真正的围屋中间，庞大的古老建筑，超过一千人众的鲜活居民，还有围墙上那一个个被迫击炮弹炸得至今仍清晰可辨的巨大凹陷，心里情不自禁地想象，曾经有过的残酷搏杀是如何发生的。

我们这一代人是在革命文化中泡大的。从能识字起，就抱着那一卷接一卷仿佛总也出版不完的革命斗争回忆录《红旗飘飘》看。围剿与反围剿、遵义会议与四渡赤水、爬雪山与过草地等词汇，以及《十送红军》与《长征组歌》等凄婉壮美的歌曲，自然而然地成了文化修养的一部分。在时代快车面前，历史真相往往擦肩而过却很难为搭乘者所知之。如果仅仅是一次接一次的探亲之旅，老岳父退休之后所种植的丰饶的柑橘园，同无数相同的青翠一道，多半会将红土地上的壮烈定格成用勤劳换得的甘美。

2005 年 5 月 13 日，在南昌与中国作家重访长征路采风团的同行一起，同江西省委负责同志座谈时，大部分话题尚在赣南柑橘味之美已经成为世界第一上。第二天午后，车到瑞金，在扑面而来的遗址遗迹面前，脑子突然冒出小时候读过的一篇文章:《三五年是多久》，并惊讶于它在心里深藏了这么多年，居然一点也不曾丢失。当年红军仓促离开瑞金时，一位老大娘拉着红军战士的手，问何时能够回还。红军战士说三五年。老人等了三年不见亲人回，等了五年还不见亲人，她以为三加五等于八年，可是还不行，等到当年的红军战士真的回来时，她一算:原来是三五一十五年。

隔一天，到了兴国县，才晓得还有比老人的等待更让人为之动容的。一位当年刚刚做新娘的女子，自红军长征后，多少年来，每天都要对着镜子将自己打扮得整整齐齐，然后去那送别丈夫的地方，等候爱人的归来。这位永远的新娘，从来就不相信那份表示丈夫已经牺牲的烈士证明书。她只记得分别的那个晚上，那个男人再三叮嘱，让她等着，自己一定会回来陪她过世上最幸福的日子。我们到兴国前不久，一直等到九十四岁的新娘，终于等不及了，她将生命换成另一种方式，开始满世界地寻找去了。

这样的等待让人落泪。还有一种等待则让人泣血。在兴国县一座规模宏大的纪念馆里，挂满了元帅和将军的照片与画像。在将星闪耀的光芒下，讲解员特地告诉我们，新中国成立后，一位将军以为革命成功了，家乡人肯定过上好日子了。将军高高兴兴地回到家乡，发现当地仍旧那样贫穷，便流着泪发出誓言，家乡不富不回来。

这些事，在过去都曾有过书面阅读。站在赣南的红土地上，我才感受到这一切原来如此真实。就像后来到了贵州的铜仁地区，几十年后的今天，那里的生活还是如此艰苦，不时能见到公路旁树立着国务院所认定的贫困县的石碑。那里的道路还是如此险峻，虽然乘上了汽车，走完每天的行程一个个还是累得腰酸背痛。遥想当年，那种困苦更是何种了得！

私下里我问过一位兴国人，那位非要等到家乡富了再回来的将军后来如何，对方只是轻轻地一摇头，随后一转话题，告诉我另一个故事。上个世纪八十年代，兴国和于都两地曾经流传一句话：兴国要亡国，于都要迁都。说的是当地的贫穷。有一次，国务院派的一个调查组来到某地，村干部为他们做了三菜一汤，三个菜做熟了，剩下一个汤因为没有柴火了而烧不开水。无奈之中，村干部只好将自己所戴的斗笠摘下来，扔进灶里当柴火烧了。因此我便猜测，那位为家乡人过好日子忧心如焚的将军，后半生将过得比当年的长征还艰难，因为，在他心里除了作为执政党的一员，所必须继续坚持的党性长征之外，还有作为普通人的人性长征。感恩对一个人来说是一种道德。一个历经数不清艰难困苦才从受压迫地位获得新生的政治组织，对执政基础的感恩，不仅也会被理解为良好道德，更是确保自身能够源源不断地获取新的政治资源的唯一途径。如此，就不难理解，穿行在赣南红土地上的京九铁路，为何将科学常识抛在一边，而在被血与火浇浴和焚烧过的高山大壑中曲折前行。这些感动了历史的人民，有足够的力量让钢铁拐个弯。

那一天，在瑞金，顺路参观了当地规模最大的一处柑橘园。绿得有些忧郁的棵棵树上，结满了指头大小的青果。有人问我，老岳父的果园有没有这般大。当然这话是戏谑，同许多赣南人的选择差不多，老岳父的果园只有二十亩。从一开始，当地政府却制定了十足的优惠政策，任何一片柑橘园，从下种到收获，决不收一分钱的税费。老岳父多次笑眯眯地说过，三五年过后就好了！老岳父所说不是三五一十五年，也不是三加五等于八年，不出三年，或者五年，那时，每年就能从这片果园里收益一万几千元钱。老岳父的柑橘园种得较早，如今已有了他所预期的收益。在他之后大大小小的柑橘园的兴起，宛如当年闹苏维埃一样火热。只要与那些在新开垦土地上培育柑橘幼苗的人聊起来，一个个都会充满期冀地说着相同的话：过三五年就好了。果真这样，那样将军若是健在，一定会毅然还乡，与祖祖辈辈都在贫苦中挣扎的赣南人一起开怀大笑。长征精神是伟大的，更应该是充满勃勃生机的。离开瑞金之前，当年的红军总参谋部门前，几个当地的男人正在一棵参天古树下面忙碌着。看样子是在为盖新房预备椽条，有人拿着弯弯的镰刀在刨那树皮，有人挥动斧头，按照黑线将刨过皮的树进行斧正。见到的人莫不会心一笑，这是意味，也是象征。

　　当年那位老奶奶所惦记的三五年，那份盼归的心情背后，是盼望那些庄重的允诺。即使她真的只怀着朴实的思念情怀，那也应该使得领受这份情感的人，更加牢记那曾经的千金一诺。

重 来

让人感觉最苍茫的两句诗：交道从公晚，知音去我先。渊源谁与溯，愁绝伯牙弦。那一年，夜宿这湖边，秋月初凉，清露微香，偶然得获此诗此意。并非月移花影的约定，前几天，重来旧时湖畔，天光似雪，水色如霜，心情被雁翼掉下不太久的寒风吹得瑟瑟时，忽然想起曾经的咏叹，沧桑之心免不了平添一种忧郁。

短短一段时光，配得上任何程度的纪念。

高山上，流水下，知己忘我，琴断情长。在此之前，记得与不记得，知道或不知道，都与别处物种人事相差不多。因为来过，因为看见，风情小俗，风流大雅，便镂刻在凝固后的分分秒秒之间。能去地狱拯救生命的，一定要知其何以成为天使。敢于嘲笑记忆衰减、相思贲张的，并不清楚往事是如何羁押在尘封的典籍中泣不成声。弱枝古树，前十年红尘际会；旧石新流，后十年灵肉相对。整整二十载过去，草木秋枯，留下的唯有松柏傲骨。

一种离去的东西被长久怀念，定是有灵魂在流传。

临水小楼依旧以清水为邻，流星湖岸还在用星光烛照。

此时此刻，听得见当初水边浅窗内纸笔厮磨沙沙声慢。

斯情斯意，孤独倚涛人可曾心动于咫尺天涯切切弦疾？

兰亭竹掩，梅子霓裳。珊瑚红静，紫霞汪洋。泛舸荷野，邀醉雁霜。有曲琴断，无上嵩阳。廊桥情义，渔舟思想。细雨诗篇，大水文章。

那些用白发蘸着老血抒写的文字，注定是这个人的苦命相知。马鸣时马来回应，牛哞时牛来回应，如若幻想马鸣而牛应，抑或牛哞而马应，只能解释为丰草不秀瘠土，蛟龙不生小水。鲍鱼兰芷，不箧而藏。君子小人，怎能共处？譬如，黄昏灯暗，《挑担茶叶上北京》的字与字中，有心鸣冤，无处擂鼓，让相知变成面向良知的一种渴盼。譬如，黎明初上，《分享艰难》的行与行里，两瞽相扶，不陷井阱，则成了相知的另一番凄美景象。天下心心相印也好，惺惺相惜也罢，莫不是如此。

凄美不是催化知音的妙方，那些自扫门前雪的饮食男女，不管他人瓦上霜的市井贵胄，只求一己活得舒坦，还要知音典范作甚！如此想来子期伯牙定非伶官，那年头善琴者必是君子！世事重来何止琴瑟共鸣，那些天将与之，必先苦之之人，是将命运做了知音。世态百相中天将毁之，必先累之——任他不可一世，终不如草芥一枚，最符合万般知音中的人伦天理逻辑。所谓国色何须粉饰，天音不必强弹，是将人世做了人格的知音。所谓播种有不收者，而稼穑不可废，是将品行做了世道的知音。

沉湖纵深处，芦荻飞天，为铭记鬼火能焚云梦。

江汉横流时，洪荒亘古，以警觉贼蚁能决长堤。

天知地知你知我知本质是阴险虚伪，知天知地知你知我倾诉的才是心声。

愿做情痴自然会相遇红颜知己，深陷情魔少不了聚合狐朋狗友。大包大揽大彻大悟无所不知无所不晓的相知者肯定从未有过，否则颂为知音始祖的伯牙怎么无法预测子期命之将绝？俞公摔琴，流芳百世，如心血之作遭人谬读便愤然焚书，肯定会成为现实笑料。钟君早去，遗恨无边，若身心受到诋毁就厌世变态，会错失自证自清的良机。沧海混沌，不必计较些许污垢，更不可以此否定其深广无涯。世人都在叹息钟俞二君，殊不知二位一直在为刚愎矫情的后来者扼腕。历史总在寻觅相知，却不在意相知或许正是能开花则花、不能开花便青翠得老老实实的那棵草。

一丝一弦，山为气节独立攀高。

一滚一拂，水因秉性自由流远。

依随千古绝唱旧迹，续上肝肠寸断心弦。知音之魂，在山知山，在水知水，在家须知白石似玉，在国当知奸佞似贤。

留恋才思泉涌的二十年前，尊崇老成练达的二十年后，用十个冷暖人间，加上十个炎凉世态作相隔，前离不得，后弃不得。如果忘掉夹在中间这个叫我的人，被二十个春夏秋冬隔断的此端与彼端，正如湖心冷月相遇霜天红枫，深的大水与薄的冰花，肯定无法阻挡两情相悦两心相知。人孤零零来到这个世界时，从未有过签约保证其朋友多多，处处春暖，处处花开；也从未有过公开告示其孤苦伶仃似落叶秋风。天长地久的一座湖，也做不出才子佳人锦绣文章的承诺。而我，在与这湖最亲密的时候，日后且看且回眸的念头也曾难得一见。人之所在，唯有时光是随处可见又无所追逐的终极知音。只可惜指缝太宽，时光也好，知音也罢，全都瘦得厉害，到头来免不了漏成一段地老天荒。这时候，静是唯一的相知，偌大一座湖，偌大一面琴，鸳鸯来弹，织女来弹，柳絮鹅绒来弹；鸿鹄来听，婵娟来听，雨雪雷电来听。还有那些思念、那些重来！

第五章

用文字捂暖生活

在过去，生活就是如此神秘地向我诉说着，能不能听懂完全看我的造化。现在和将来，生活继续是这样。

城市的心事

　　城市几乎收留了它四周各色美好的女子。这让城市早熟了许多。于是一个才五岁的小男孩从幼儿园回到家里，瞅着自己的母亲冷不防说妈妈没有他们幼儿园里的一个小女孩温柔。小男孩率真的表述，其实是天下男人共同的想法，女子美不美，第一要素是温柔。尚不能熟谙男女之别的孩子都有如此念头，何况那些饱经沧桑的男人。说女子不温柔，对女子来说是最胆寒的。

　　天下风情万种，以水的姿色最为动人；自然界伟力众多，同样以滴石可穿的水为最难抵挡。女人一温柔起来，男人便像夏日里身心融入清凉的池塘。这时候，女子看似风中杨柳轻飏飏的，哪怕垂挂在鼻尖上也可以不去在意，实际上已在不知不觉中征服了男人。温柔对于女子，是所有美丽的源头。在绳圈里英姿搏杀的女拳手，就算她已具备可以同男性媲美的相对力量，但在绝对力量上，她远不及那些在 T 型台上款款地走着猫步的女子。那样的女子，不去与谁强硬相向，不去用牙齿和血肉争取自己的地位，腰肢一摇，看的人便像遇上太极高手那样，人还不知自己身在哪里，心已先臣服了。弯弯的柳眉是精美的古典，飘飘的长发是神韵的现代，软语轻声实则是升华男人的粗犷，小鸟依依才使得男人有了无限的天空。一段温柔是人生中最有力的支撑。谁能忘记邻家那个凭窗临风时读着书的女子，她不看人，人早已随着书中古今倾诉着伤悲与快乐。谁能忘记当年那位偶然来借墨水的女同学脉脉含情的眼光，她不用开口，一只拧开的钢笔帽，像是难得张开的红唇，无言的话语盈满了胸膛。谁能忘记在办公室角落里用背影对人轻轻微笑的安宁女子；谁能忘记紧并两脚在街头站台上静静地等着公共汽车的白裙女子；谁能忘记电影院里最后一个起身离座眸子里仍是一片水湾的素颜女子……

女子的力量出自她的没有力量。

女子看似软弱之际实则是其最强大的时候。

女子是用纤细的温馨弥漫成辉煌。

形孤影单无助的女子最能征服男人。很多时候明知那是一个温柔的陷阱，男人仍然义无反顾地跳进去。温柔的魅力是林间蛛丝织成的八阵图，也只有这些才能系住男人的翅膀。英雄难过美人关，坐守这些关隘的全是那些柔情如水的女子。譬如虞姬，譬如貂蝉。西施用其纤弱复兴了古越国，杨玉环用其丰腴几近葬送了泱泱大唐，王昭君的泪珠可以化作香溪里让人惊艳的桃花鱼。无论读史还是读今，从来只有温柔的女子才能沉鱼落雁，倾国倾城。

男人向往情缘时，哪怕最焦渴，也绝对消受不起也不欣赏女子的尖锐与刚烈。这一点是男人的天性，任谁感慨上苍不公也没有用。只要世界还有性别之分，男人就只会偏爱温柔的女子。女子千万别指望在哪天早上醒来，男人已变得大度，可以一视同仁地将天下不同性格的女子全都像面对温柔一样礼遇。更别轻信男人能够包容一切的许诺。女子过于张扬自己，哪怕是真心爱过她的男人，有一天也会突然像雄狮那样怒吼一通，或是像黑熊一样默默扭头，从此一去不返。

是不是淑女，是淑女的又该符合哪些条件，男人并不去认真关心。男人要的是第一眼碰上的女子能让自己怦然心动，能让自己魂不守舍，心不在焉，最终再加上惊心动魄更好。只有心怀功利的人才会去问一个女子的学历如何，是否有家学家修门当户对。面对女子从身心里流淌出来的爱河，男人开始会由衷地欣赏她的一切，包括她的学识、她的见解和她的执拗。可是用不了多久，男人就会不喜欢她的学识、不屑于她的见解和不耐烦她的执拗。男人在经历这一变化时，后来的模样并不是对先前的虚伪。男人就是这样，说是德行也好，品行也好，属性也好，他们在开始时是真诚的，那些热情和浪漫也让男人将自己的夸张了许多，但这些不是男人的错。当然也不是女子的错，产生这种错误的是那种被称作情感的东西。男人后来的变故也是真诚的，因为他们本来就是这样的。他们这样做只是还其本来面目。淑女不淑女对男人只是一个话题，偏偏这种话题又是女子喜欢听的，所以男人从不在男人面前谈女子成为淑女的必备条件。男人只会将那些理想的玫瑰色彩一堆接一堆地在女子面前炫耀，好像对女子的评判标准越高越能显示出自己的高贵。女子不明事理，以为男人真的服气那一二三四条，到头来女子比男人更关心自己做到哪个份上才能晋升为淑女。在实际中，淑女早就是女子们相互攀比的一种古老的时尚。

　　不用去引经据典，也不用去分辨事理，就从生活中看，从现状中说，对女子，天下男人实在的想法从来就没有变化，美好不美好，就看她是否温柔美色，是否善解人意。至于身材相貌，那是燕瘦环肥各人有各人的喜好。天下的众多明星女子有几个能够称得上是淑女？她们风骚十足，不怕红杏出墙，不怕春光外泄，茶余饭后尽是她们的韵事风流。如此等等，丝毫不妨碍她们成为千万男人的梦中情人，就因为她们能将女子最基本的东西做得最有质量。除去最基本的，男人其余的赞美与追寻都是靠不住的。面对现实，理想无法不苍白。男人想归想，做起来还是依靠率真的本性行事。他们嘴里说着淑女，心里想的又是一样境地，等到要将谁拥入怀抱时，最要紧的已是对方嘴唇的质感，胸脯的坚挺等一些非常具体的非常实在的问题。

　　男人的情绪终归要有一个归宿，要站在地上、坐在凳上和躺在床上，要将理想中的诗意，变成一个个坚实的感受，要酣畅淋漓、赏心悦目和如胶似漆。从来没有哪个男人会因苦苦等待淑女的出现而错过年华，也没有哪个男人痴痴呆呆地要将自己的女子，改造成为心目中曾经的淑女。话说淑女，是男人心有旁骛的苗头。是男人纵使不能朝三暮四，也决不肯恬淡寂寞的最后的挣扎。对淑女的一代又一代的追究，只是男人们在洞知自己所爱所处的女子有种种不足之后的又一次奢望。

　　所以，淑女是什么，基本与女子无关。丢开哲学和逻辑后它只是城市的又一件心事。

城市的浪漫

　　资料里说，我所居住的城市武汉有一百多座湖泊，可是现在能统计出来的只剩下二十八座了。守着一条十万年也不用愁它会没了的长江，有得水喝有得澡洗，很多年里我们浑然不觉它存在的意义，直到 1998 年那场大洪水铺天盖地而来时，大家才突然想起湖泊的好处。可那么多的湖泊竟然不见了，连一片水洼一丝雾气也没留下。结果只好让洪水涌上街头，使汽车在浊浪中漂浮成船舶，使大街在儿童的戏水中异化为游泳场。回想起来湖泊的消失曾有一个较长的过程，因为久了也就司空见惯，甚至还没等到它消失，就不大记得它波光粼粼的样子，以为它本来就是这般模样。湖泊毕竟不是自己家的水盆水桶，什么时候丢失了，心里都有数。花多大价钱，去何处重新买回也心中有数。湖泊变成历史资料，变成由一座座高楼垒起的碑记深处的往事，我们才想起来，然后开始寻找造成湖泊丢失的缘由和肇事者。

实际上丢失湖泊的事主是我们每个人，因为湖泊事关一个人的性情。

没有湖泊的城市性情总难天成。就像日常里见到的一些女子，纹细了眉的妖媚，搽厚了唇的炽热，填高了胸的丰满，见着了也能心动。城市失去水色以后，宛若一个五年病龄的萎缩性胃炎患者，只能在朦朦胧胧、恍恍惚惚的夜色中假借着霓虹，掩饰光天化日之下的焦黄与土灰。用酒吧，用迪厅，用多星级的酒店，用比云彩色调还夸张的衣袂裙带，还有长街马路上视人群为无物的长吻，硬生生地撑起点缀起城市时空的浪漫。城市固执地用钢铁、沙石和水泥不断地膨胀自身，千姿百态的湖泊被挤压成一条下水道加上一条自来水管，以此作为自己的血脉和肠道；那本该昂扬着的精神与气韵，也被溶解在这些锈蚀斑斑潮湿的空间里。这样的无奈，决定了城市必须一刻不停地进行粉饰，以此来脱胎换骨。在电光人气的感染下，城市仿佛真的风流倜傥起来。我们都不喜欢矫情，可我们时常不能分辨这种东西，总是将它作了真情。霓虹灯下的美丽其实很靠不住，它不是真实，充其量不过是在暴发的物质基础上的奢侈。

人的基因里永远包含着对水的依恋。城市的初始，何曾远离过河流湖泊！城市壮大了，人的雄心也起来了，湖泊再大再秀丽，也只能乘上白云黄鹤缥缈西去——幸亏东湖比人的雄心大，也幸亏还有一条更大的长江，这座名叫武汉的城市才不至于彻底地失去迷人的神采，以及那些能焕发出浪漫风情的神经末梢。也许还因为这些江湖太出众了，再愚蠢呆笨的人都能感受到它那神韵的不可替代，从而将其改造山河的巨手挥向了别处。

　　一座西湖让杭州城的古今完全沉浸在著名诗画里，一座东湖更让武汉三镇英姿横空出世。曾有从西安来的朋友面对着我们的东湖，就像我们面对大海一样喃喃地说，这哪里是湖，分明是海嘛！那一刻里我很惊慌，如果没有东湖别人还会为这座城市惊叹吗？在香港，我曾经在不同的光线下数度长时间地打量着那闻名于世的浅水湾。最终的结论只有一个：真正动人的是那一湾多彩多姿的海水。水的浩荡壮阔，让城市总在引为骄傲的那些矫情的东西变得微不足道。林林总总的建筑物看不大清楚时，反而获得了它本来没有的灵魂，使得那只是为了扩大消费的浪漫城市，变成了能够驱动精神的城市浪漫。在浅水湾、在西湖，我都曾遐想，如果城市的湖泊没有消失，一处处的浅水湾也许就在我们的街头巷尾。在没有湖泊的城市里，女人往身上喷洒再多的香水也闻不到自己的芬芳，她们想不通香港那儿流行的品牌，为何在自己身上不吃香？她们朝思暮想遥望南方，就是没想到宽阔水面升腾起来的甘露，是香水必不可少的催化剂。

　　一座湖泊是城市的一双秀目！

　　一座湖泊是城市的一窝笑靥！

　　一座湖泊是城市的一只美脐！

　　对于城市，湖泊是一封永远也读不够，越读越不懂，越读越深情的情书。1997 年夏天，我在大连遭遇一场空难，从破碎的麦道飞机里再生一样逃命，内心深处的阴影让自己的目光看哪儿都像是陷阱；举手投足之际虽然胆不战心不惊，却也离此不远。那样的时刻，朋友们拉上我去了远郊的道观河水库。多少年没有见过这么好的水，蓝处像蓝，绿处像绿，纯洁就是纯洁，情愫就是情愫！水面很宽，那天早上，船将我们载了几里后，一群男人打赌看谁能游回去。突然之间我站起来扒光了衣服，在众人的一片拦阻中，越过船头跃入水中。后来我一直在想到底是谁驱使我如此冲动！大湖大水对我已是久远的记忆了，很多次在遥望它们时我甚至认为自己已经不太可能有横渡的能力了。事实的结论是我并没有太为难自己就做到了。独自从岸边的水里站起来，心中的阴影已经不见了，回望那已成彼岸的模糊景物，蓦然觉得从此什么样的艰难险阻也挡不住自己。水性的一切太有魅力了，城市也是如此，有了湖泊作为灵气，千里万里、千载万载也有人潮奔涌而来。

城市物化的遮蔽，消退了我们浪漫的本色。一群群人行走在高楼与大街之间，无论怎样特立独行也还是各类人在各自环境中的角色出演，所有的洒脱早就在这类角色的确定之中。只不过有了某种法则的规范，但凡在这合适的空间里，明丢一个媚眼，暗赴一个约会，就都被归在浪漫的范畴里，让浪漫成为一个冠冕堂皇的借口与托词。回头再看那位用诗的意境来设计一个国度的毛泽东先生，对长江的十二次横渡，何止是极目楚天舒！在那些被江水泡着的时间里，只有将他认作一位浪漫王子，才能从道理上说得过去。这一点正是他从此不被人忘记，不被人混淆的地方。在阳台上听渔舟唱晚，出门数步就能看着江涛闲庭信步。城市生活里应该重现往日湖泊的辉煌！不只是为了在洪水来时帮忙多蓄几场洪水。湖泊的清凉正可以平息城市虚火，抹去躁动，扬起真性情。好水如天命，面对水时人能感应到过去未来的真实与预兆，并将生命的底蕴焕发出来，这时，灵魂里的浪漫就可以同城市交融在一起。那样的城市会很动人，当然，那样的灵魂更动人。

一部红楼梦天下

　　任何历史，政治的、军事的和文学的，距离远，视野总会相对开阔一些。所以，后来者总是幸运儿，因为通过读书，可能凭借前辈的灵与肉来进行探索。当然，那样的前车之鉴，也还需要善于理解和运用。文学总会首先与她所处的时代共命运。从现代文学的出现，到当代文学的兴起，中国文学一直在承担着国家兴亡、匹夫有责之责，承担了太多本不应该由文学来承担的重责，这是由阶段性的历史决定的。文学经典的重要就在于她与本民族的命运休戚相关。

　　只顾抱着那些实用书籍的实在算不上是读书。我们所说的读书其实应该是为了让人的思想开窍。所以，对多数人来说，读文学书才是最好的首选。譬如，因为太注重实用了，对于鲁迅，无论是生前，还是身后，对他的研究与表述，一直存在着深刻的片面。在这一点上，我所读出来的鲁迅，并不是那个普遍认同，只会将文章当作匕首和投枪的鲁迅。我想这一点很重要，鲁迅精神不能理解为，只是某种阶层或者执政当局的天敌。

唯有阅读文学才会让我们明白，高贵是社会价值的重要标准。我们这一代人深受俄罗斯文学的影响，最普遍的又是受到高尔基的影响。当我开始遐想高贵是如何与文学互存时，曾经因高尔基的出身与他的写作而困惑不已。关于高尔基，中国文学一直是这样介绍他："前苏联无产阶级作家，社会主义现实主义文学的奠基人。他出身贫苦，幼年丧父，十一岁即为生计在社会上奔波，当过装卸工、面包房工人，贫民窟和码头成了他的社会大学的课堂。他与劳动人民同呼吸共命运，亲身经历了资本主义残酷的剥削与压迫。这对他的思想和创作发展具有重要影响。"从这些话中，可以很容易地理解他所写作的著名的三部曲，然而，对于年轻的中国学生来说，影响更大的是那部似乎更能体现其灵魂风范的《海燕之歌》。那只高贵的海燕，无疑就是高尔基的人格写照。

很多年后，真到儿子也像我当初那样年轻，有机会去到高尔基童年和少生时代生活过的喀山市的一所大学留学，我才了解到一些关于俄罗斯人的生活真相。儿子后来告诉我，喀山当地治安情况十分糟糕，走在街上被暴徒抢劫的事，多得就像中国任何一个地方随地吐痰的情形。在那所大学里待了十几年的中国老师给他们传授了一个秘诀：男生们如果有事出门，一定要请一位女生做伴，因为，俄罗斯男人可以在家打老婆，也可以抱着酒瓶醉卧街头，却断断不会在当着一个女人的面抢劫另一个男人。于是，我才恍然大悟。俄罗斯文学高尚无比的地位，正是来源于日常生活的种种小事。回头来看，中国的发展与世界的发展的不同步，姑且不从宏大事物去观察，仅仅是生活本身就已经落伍了一大步。也就是说，如果社会中真有什么输赢的话，赢者也好，输者也罢，是成者为王，还是败者为寇，一切皆由起跑线上那一步所决定。在一个将垃圾奉为鲜花的环境里，绝无产生瑰宝可能。在一个不知何为羞耻的人心里，也绝不可能孕育出传世佳作。

如同近代史的佳作，上海在中国乃至世界的地位，也是由于她所拥有的高贵气质。财富的积累并非太难，难的是人在任何时候对文学艺术的信仰与守恒。现在人喜爱以地域来划分某类文学，对于中国人来说，那些从古典中明确区分出来的新文学，几乎可以说成是"上海文学"了。事实上，上海的人文形象和口碑，大大地得益于文学。完全可以这样说，是上个世纪二三十年代的小说、诗歌和电影戏剧，奠定了上海这座城市比许多东方城市更为高贵的身份与高雅的名声。在信息传播滞后的年代，作为不夜之城的上海正是仰仗着文学的丰富魅力，让许许多多未曾有机会一睹城市英姿的人，开启了人生的向往之旅。

为什么说《红楼梦》是好小说的标志，就因为《红楼梦》骨子里的高贵，是一种高处不胜寒。它的人物也好，它描写的生活也好，是一个时期的精神结晶。缺少这个根本点，仅靠道听途说的模仿是靠不住的。人对美好生活的向往，也是内心藏而不露的高贵之心在作怪。就像生活中，有的人靠粗鄙可以得逞于一时，但能如此粗鄙一生吗？

所谓中坚，当然是少数，更多的人是否只是跟着某种概念潮流四处泛滥？真理有时候只可能掌握在少数人手里。那些借文学名义的离经叛道，就像当年搞反右和"大跃进"，将自以为是的东西，无限地浮夸，再用不惜消灭肉体的办法，消灭那些自以为不是的东西。一切为了欲望，再将欲望作为一切，包括替代当年那些屡屡置人于死地的暴力手段。这种疯狂追逐暴利和决不放过任何蝇头小利的趋势，所考验的不仅是文学，而是人为了生存而必须具备的那种大智慧。

所以，在那部几乎被所有当代中国人阅读过的红色经典里，保尔·柯察金即便真的就是斯大林所说的那种用钢铁做成的人，也有理由让我这样的后来者在深思熟虑之后，不能不发出拷问：人类的品行高贵，不应该再有受到世俗非礼的时代，更不能以暴力相向。如果没有意识形态因素，依这部小说所提供给我们的种种文学元素来分析，我们阅读到的主人公实在没有不爱冬妮娅的理由，就这样将人的生命牵强地塑造到钢铁的程度，实在是一场天大的悲剧！在现实中，现代中国史上的第一次离婚潮发生在1949年"中华民国"政府败退台湾岛，中华人民共和国政府在北京成立之后不久，从解放区来的军政干部，纷纷休掉同一意识形态阵营里的黄脸婆妻子，转过身来投入到众多有资产阶级背景的女人怀抱。以中国国情来看，在这一点上，这部红色经典有主题先行的嫌疑。还可以说，这种文学的无良因素，间接导致当代中国文学出现了一段让人闻之色变的无良时期。

文学所需要的高贵，存在于作家的骨子里。如果写作者本人都不能意识到高贵之紧要，怎么能要求他的作品高贵起来呢？但是，往往很多人把高贵理解为矫情，或者是反过来，将矫情当成了高贵。真正的高贵是人的心灵质量的一种标志。

回过头来再看我们的日常读书，曾经盛行的民间故事与民间文学，它所表达出来的，是人在内心潜藏着的种种不满与反叛。以著名的《刘三姐》为例，过去流传的民间文学几乎千篇一律：愚蠢的有钱人总被聪明的穷人所戏弄；满腹经纶的秀才举人，也就是后来的知识分子，总是被塑造成一副食古不化的书呆子模样，吟诗不行，对歌也不行，就是将孔圣人抬出来，也不过是一个更大的笑话。从这一点上，我们的民间文学中有一种潜在的暴力倾向，当一种东西无法得到时，百般无理地抹黑与诋毁就开始了。既然自己得不到，别人也就休想独自占有。这种流氓无赖心态带来的恶果，不仅屡屡出现在世界历史上，当今世界里，文明程度越低的地区，越是层出不穷。

人类的高贵，在过去时期需要借助诸多奢侈品以及奢华的生活方式来展现；在物质生活差异正在变小的当下，精神气节的关键性就显得更加突出。

包括阅读在内的中国问题在于，人人都希望付出一分努力马上得到一分回报。欧洲一些地方，一百年前开工的艺术馆，到现在还在建设中，中国人还稀里糊涂地嘲笑他们。前几天，在台湾的国民党，输了高雄市长选举。党主席马英九遭到了铺天盖地的批评，绝大多数人指责他，在高雄拼选举，不肯使用下三滥的招数。我很为这样的指责悲哀。如果马英九最终听信了这样的建议，那会更加令人悲哀。为了获得一张横行天下的卑鄙通行证，宁肯身陷卑鄙的泥潭，这样的马英九将会在历史的选举中输得更惨。卑鄙者貌似肆无忌惮，其实是惶惶不可终日。这也是陈水扁等一些人，拼命想将马英九抹黑的真实心理。在高贵面前，任何卑鄙都明白自身的卑贱。供世人阅读的文学不是用来解决问题的，但一定要成为世界的良心。所以，站在文学的立场上，总在自诩的李敖先生虽然很会读书，却实在算不上是好的读书人。

给少女曹娥的短信

　　下了从武汉开来的火车，杭州当地也是一样的春寒料峭。看看时间还早，便去西湖边的楼外楼，顶着寒风中的利刃，喝了一杯受到茶馆老板信誓旦旦保证正宗的龙井茶，才又启程。刚过绍兴，就到上虞。晚餐时，一群人依次围坐在一起，熟悉的少，陌生的多，大家都用自己想到的主题说话，留下许多断断续续的空隙，使我正好可以借助手机短信，与一个连做梦都会浸泡在吴越文化里的朋友无声无息地聊了起来。我觉得自己新涉足的这块土地应该是她熟悉的。这时候是这一天的十七点三十五分。

　　我：这儿哪条河最美?

　　她：曹娥江的某一段。

　　我：任何一段吗?

她：记不清了。离上虞宾馆不远。

我：好，我正在此。

她：如果下雨，就别去。别进庙，那会倒胃口。看你运气，能否遇到熟知传说的老人。别张嘴，用心听河水流淌，会有感悟的。一路走去吧。

我：穿一件黑风衣。

她：曹娥投江时穿一袭白衣。

我：我刚听说江上这时不涨潮。

她：当时也没涨潮，就在身上绑了一块石板。

我：别说了，我会醉在江上，解那千年之愁。

她：也好，醉了可以梦见你想见的投江人，听她何言。

我：我正饮着女儿红哩。我要多饮一杯了。

她：买一坛带回家，埋在银杏树下，女儿出嫁时开封，于是女儿得好运。

我：我最不想听的就是这话。难道你也不知，女儿是父亲前世的情人？

她：情人不是丈夫，你做你的情人，她嫁她的丈夫，两不误。

我：难怪如今洋人也不懂中国女人了，伤感伤心伤透心。

她：把你的泪水洒进曹娥江吧。

我：不，打落牙齿往肚里吞。

她：我怎么能不理解你？我离婚时，老爸说了一个字，你能猜出来是哪个字吗？

我：别让我猜了，情的事，最简单，也最复杂。

她：大笨蛋。

我：我不信父亲会这样说自己的女儿。

她：我老爸说的一个字是好。大笨蛋指你。

我：哈哈，其实父亲永远是女儿最爱的笨蛋。

她：这话应该倒过来说吧。每次看你的短信就发闷，这么笨，还说自己是作家。

我：作家不假，但不是最时髦的手机短信作家。

她：短则如此，长也罢了。开玩笑喽，不许生气。

我：没，从有了女儿后，我就没有生过女孩子的气。

她：我要是与你共进晚餐的人，定会气晕，哪里是喝酒，分明是吃手机。

我：内存小速度慢的手机就是菜。

她：那就是说，谁跟你聊天，谁倒霉喽？

我：是呀，我们那里二十年没下冻雨，今年下了，将梅树冻倒不少。

她：打错了吧，看不懂哦！

我：就是说，人笨手机也笨。

此刻，饭局已经散了，一群人正走向某座茶楼。江南小城的雨夜格外幽静。我从已发信息中找出"曹娥投江时穿一袭白衣"这句话，看着它不断地在一半黑一半灰的索爱 T618 荧屏上闪烁，心里有了一种介于感动和震动之间的情愫。来自头顶的江南雨，声音很熟悉，溅在肌肤上的感觉也是那习惯中的冰凉。天气很冷很冷，是那种北方人闻之色变的典型的湿冷，出了门就像钻进冰窖里。对于一向身在南方的我，几乎一切都是十分熟悉的，唯有心里丛生了许多陌生。小城的夜生活非常火热，跳跃的霓虹灯，同时尚音乐一道炫耀夺目满处飘扬。待到天亮后，才赫然发现那条从手机短信流入心中的曹娥江，就在昨夜路过的高楼底下。

　　几乎是在目睹这条江的第一个瞬间，我就对事关这条江的传说，萌生了一个天大的疑惑，或者说是颠覆性的诘难。曹娥之于那些一代代轮回的历史，一代代重复的传说，爱，独立，自由，如此人生三大价值标准从何体现？都说蔡邕曾专程来此地拜谒少女曹娥之碑，可读遍史书，也只见到这位东汉末年著名文学家，仅以两句谜语形容其碑文是绝妙好辞。后来的李白，寻迹而来后，并留诗存证。如有沉吟只与前朝才子的黄绢谜语相关，其余文字全是嬉笑读之。孤傲狂放的李白这样做用不着多说，蔡邕则不同，他敢于不顾天子强令拒绝晋京，并借一部《述行赋》，抒发对豪门奢华民间疾苦贫富两极的满腔郁愤，使自己的文品，从习惯歌功颂德的汉赋中独立出来。所以，当蔡邕都不肯具体对少女曹娥进行评说，仅凭一些替官府朝廷做事的人在那里高声吆喝，作为后来者，理所当然地要想一想其中的奥秘与玄机。

　　我不是独自约会曹娥江。

　　也没有一步一步地走着去。

　　因为明了历史的沉重，因为懂得既往先哲前贤的不语，越是身在人群，越能清晰地听见孤零零激荡江涛的脚步声。或许是此时此刻的我在行走，或许根本与我无关，而是少女曹娥，被从内陆深处席卷而来的风风雨雨，被从杭州海湾呼啸着涌来的大潮大水，肆意戏谑，进不能进，退不能退，求生不得，求死不能的痛苦徘徊。

　　十四岁的少女年年都会有。一年一年的曹娥，不知活了多少个十四岁。相隔几乎有两千年，若不生出多一种的思想，我们将会愧对浩如烟海的逝水。柔弱细小的曹娥，赴死的方式并非与众不同，有江河的地方，有海洋的地方，有湖泊的地方，总也断不了因一念之差而投身水底以求解脱的男男女女。还有那一头扎进水缸将自己淹死的人，他们在面临人生本质的分野时，最终抉择只是大同小异于曹娥。偏偏只有曹娥的日常琐碎人生，一改世俗的善，一改世俗的美，一夜之间便升华为非神即圣。

一条江，长久以来并无改变。高山之上渺小的源起，大海之滨壮阔的总汇，还有那每一缕清流带来的滋润，每一朵浪潮涌起的富庶，任凭灰飞烟灭云聚云散，总也是人生常恨水常东。能被人来人往改变的唯有名字。在舜的时代，这一带由青山舞动的绿水叫作舜江。舜之前，人们如何给它称号呢？一定是有的，只是后来者不知道。某个时期的文化断裂，既剥夺了向后的历史，又虚化了往前的认知。就这条江而论，了解的，记得的，可思可想的，仅仅才几千年，然而，与生命共舞的每一条江，最不缺少的就是几十万年、几百万年、几千万年的漫漫历程！之所以一代代贤人大士面对大海披肝沥胆冥思苦想，到头来一如在海涂上，每有寻获，无不是一只只貌似美丽的泥螺，就在于看不到的东西太多太多。

从此江名到彼江名，貌似水到渠成画龙点睛。一旦眯起双眼，锁上眉头往深处看，忧国忧民的舜，何以摇身化为唯独以人伦之孝为至上的曹娥？传说也好，祭奠也罢，那些假借这条江的名义，突然变得可疑起来。

生于公元130年的少女曹娥，一定不是貌若天仙，如有羞花闭月沉鱼落雁的本钱，就不会在十四岁时依然只是一个专事祭祀巫师的女儿，而会被地方官作为贡品，趁着尚无梁祝那样的爱情打扰，绝对保有纯洁之情、黄花之身，及时地进贡给东汉顺帝刘保，成为众多妃子或宫女中的一员。那么，父亲曹盱就不会在公元 143 年的农历端午节，一以贯之地在杭州湾大潮溯江而上之际，迎风击浪，仿效先期的楚国人对不朽诗人及落泊官员屈原的纪念，祭祀在生是吴越忠臣，死后被奉为潮神的伍子胥和文种，祈求他们保佑一方平安。普通得不能再普通的少女曹娥，后来肯定像从南到北所有呼天抢地的女子那样，将早已生死两茫茫的前朝大臣，骂得狗血喷头：两个破老头，还被奉为神明，为何这般不知好歹！人性不灭！人伦不绝！一千九百年前的少女曹娥，在那不见任何预兆的灾难中，哪堪忍受无与伦比的丧父之痛！怀着巴结与敬仰之心的曹盱在江上击鼓放鞭，载歌载舞，敬上一坛坛美酒，献出一头头家畜，被他宠坏了的潮神却疏于管束，听任惊涛骇浪突兀地撞向船头，将只知父亲，不认巫师的少女曹娥的心一举击碎。

哭成泪人儿的少女曹娥，其素其洁，如春开梨花冬降瑞雪。朋友在手机发来的短信中，仿佛亲眼所见，不容置疑地说曹娥身穿一袭白衣。我也觉得无论如何不会错。纵使一个人身着蓝黑衣衫红绿裙袂，那流了十七天的眼泪，也会将其洗白洗白再洗白，直教根根纱线露出最早包裹在棉铃里的本色。

十七天的时间，足够一个正在发育的少女，以每天二十二里的速度，将这条全长不过三百六十里的江河走得一寸不剩。十七天的时间，足够一个无依无靠的少女，将全身体液尽数化成泪水流出来，只留下用一江春水也无法化开的浓烈的血性。在出海口驾船捕鱼的船夫哪能看不到听不见？在出海口的滩涂上捡泥螺的赶海人哪能看不到听不见？在左岸的沃土上耕耘的农夫哪能看不到听不见？在右岸的树林里采杨梅的农妇哪能看不到听不见？时至今日，在我所居住的城市里有一座闻名遐迩的长江公路桥，这些年来它不得不在无奈之中见证一个接一个的殉葬者。去年有一阵，一个星期之内就发生了三起。那一天，我坐车从江南赶往江北，曾经心惊肉跳地目睹了其中一起。那些人多是年轻者，只有年轻才能快捷地翻越栏杆，将自己的肉身悬挂在大浪淘沙亦淘尽千古风流的大江之上，动作稍有迟缓，就有守桥的警察上来加以阻止。真正将自身化入波涛的人只是少数，在劝解者的真心相对之下，多数人会转过身来引领系在游丝上的生命，重回只有一步之遥的阳光大道。少女曹娥给这条江上赫赫有名的巫师当女儿也不是一年半载，而她又不是貌若天仙躲进深闺不与平常人见面的金枝玉叶，相貌平平的邻家女孩，自然会被更多人认识。十四岁的少女大悲大恸时，三百六十里的大江两岸，竟然人人噤若寒蝉，是在心里害怕将巫师曹盱收去做了随从的潮神水怪，还是另有其他更加难以言表的原因？最大的可能是，没有人分出多一点的精力来照顾她。在出海口捕鱼的船夫，一门心思全在退潮和涨潮之间，万一渔船搁浅了，不得不下海拉船，麻烦可就大了。那些挖泥螺的人，太阳跃出海面之前就得来到海涂上，在他们的头脑里，潮起潮落的时间必须准确掌握，不能有丝毫误差，否则，无情的潮水在淹没海涂的同时，会顺手将他们丢进浪涛葬身鱼腹。左岸上的农夫有理由为自己的庄稼赶季节，右岸上的杨梅女放心不下躲在树后的暴风骤雨。反正是，天地间顿时失去了关怀，山水中突然埋没了抚慰。女人不哭，天下就没有流眼泪的人了。少女曹娥又没有声明自己死也要同父亲曹盱在一起。一般情形下，那些舍不得亲人要寻短见的，熬不到第七天，挥之不去的念头便会成为真人真事。少女曹娥连托梦给别人时都不肯说出永别的意思。看见的人以为她再哭一阵，就该收起泪眼，慢慢地露出笑容来。一天比一天孤独的少女曹娥，放任内心悲伤不断膨胀，直到无以复加了，才纵身一跃，将自己的花季年华交付给满江逝水。溺水身亡的人，沉在水底不会超过七日就会自行浮上水面。少女曹娥亦如期在第五天里，再次出现在这条江上。只可惜物是人非，含苞待放的少女，不得已换上另一番惨绝人寰的模样。都说她救了父亲，都说她救了父亲的尸体，都说她救了父亲并背负父亲的尸体浮出水面。经过她所背弃的人间一再哄传，便绵延不绝地成为经典。

亦真亦假，少女曹娥之事，都属于她个人。凄美！壮美！苦美！他人说得越多越表明内心淤积着难以释怀的愧疚。那些听过少女曹娥泣血的人，如果在突然的良心发现后，假借神迹来稀释这类愧疚，对后人的感动与教化一定会更深刻。

因人伦而殉情赴死，是每个生生不息的家族或迟或早都要面对的偶然之事。那些只在家庭内部流传的，没有与地方政治发生关联，过不了多久，就会化为一个夜来风雨声，花落知多少的情感之结。少女曹娥之死一开始也是这样。从公元 143 年到 151 年，八年时光，汉朝年号从汉安、建康、永嘉、本初、建和、和平到元嘉，一共换了七个。当朝天子在经过一而再、再而三的生死替换后，终于轮到史称桓帝的刘志。桓帝登上大位的第三个年头，在宫廷里当侍卫的度尚，被派到此地当了上虞长。后来的志书有说此人为官清正，深察民情的。在那些溢美之词背后，可想而知的是他对当朝皇帝习性中喜忧好恶的稔熟。自古以来为官之道只有一条，乌纱帽是谁给的就得时时刻刻惦记着谁。度尚是京城外派的县官，当然就得做出一些让皇帝喜欢的政绩。那时候的地方官，千方百计要将自己治下的地方特产进献给皇上。记得黄冈老家一带就曾有贡橘、贡藕一说。至今还有人为当地极有名气的豆腐，当年无法千里迢迢送到京城成为贡品而扼腕长叹。度尚对少女曹娥的所谓义举，是真感动还是伪感动，估且继续存疑。他下车伊始，就将死去八年的少女曹娥上报朝廷封为孝女。

　　都说伴君如伴虎，不是人精的人做不了皇帝侍卫。度尚连皇帝都不陪了，宁肯外放，表面上是找到一个青山绿水处，获得一份人生难得的逍遥。在传说中，少女曹娥赴死后的情形肯定不止一种，这是民间文化所决定的。既然曹盱祭潮仿效的是先楚之法，死去五天的曹娥还能在烟波浩渺中，与早她十七天死去的父亲相聚，一定是汩罗江上的神鱼跑来显灵了。神鱼能背着身高七尺的屈原，从汩罗江出发经洞庭湖，再溯长江而上，千里迢迢回到秭归老家，以其神力为死在同一条江里的两位骨肉亲人穿针引线，完全是举手之劳。这是可能性的第一种。其次，就该考虑龙的家族了，这条汇入杭州湾的大江，天造地设地归东海龙王节制。正是出门踏青的时节，龙王家的人，信步走来，就会碰上在江涛深处挣扎的少女曹娥。如果是龙太子，不说就此开出情爱之花，只要将自己嘴里的夜明珠，取出来让曹家父女含上一时半刻，那将是又一场以大悲开始、以大喜结局的天大好事。还有第三种可能，离江不远的大舜庙不是建在乌龟山上吗？少女曹娥投江的动静当然会惊醒这只正在打瞌睡的万年乌龟。说时迟，那时快，老乌龟一个翻身就将其接住，带回家中，再运用神力，将胆大包天地掠走曹盱，欲招这位多才多艺的男人为夫君的母螃蟹打得丢盔卸甲，乖乖地放了曹盱不说，还替曹盱变幻出一艘宝船，就是用这条江上所有的水堆成一座浪头也打不散它。这不是故弄玄虚，凡事只要超过日常人生范畴，就会在民间变化得无休无止，到头来，有多少爱说往事的老人，就会有多少怪异的传说。譬如屈原，在万里长江被称为三峡的那一段，其回归的传说就多得让人目不暇接美不胜收。上虞地界的这条江上，少女曹娥的传说只用八年时间就变得众口一辞，无须进行考究就能断定，是上虞长度尚的话语权使然。

上虞长度尚在泥沙俱下的政治江湖中弄潮，首先不会容忍东海龙王一家对少女曹娥做下任何事情，接下来势必要杜绝乌龟螃蟹与少女曹娥的所有关联。凡此种种，绝对不被允许。唯有让一个黄花少女，将一般人想不到更做不到的事情做出来，才能彰显皇恩浩荡，往上感动天地，向下教化愚民。在皇宫里的短暂生涯，让小小的上虞长明白了政治生活中大大的真理，即便后来的梁山伯与祝英台化蝶飞到他的任上，也毫无用处，引不起半点兴趣。度尚亲眼目睹皇宫深似海，看上去皇帝威风八面唯我独尊，背地里扇阴风点鬼火手握一支狼毫笔也想弑君的大有人在，何况还有许多如狼似虎的皇亲国戚将相王侯。

东汉王朝传到第四代时，皇帝大多是乳牙小儿，而且再也没有活过四十岁的。和帝刘肇，十岁即位，二十七岁死。殇帝刘隆，即位时刚满月，在位八个月就死了。安帝刘祜，十三岁继位，三十三岁驾崩。顺帝刘保登基时也才十二岁，少女曹娥生命终止后的第二年，就驾崩了，时年三十。继位的冲帝刘炳只有两岁出头，在位仅半年，临死之前还在找乳母的乳头。再继位的质帝刘缵，即位时满八岁，死的时候满九岁，也只有一年的天子命。轮到刘志出来称桓帝，从十五岁起，到上苍令他交出皇权，仍只有三十六岁。此后，刘宏十一岁称灵帝，三十三岁死。刘协九岁称献帝，只有他活到了五十四岁，然而，在他三十九岁那年，东汉王朝被魏王朝取而代之。此后的刘协被贬到度尚的老家做了山阳公。

刘志看不到后来的事，此前的事情，他想不看都不行。冲帝噙着乳母的乳头死去后，大臣们主张立年长有德的清河王刘蒜为帝。一人之下、万人之上的大将军梁冀却强行将年幼无知的刘缵立为质帝，做了桓帝的前任。童言无忌的质帝在召见群臣时，将一个刚刚学会的词语用到梁冀身上，称其为跋扈将军，梁冀便毫不手软地毒死这可能酿成后患的小小君王。又因为当时刘志正在和自己的小妹议婚，梁冀视那些又在嚷嚷要让刘蒜坐镇金銮宝殿的大臣为无物，独自拥立未来的妹夫为桓帝。在当时，朝廷上有梁冀的大妹妹梁太后临朝听政；后宫里，有新立的梁皇后颐指气使。梁家共有三个皇后、六个贵人、七个侯、两个大将军，其余卿、将、尹、校多达五十七人。度尚外放上虞的头一年，梁太后病故。桓帝亲政，可四方贡献，仍旧先冀后帝。

怀揣玉玺的桓帝刘志，想不心惊，也会肉跳。从皇宫侍卫到上虞长的度尚，不仅看得真切，还想得深远！黄袍加身的刘志，在金銮殿上苦苦支撑，江山还不见稳固。赶在这时候，献上死去八年的十四岁少女曹娥，绝对要远远胜过太湖和西湖两地官员，从一万个美女中，筛出一个眼睛会说话、细腰会唱歌的绝代佳人。事态发展完全在上虞长度尚的掌握之中，一天到晚担心有人篡位的桓帝，终于发现一个天下楷模：少女曹娥尚且晓得，哪怕死了自己，也要寻回父亲尸体，作为天地君亲师五位一体的中坚，更是神圣不可侵犯。诏书既下，有谁再敢与皇帝较真？在知根知底的人看来，任凭如何描述少女曹娥之死，总是不能复生的。金口玉言的皇帝哼一声，就使得川流不息几千年的舜江，变成了曹娥江。

本来嘛，大舜王当年如何做，如何不做，都是皇帝一个人的事，不需要天下饮食男女操这份闲心。天地之间，除了皇帝自己，一切人都应该是顺民孝子。简单地说起来就是孝顺！孝顺！孝与顺！

一口气扶了刘炳、刘缵、刘志三个儿皇帝的大将军梁冀，低估了年纪轻轻的桓帝，没有透过抬举少女曹娥的烟雾，分辨出那藏得极深的杀机，继续专横跋扈为所欲为，甚至连桓帝的宠妃梁贵人的母亲都敢暗杀。皇帝毕竟是皇帝，受够了窝囊气的桓帝，终于在一个夜晚，调动一千多名羽林军，包围梁府，诛杀近百人，凡是与梁家沾亲带故的官员尽数罢免。立志要天下人学习少女曹娥的桓帝刘志，一口坐了二十一年江山，东汉时期，除了开国皇帝光武帝刘秀，就数他在位时间最长。

多年以后，才有一些用民间文化反对封建极权统治的人出现。他们让新近殉情而死的梁山泊、祝英台化成蝴蝶，美妙到极致，神奇到极限。在传说中，皇权政治下的道德礼教，被彻底边缘化，生活中无所不在的强权仿佛烟消云散。一江两岸的民间，在少女曹娥之死的前因后果中体现的文化传承与言论自由受到空前压制后，终于实现了对笼罩在头顶上的政治阴云的极度消减与巧妙颠覆。

写奏折的度尚，在想象这个故事的母本时是主动的。

读奏折的桓帝，在想象这个故事的母本时也是主动的。

他们不约而同地将少女曹娥的凄凉之死，与先楚的屈原自投汨罗江后，背其回返故土秭归的有灵神鱼紧密联系到一起。在皇帝眼里神灵显现是莫大的吉相与喜兆，而发现神迹的下官自然功高至伟。下官之举，当然要投皇帝所好。再说时髦一点，上虞长度尚准确地揣测到皇帝的心思，将一件在自己任期前老早就发生的事，恰到好处地变成了为官一任，造就一方的政绩工程。这才是真相，是本质，也是蔡邕和李白，只说碑文，不究事件的无可奈何花落去之根由。

二十四孝典籍中，开宗明义第一篇的《孝感天地》，记载了舜所受到的陷害。有一次，舜在深井里掏泥沙，父亲、继母和同父异母的弟弟，竟然在上面倾倒大大小小的石块，即便砸不死也要将他活埋在井下。舜却命大，活着回来后，毫无记恨家人之意。如此等等，都是一些能让神鬼泣涕的非凡举止，所以，才能在后来被选为人皇，成为一代圣君。那条见证过舜与普通人一起或渔或耕的江，因为舜为江山社稷建立了丰功伟绩，而以舜的名字做了江的名字。十四岁的少女曹娥似乎超越了天下谁人不识的舜君，非要将舜江改名为曹娥江而后快。可是，受到历代帝王六次敕封，获有十二个褒扬封号的曹娥，并没有进入到旧道德所传颂的二十四孝中，就连经过补充的三十六孝也没有她的位置。在两种典籍中，舜在成为帝君前的所作所为，全都排在首位，是那楷模中的楷模。

如果不认为曹娥江的出现，是那小小的上虞长挖空心思，用自己的伪政绩来取悦给他俸禄的皇朝，又能作何解释？那块导致蔡邕有谜，李白无诗的少女曹娥之碑，由度尚披露的来历也很难自圆其说。度尚将少女曹娥的尸骨挖起来重新厚葬时，曾令弟子，斯时少年才子邯郸淳为之撰写碑文。度尚又说，自己原本请的是当地著名学者魏朗，可魏朗被曹娥的盛名所累，担心文采有所不逮，自己才不得已让弟子出手应急，没想到魏朗拜读过邯郸淳的碑文后，一边大加赞赏，一边将其实早就写好的草稿点火烧成灰烬。邯郸淳一路追随度尚来到上虞，所见所闻当然也是死后八年的少女曹娥，却敢一挥而就，百般叹息母亲早逝又失去父亲的少女曹娥，只忧虑今后该怎么活，对死却一点也不怕，还专门选了潮急浪高的时候投水寻父而去，大江之水载着她四处漂流，这样的孝女让许多人泣不成声，哀悼的人阻塞了一条条道路，好比当年的孟姜女哭倒长城，就连遥远的皇城都被这悲痛的场面惊动了。碑文写到此处，就将上虞长度尚大人的真正面目暴露了，他所要的就是惊动皇城的效果。生于乡间、长于民间的乡土知识分子，既没有李白逼高力士为之脱靴的狂放，也没有屈原以一己之死与天下抗争的豪壮，遇到此种事件，他们普遍会采取明哲保身的温和方式。譬如魏朗，他将写好的文稿烧了，还要谦逊地说自己的才华不如一个少年。就汤下面，顺水推舟，当事人的面子他也给足了，自己的命运也不至于产生意外的骚动。不久之后，官运亨通的度尚，去到洞庭湖一带统领剿匪行动时表现出来的血腥与残忍，足以证明魏朗的判断太对了。读范文澜所著《中国通史》，老先生给曾任上虞长的荆州刺史度尚所下的结论是——农民起义的残酷镇压者！魏朗当然更明白少女曹娥的生死意义何在，只是他实在无力阻止一条江流入荒谬的历史中。聊以自慰的是，在这些阴险的政治家联手谋杀大舜之江，使之成为只为少数人获取功利的所谓曹娥江时，自己的真正身份是一个不合作者，只要不使自己成为丑陋政治的同流合污者就行。这种心理状态通常是最普遍的。才华横溢的蔡邕和李白，在少女曹娥碑前庙里那般吝惜，不肯多写一个字，其内心只怕也是如此着想。

历史与现实就这样心领神会地达成了一种默契，官僚政治和道德礼学不约而同地发起对尚未开花就已凋谢的美丽少女的异化，各取所需的人则是心照不宣地推行着他们并无恶意的合谋。非常遗憾，如果从某一年开始，这样的合谋，变得只是为了表达对一个原本可以再活五个六个七个或者八个十四岁的少女的忏悔，那就好了。

　　多少人活得生龙活虎时尚且身不由己，想让死去的曹氏父女来把握自己的命运，简直就是比天还大的笑话。本是自己的人生和命运，却被他人有所图地加以利用，无端夸张和放大。假如曹盱灵魂知之，女儿曹娥置自己不再的生命于不顾，必然招致他最激烈的反对。一如在手机短信中与朋友所聊的那样，女儿是父亲前世的情人，是说父女之间的感情，将天下最深的几种情感元素合为一体了。所以，曹盱如能未卜先知，晓得自己死期将至，或是坦然相告，或是委婉暗示，总之，一定会让曹娥明白，绝对不能同父亲一道赴死，一副没有生命的皮囊，弃之江河湖海与深埋厚葬并无区别。人生和人死就不同了，仅仅说有区别还不行，因为二者之间的区别，似乎看得见，摸得着，其实是大到无法用天下衡器来度量。

　　上虞长度尚果然受到皇朝赏识，被调任荆州刺史，后又当上辽东太守。在荆州任上，度尚剿灭了洞庭湖一带的大股匪贼；到了辽东，他又有大破鲜卑军队的记录。五十岁那年，度尚死在辽东，他的儿女并没有将其尸骨运回山阳老家安葬。位于秦岭南麓的山阳县是多么好的地方呀，境内有天竺山脉和月亮、白龙两大溶洞，又有丰乡图、九冢星罗、二泉天鉴、道院曲流、天柱摩霄、石峡线天、孤山叠翠、金华相会等八大景致。度尚如果有过要用故土来安放自己尸骨的遗愿，后人哪有不依之理，实在是他早就晓得哪里死哪里埋入土为安的道理，几根白骨，一具僵尸，再怎么摆弄也是一文不值的废物了。

　　在传说中，硬将少女曹娥投身江流附会一个救父的说法。人都死了，如何相救？明明是女儿的尸首背回父亲的尸首，救的又是什么？到了这一步，所有能做的就只剩下对继续活在人世间的那些灵魂的救赎了。

回忆起来，历史上许多人文传说都被后来者用各种各样的方式编为说唱戏剧，曹娥投江寻获父亲尸体一事，从未见诸艺术，哪怕是最大众化的民间书场与草台，亦难见到有此表演。同在一县之地的梁祝化蝶的故事，却使得文人墨客，歌者舞者，千古以来咏唱不绝。两相比较，人心这杆秤，就称出了它们的分量。就说鲁迅先生吧，他在《二十四孝图》一文中评说，那个只有三岁的儿子，被抱在母亲的怀里，高兴地笑着，他的父亲郭巨却正在一旁挖土坑，要将他埋掉了。因为家里太贫穷，郭巨连母亲都供养不起，儿子还要从中分食，只有将他活埋了，省下一份口粮给母亲。没想到意欲活埋儿子的土坑刚挖到二尺深，锄头下面竟然冒出一罐黄金，上面上还刻着赫赫文字：天赐郭巨，官不得取，民不得夺！鲁迅先生形容自己最初实在替这孩子捏一把汗，待到挖出黄金了，这才觉得轻松。然而他已经不敢再想做孝子，并且怕他的父亲去做孝子。其时，家境正在日趋没落，常听到父母为柴米油盐发愁，祖母又老了，倘使他的父亲也学郭巨，那么，该埋的不正是他吗？如果一丝不走样，也能挖出黄金来，自然是如天之福。鲁迅那时虽然年纪小，也明白天下未必总有这样的巧事，万一挖下去没有黄金呢？鲁迅的老家绍兴与上虞地界山水相连唇齿相依，在他所写的关于故乡故土的文字与文章中，只有舜的消息，从未见到曹娥踪迹。他借二十孝抨击那时的人文精神实在是对人性的扼杀时，也没有顺便提及近在咫尺的曹娥之江，大概与李白和蔡邕的思路同出一辙！无人晓得那个时候的鲁迅，想没想过，离家门口不远的这条江，被称为舜江和被称为曹娥江的区别。在舜江的时代，天下人间属于民众，民众有权以舜的标准来选择治国者，其情形如同千万细流汇到一起成了大江。到了曹娥江时期，天下人间全由帝王主宰，民众凡事都要学少女曹娥，就像从杭州湾涌入的大潮，逆来也要顺受。

到上虞的当晚所发送和接收的手机短信，还有如下一些文字。

她：曹娥江喜欢故事，不妨也留一点。

我：留得再多也没用，不晓得谁来传唱。

她：都互联网了，就别想元杂剧等等。

我：可是那位绍兴人也喜欢王实甫的《西厢记》。

她：但我更喜欢伏尔泰。

我：有人说那位绍兴人是中国的伏尔泰。

她：你这是在骂我。估计你喝高了，快去江边走走。

我原本想来一句幽默：这时候还在研究本土文化与世界文化接轨大业，是不是想当先进性教育的正面典型！可索爱 T618 因没电而死机了。我无法再回复。夜深时刻回到 2403 客房，手机中回光返照一样的浮电，让我读到二十点二十六分时，所收到的最后一条短信。

她：真喝多了，就别一个人去江边。

那天上午，在少女曹娥庙宇前的江堤上，我高高地站了十几分钟。很大的寒风从江里蹿上来，扑在脸上也不觉得难受，问题出在身处人群之中，却发现一种难以排遣的孤单在与自己纠缠不清。我在想一件事，一件说出来有些惊世骇俗的事，一件是以客人身份来看这条江，却对这条江有所不敬的事。好在后来我找到一些可以说服自己的道理，在特定时间特定地点特定背景下，这样的不敬，其实是真正的尊敬，因为它在对一个时代的心灵负着责任。

  刚刚见到这条在早春的久雨中变得浑浊不清的江，我就在心里轰隆隆地想念那条从未见过的江，想念她的浩然气概，想念她的人性佳境。还想往没有手机的公元 151 年发一通短信，不管有无效果，也要肆意将为了一己的蝇头小利，竟然不顾历史名节的大小官吏痛斥一番。在这样的历史面前，大仁大义大道大德大爱大善的舜，更显得事关紧要刻不容缓。这个被用了近两千年的名字，到了要改一改的时候，应该以舜的名义，回到舜的名义！让曹娥江成为如烟往事，回到没有上虞长度尚的岁月之前，重归自由的、独立的、宽容的、浪漫的、理想的大舜之江！

问 心

喜欢虽九死犹未悔之人。无论是历尽坎坷或者是阅尽春色，都矢志不移，不朝三暮四，不朝秦暮楚，不得陇望蜀，将一点理想初恋般怀抱在心不离不弃，这样的人当是极品。

喜欢虽九死犹未悔的人生。不管有多么沉重抑或是旷世艰险，仍探索前行，宁愿为玉碎，不肯坠青云，更无折腰时，将一片草叶珍珠般善待在日子里，哪怕饥寒交迫也不屑嗟来之食，如此人生可以颂为经典。

天下山水，端坐着看像人，站起来再看就成了人生。

天下草木，阳光下看像人，月亮升上来后再看就成了人生。

那些用山水草木千万年堆积起来的地方，各有各的雄奇，各有各的妖媚，唯独被峨眉山挡在身后，被青衣江揽在胸膛的那个去处，令人意外地拥有自己的叫法。

置于山巅的地方，哪怕与云彩相近总是很小。在水一方的偏安，虽然有柳暗花明可咏叹，到底难成气象。

偏偏这世上山与山不一样，水与水难得相同。比如八十一泉眼、七十二飞瀑、二十四溶洞而令陆游曾心怡成诗"山横瓦屋破云出，水自羊牁裂地来"的瓦屋山。比如让苏轼感怀"江南春尽水如天，肠断西湖春水船。想见青衣江畔路，白鱼紫笋不论钱"的青衣江。有此恩宠，此山此水也就叫了洪雅。

想一想，用山水砌成的小地方，逢水就有供旅行者与过路人往来的义渡，逢山便有接济采药人和狩猎者充饥御寒的义舍。这洪雅二字实是最好的梦想与写实。

刁窗、飞天、打神、戏仪、杀奢、扫松、拦马、夺棍、归舟、秋江、思凡、情探、访友、追鱼、画皮、药王。这些雅词是流传在洪雅山水田园之间的民间戏曲名目。谁能料到，在被山水遮蔽得严严实实的一处小镇上，那户姓曾的人家，为着这些民间妙曲，居然在自家宅中建了三座戏楼，即便是富甲京城的大观园中也不曾有过这样的讲究。进大门第一座戏楼上的演出是给外人和用人看的，戏楼上有对联：别只唱风花雪月，最好演孝子忠臣。而内宅戏楼专供主人的那位名叫红樱桃的爱妻看戏，所以戏楼上的对联变为：没辜负花好月圆歌金镂，且闲将红牙檀板唱太平。虽然内外有别，而且诗联品相与《红楼梦》中最偏院落中的词话相比都有差距，终归属于山野中别样风雅。

做了洪雅之地，最苦之药黄连也有了别致的称谓。《本草纲目》记载：黄连今吴蜀皆有，唯雅州、眉州为最良，以黄肥坚者更佳。而后来新编的《新编药物学》更是记述：黄连产四川、陕西、云南、广西、湖北等地，以四川洪雅所产为最著名，特称川连或雅连。

万物之苦，莫过黄连。到了洪雅却要另说，万药之雅，莫过黄连。这些被敬称为"雅连"的黄连生长在悬岩峭壁之上，生长期长达七至十年，依仗自身能力抗病抗寒，弱者枯灭，强者生长。正如尘世中人，唯有修炼出特优品质，才能最负盛名。

在地方，雅是一种风尚。

对于人，雅是一种气节。

盛唐时代的高僧、五百罗汉中排第一一七位的悟达国师，五岁时曾在洪雅家中随口吟出咏花诗：花开满树红，花落万枝空。唯余一朵在，明日定随风。对于日后注定要出家随佛的少年，天生佛性使其能够随遇而安。对于日常中人，不要随风飘逝才是气节根本。

古训有言：文死谏，武死战。换成当下的话，后一句是说，身为武将要敢于战死沙场。前一句则是表示知识分子要坚持独立的批评与批判立场。宋代文学的开拓者和奠基人之一田锡，在政治上以敢言直谏著称，在二十五年的政治生涯中，历太宗和真宗二帝。病逝后范仲淹亲撰《墓志铭》称其为"天下正人"，苏东坡在《田表圣奏议序》中，称其为"古之遗直"。

与田锡同乡的另一位洪雅乡贤后来写道：三教之中儒称为首，四民之内士列于先。当尊古圣之书，宜重先贤之字。抽断牍而拭桌，拾残纸以挥毫。戏语嘲人假借圣贤之句，淫词败俗偏多赓唱之篇。以废书易物乃为散弃之由，旧册糊窗却是飘零之始。颂政刊诗传粘满壁，辄为风雨摧残；招医卖药遍贴沿街，旋补汗泥涂抹。百般轻亵，实由文士开先；一意尊崇，还自儒生表率。

拙作《蟠虺》第二十九章有这样一段文字："公元前 706 年，楚伐随，结盟而返；公元前 704 年，楚伐随，开濮地而还；公元前 701 年，楚伐随，夺其盟国而还；公元前 690 年，楚伐随，旧盟新结而返；公元前 640 年，楚伐随，随请和而还；公元前 506 年，吴三万兵伐楚，楚军六十万仍国破，昭王逃随。吴兵临城下，以'汉阳之田，君实有之'为条件，挟随交出昭王，昭王兄子期着王弟衣冠，自请随交给吴，岂知随对吴说：以随之辟小，而密迩于楚，楚实存之。世有盟誓，至于今未改，若难而弃之，何以事君？执事之患，不唯一人，若鸠楚境，敢不听命？吴词穷理亏，只得引兵而退。随没有计较二百年间屡屡遭楚杀伐，再次歃血为盟。才有了后来楚惠王五十六年做大国之重器以赠随王曾侯乙。"

青铜重器只与君子相伴，青山碧水同样只属于君子之风。随最终被楚所灭是在公元前 320 年前后。仅仅过了九十七年，公元前 223 年，楚亦被秦吞灭。就像没有君子相伴，小人得志也走不了太远。没有君子，就没有气节；没有气节，就没有灵魂。诚如民歌所唱：大河涨水小河浑，鲢鱼跳进鲤鱼坑。莫学黄鳝打弯洞，莫学螺蛳起歪心。

楚亡后，楚怀王熊槐之孙熊心曾隐匿民间为人牧羊。在受到反秦将士的拥立称为楚义帝之后，眼看大军就要攻克长安，气节全无的熊心，使了个二桃杀三士的小伎俩，订出"先入关中者为王"的"怀王之约"，企图挑起刘邦与项羽两大强豪的内讧。刘邦先入关中，熊心不但没有占到龙虎内斗的便宜，还因为项羽的怨恨，被其弑于长江中。

这时候的熊心所缺的已不是面对吴兵围城的随王那样的气节了，他所缺少的气节是民谣里唱的，明白自己错把树桩当成人，懂得是男人就要会使千斤犁头万斤耙，还有我与情妹山中会，夜来不怕火烧山的博爱情怀。

如果真似洪雅地方史志所记载的那样，最后的楚王室后裔严王，千里放逐来到万水千山的最深处，将往昔荣誉托付于小小的复兴村，倒是于万般无奈之中找对方向了。从复兴到洪雅，不再是为了权贵权力。从复兴到洪雅，不再是为了皇亲国戚。从复兴到洪雅，不再是为了九鼎八簋的春秋礼制。无论如何，为政第一要务是用经济富裕一方，为文最紧要的是将文化表达成从小雅到大雅，为万物则是视白日青天花繁水绿为无价宝藏。

爱是一种环境

世界上没有不受环境影响的文学，也没有不影响文学的环境。在文学中道德的影响是巨大的，通过无所不在的道德的作用，文学获得了种种深入人心的情感因素。哲学给文学以想象的双翼，一种新的哲学思潮出现时，文学首当其冲地会受到其影响，形成新的艺术审美和价值观。至于宗教，从某种意义上看，早期的文学简直就是它的一部分。在政治、道德、哲学、宗教各类环境中，政治对文学的影响无疑是最直接和最大的。一个时代的政治风尚可借助其无所不在的触角，用直接和隐性的形式推动文学发展。

十三岁那年，我从母亲工作着的乡村商店所收购到的废品中发现一本残缺不全的《萌芽》。那时，对于法国我只知道两个人：一个欧仁·鲍狄埃，因为他是《国际歌》的作者；另一个是戴高乐将军。左拉是我知道的第三个法国人。在很长一段时间，不知何故我一直认为左拉是女性，后来当我发现左拉不是女性时，竟然还以为是别人错了。曾经在一篇关于左拉的研究文章里读到，左拉前后花费二十五年时间，写了一部包括二十部长篇小说的庞大作品，取名《卢贡—马卡尔家族》，涉及了法兰西第二帝国和第三共和国时期的政治、经济、军事等各个方面的出场人物有一千二百多个。这种叹为观止的文学景象，本身就构成了一种强大的环境。对于文学，太过强大的政治环境，并不是好事。有个很好的例子：在中国有非常多的人喜欢俄国作家契诃夫的小说，从普通人到讲授文学课程的教师，大都将契诃夫的短篇小说《变色龙》《小公务员之死》等作为世界文学经典，实际上这些作品是契诃夫只有十几岁时的练习之作。由于意识形态的原因，这样的作品似乎更能表现资本主义的腐朽性，才使它们得以成为所谓名篇名著。左拉的作品，也曾有过如此情形，否则像《萌芽》这样的作品极难出现在中国的乡村。

面对政治的影响，文学必须保持警惕。关于左拉，有一本最近出版的汉语文学教科书是这样介绍的："出现在十九世纪六十年代的法国作家左拉，受科学技术的飞速发展，科学实验的方法被运用于医学、生物学、文艺学等时代风气的影响，提倡小说应着重写人的生理本能。写小说就像在实验室里做试验一样，不应受社会规律的支配。强调文学创作的科学性和真实性，主张用纯客观的态度把生活中的一切细枝末节精确而毫无遗漏地摄取下来，不表露自己的思想感情，也不对事物做结论。"对左拉的文学认识正在摆脱先前那些政治因素的困扰，但我以为这样评价仍然有失中肯。在我看来，影响左拉写作《萌芽》的是他所拥有的那份博大的爱——对同样作为人的普遍的爱；对男女主人公一点点地走向歧途，一次次擦肩而过，直到濒临死亡归于爱情的爱。

对于文学，爱是唯一不可或缺的。在一切人的行为中，有一些是基本的，就像一加一等于二，它的意义就在于那是数学逻辑的起点，不用怀疑，不用迷惘。文学所面对的环境，也有它的基本所在，譬如爱，譬如恨，将爱作为一，将恨也作为一，文学则是它们相加的结果。爱是开始，也是结局，那些各种各样的恨，则是从爱到爱之间的过程。作为艺术的文学，总是一边受着政治的影响，一边对政治进行反抗。政治影响着文学，却也伤害着文学，当国家机器强使文学成为其力量的一部分时，这种伤害会变得更加突出。唯有那些指向灵魂的爱才能化解政治环境恶化时对文学产生的副作用。

1995 年冬天，我第一次来到欧洲，途中转机时，因暴风雪而被困在布拉格机场，一个人待在酒店的房间里，无所事事地开着电视机打发时光。那些彻底陌生的语言，反而让我对语言的美妙产生一种空前的信任。在当时，我并不知道自己正在观看一部法国电影。多年以后，我有机会欣赏了奇斯洛夫斯基导演的电影杰作《蓝》《白》《红》三部曲，才知道当年在布拉格躲避暴风雪时看过的电影，原来也是琼·露易丝主演的法国电影。与那部描写父亲与儿子的未婚妻相爱的电影一样，帕特利斯·勒孔特导演的《理发师的情人》同样让我十分喜爱，理发师玛蒂尔与从小就决定要娶一个当理发师的女人做妻子的安东尼奥一见钟情，并且结成夫妻，正当他们过着温馨安宁日子时，玛蒂尔却选择在一场暴雨到来时将自己年轻美丽的生命投入到洪水里，临终前她所说的一席话："我永远也不离开你，所以我才选择在你离开我之前离去；我永远爱你，所以我才选择在你不爱我之前离去。"更是让人刻骨铭心。为此我曾经想过：难道真的有"爱比死还冷"的季节吗？不如此就不能维系爱的长远与永恒吗？电影中的法国并不是口口相传中的法国，浪漫是哲理性的，性爱是有人性的。我在看好莱坞电影时，纯粹是用一种游戏与娱乐的心情。随着科学技术的进步，我们很容易接触到的影像艺术，就像美丽的彩虹，魅力足以使人惊艳，却不能达到动人心魄的程度。但在观看法国电影时，经常以为自己正在阅读某部文学经典的一个章节。法国电影与好莱坞电影的最大区别是，前者强调文学性，所表现的也是一个时期一个地域的人文精髓；后者更多考虑的是如何将某种可能被忽略的商品，从超级市场里突出出来，充分体现其物质价值。在寒冷的冬季，想要取暖，只有两种方式，一种方式是通过各种相关设备和相关材料进行取暖，第二种就是进行充分的身体锻炼。作为文学的法国电影正像第二种取暖方式，只有主动地参与，才能洞悉其强烈的思想穿透力。

处在不同时代，因素的不一样，环境就会发生改变。唯独在爱的名义下的环境是永恒的，也是人类历史当中最丰富多彩的。

一个人总是在他生活迷惘的时候，才会发生深刻的考虑。爱不需要环境，环境却离不开爱。爱不需要文学，文学离开爱就会成为连篇废话，就会变得粗鄙、胡说八道、不负责任，甚至是竞相展示无耻与无知的非文学。

在贫穷的乡村，对赖以维系生命代谢过程所必需物质的寻觅，让水滴一样细微的爱显得空前伟大。

环境作为一种生活体验范围、情感感知领域、理性观察视野，直接影响着作家的生存方式和写作方式，并制约着文学的发展。

法国作家的贝尔纳·克拉韦尔的《冬天的果实》我最近才读到。我喜欢他那天才的笔墨。可恶的战争结束了，日子不仅仍然暗淡凄凉，甚至在很多时候比战争期间还艰苦，该有的都没有，想要的要不到。尽管小说中的主人公一直在坚持，一直在让自己振作，哪怕还有一丝力气也要用来往前走，然而日子的沉重终于耗尽了他们的生命。中法两国有很多相同的地方：在语言上，汉语和法语同为人类所拥有的少数极为优美的话言；在文学上，中法两国作家一直将自己所拥有的现实主义风格作为主流；在民族性情上，中法两国人民同属勤奋勤劳并经常选择用暴动的方式进行社会变革；在经济上，中法两国亦是长期以农业为主体；还有一点相同的之处，法国被德国所占领，中国被日本所占领，两国都有由大批投敌的法奸和汉奸组成的伪政府。在阅读法国的"战痕文学"时，几乎处处都有似曾相识之感。汉语中的汉奸一词，与法语中的法奸一词，是中华民族和法兰西民族胸口上一道总在隐隐作痛的伤口。它是中国和法国的家丑，自己说起来心痛；别人说起来除了心痛之外，还有一种额外的耻辱。

1988 年秋天，爷爷去世之际，我写过一组以二战时期日本占领中国为背景的短篇小说。爷爷还很年轻时，从乡下来到武汉替人织布，有一天他在街上无缘无故地遭到几个日本军人的毒打。一起进城的同乡将他当成死尸运回乡下，靠着乡下郎中的草药，在整整躺了十五个月后才又重新站过来。被日本军人打烂的胸口上留下一只指头大小的窟窿。小时候，我们特别怕那只窟窿，总以为可以从中望见爷爷的心脏。那年秋天，爷爷胸膛上的窟窿开始往外流血水，半个月后，爷爷就死了。爷爷的死仿佛让我经历了那场我本没有经历的战争，那个留在爷爷胸膛上的伤口也成了时空隧道，不知不觉中就将战争的残酷与兽性转移到我的身上。

在很长一段时间里，我对与日本有关的一切抱着极端的仇恨，包括家里没有一件日货。直到有一天，儿子也开始在我面前表现出对日本人不共戴天的仇恨，第一次听见儿子说出那样粗野的话时，我的内心发出一阵震颤，并在突然之间想到，已经过了三代人，这场仇恨难道还要延续到第四代人身上吗？不管日本人如何看待他们国家曾经的罪恶史，对我们来说首先要问自己如何面对世上最让人觉得可怕的仇恨。从那以后，我试着强迫自己一点点地改变，并慢慢地发现日本民族其实有许多值得我们尊重与学习的地方。恨是面向过去的，是倒退的，是一种原始的欲望，过多的仇恨会只能让这个世界变得更加肮脏。而爱是面向未来的，是向前走的，是将人的原始欲望变化后的一种伟大的动力。

在文学里，恨是一种丑陋的审美，爱的审美才是完美的。

第二次世界大战之于中法两国的文学，需要作家们深思的东西更多，从仇恨的动机出发，要达到爱的终极关怀，所走的路途远比俄罗斯文学、英国文学和美国文学更为复杂。与《冬天的果实》的环境一脉相承的还有加斯卡尔的《死人的时代》，一如爷爷之死触动我对那段历史的写作。对于二战，中法两国的作家们，不难达到从爱到爱，然而在结果与起始之间，因敌方与同胞共同犯下的罪恶，那些本该是恨的过程，不断地为我们设置着比恨还令人痛苦的陷阱。事实上，这种情况对中国作家来说更为严重：作为侵略者一方，日本的国家机器甚至不肯承认那铁证如山的罪恶。2003 年诺贝尔文学奖获得者、南非作家约翰·迈克尔·库切说，他只听从真诚与良知的声音，所有的诺贝尔奖获得者都是循着真诚与良知的召唤走到这个木制的演讲台上的。库切的话让我想到那位使历史为我们这个时代自豪的南非总统曼德拉。上个世纪末，曼德拉从监狱里走出来后，有无数理由在那里等着他，让他对那些残酷的种族隔离主义者实施正义的惩罚。伟大的曼德拉先生偏偏在所有选择之外选择了他认为最正确的选择：和解！他让许许多多的施暴者坐到受害者或者他们的遗属面前，回忆当初所发生的一切。相信人并对自己国家充满信心的曼德拉先生的确找到了最珍贵的钥匙——爱！南非两大族群之间与仇恨和解，足以让全人类引为尊重，从这个意义上讲，库切之获诺贝尔文学奖的意义应视为这个世界上所有清醒者共同的荣誉。我宁肯相信，库切只是他所在国家各个族群的代表，这一年的诺贝尔文学奖是发给由他来体现的充满仁爱的崭新环境。从曼德拉的南非再到库切的南非，看得到因为政治而发生的众多仇恨，在爱的名义下不断地蜕变。不要在乎别人有没有为自己的罪恶而忏悔，而要让自己首先做到用心去爱每一个人。

汉语中有以血还血、以牙还牙、血债血偿等等视爱为无物的词汇。法语是否有类似的词汇？我读过大仲马的《基督山伯爵》，这种用非爱的方式进行惩罚与报复的故事，应该同上面的汉语词汇一道远远地抛弃之。就文学而言，环境对文学的影响是一个过程，文学对环境的影响才是目的。贝尔纳·克拉韦尔在《冬天的果实》卷首中写道：纪念被劳累、慈爱或战争悄悄折磨致死，而在史册中未见提及的父亲和母亲。文学对于每个人正是如此，写作和阅读，都是为了纪念，不使那些曾经活在我们心中爱的细小痕迹，被厚土埋葬，被人潮淹没。

（本文系 2004 年 3 月 17 日在巴黎法中文化年中国文学周活动上的讲演）

一只口琴的当代史

有个问题：在逻辑与经验面前，我们会做何选择？

上世纪九十年代初，我的中篇小说《凤凰琴》被改编为同名电影。也是从这开始，我便有了没完没了的口舌之烦。特别是与陌生人相见，听他们热情复述，说《凤凰琴》小说写得如何如何，其中乡村教师在升国旗时，用口琴吹奏国歌的场景尤为感人等等。每次听完，我不得不说对方，不是看的小说，而是看的电影，因为小说中，升国旗时，乡村教师们是用笛子吹奏国歌，到了电影里，才被改为口琴。对一般人，这种判断是对的。换了那些真正读过小说的，也这样说，而且还再三强调，电影大不如小说原著，我就不太明白了——为何从头到尾都没有在小说中出现的口琴，会出现在将小说读得很深刻的这些人的记忆里？

通常情况下，看上去人们总在强调逻辑，实际上是在下意识地依赖经验。

《凤凰琴》首映式在北京举行的那年，我坦率地告诉该电影的一位主创人员：他并不了解乡村教师，从本质上讲，他是在用城市生活经验来阐述乡村，因而不晓得在城市生活中随便得不能再随便的口琴，在乡村里却是极度奢华，不仅仅是物质的，更是一种精神上的。唯有从田野上生长出来的竹笛，用它的声音来呼应乡村，才是再自然不过的事情。

我对改编电影的遗憾，还有一些其他原因。

所以，我一直将电影《凤凰琴》当成小说《凤凰琴》的都市版。

多年之后，在写作《音乐小屋》时，我丝毫不曾记起，曾经有过这段与口琴的无缘之缘。直到此时此刻，因为要写创作谈，才想起来，于是在心里直呼吊诡：或许这也是骨子里久久存在的城市与乡村的某个宿命。

我不得不承认，对一个人，总有一些东西是与生俱来的。

这宿命的与生俱来，应当是我们全部理想的原始起点，不管是主动的写作，还是被动的阅读；不管是向着青春激荡，还是面对苍老沉浮。

也只有这样，才能解释，为何一向偏爱竹笛，却在《音乐小屋》的开篇里，大张旗鼓地抒写一个刚刚进城当清洁工的青年男子，手握口琴，在那藏身楼梯底角的蜗居里伫立并张望。这不是某个人的角色转换，而是整个乡村角色正在发生极大变化。

口琴这东西，一直以来是有属性的。

正如自己年轻时，能够拥有口琴的，是另外一些年轻人，这群年轻人被我们统称为"武汉知青"。那时候，如果有当地的年轻人试图操弄口琴，马上会引来无边无际的疑问：你也想当"武汉知青"？

对于某个事实，常常顾不上去追究它是如何发生的，甚至于无须牢记它的发生过程，只要有了结果，这事实，哪怕只是有理由称为时间之外的那一点点，就变得胜于雄辩。

如果不是由我来进行矛与盾的自行探讨，很难有人再去思考一只口琴在历史与当下的处境。当年轻的清洁工在城市最不堪的角落里陶醉于口琴时，所获得的是这座城市所能赋予他的全部幸福感。反过来，所获得的则是城市在试图压碎他时，如同在麻醉失效时，强行抽取骨髓那般骨感的疼痛。

在都市版及电影《凤凰琴》那里，那种将口琴硬塞进乡村的好意，虽然不忍心说成是伪善，但那的的确确是一种伪善。这就如同，有大人物要深入民间，会有人临时将一些家用电器搬进去作为摆设。相比伪善更为可怕的是，在《音乐小屋》中，会吹口琴的清洁工万方，在瞬间的城市之爱后，陷入到从未体察过的骨感之痛，这些反而近似巨大股灾后的最终探底与筑底。

任何进步都要付出代价。这代价要比没完没了的横盘整理，甚至是杀人不见血的阴跌要来得畅快。

屋小音乐不小。

人小命运不小。

过去是一种深刻

不知不觉中，对过去的痕迹产生莫大兴趣已有一段时间了。在我心情郁闷时，这痕迹就像乡土中晚来的炊烟，时而蛰伏在屋后黝黑的山坳里，时而恍恍惚惚地飘向落寞的夜空。更多的时候，心静如水，一切如同从未发生。痕迹便成了秋收之后弥漫在田间地头的各种印花，有四瓣，有五瓣，有敦实，有轻盈，那是狐狸和黄鼠狼，还有狗獾、猪獾，甚至还有果子狸，总之都是小兽们留下来的脚印。我明白，在这些感受的背后，是自己离开乡土太久太久，太远太远。

在人生的旅途上忘乎所以地走了又走，最终也不会像一滴自天而降的雨水，化入江湖不见毫发，就是因为我们的灵魂总是系着我们的痕迹之根。

灵魂是果实，是人的贡品；痕迹是枝蔓，能作为薪柴就不错了。其实，人是大可不必对灵魂如此充满敬畏，对灵魂的善待恰恰是对它的严酷拷问。唯有这些充满力量的拷问，才有可能确保生命意义与生命进程息息相关。

很多时候，一个看上去毫无异相的人，会用其生命爆发出一种异常强大的力量，无论从什么角度去看，得到的解释都与奇迹有关。与之相反的是那惯于登高振臂呼风唤雨的一类：他们的伟岸是不真实的，是别人的匍匐衬托出来的。他们的强悍也不真实，因为与之对应的人并不是真的无法把握自己，是他们自己缴了自己的枪械，自己废了自己的功夫。在时光的长河里，只要有人敢于苏醒过来，哪怕只是对曾经的作为画上半个问号，那些自傲的巨人就会半身不遂，筋骨酥散。坐着轿子行走，就算能日行千里，那本领也是虚伪的。问题的实质是，我们愿意还是不愿意将拷问的鞭子对准自己的胸脯。事关历史的过去不会开玩笑，也不会闹误会。过去的光荣与耻辱，甚至连创造这些过去的人都不属于！他们已经逝去，灰飞烟灭了！不管接受还是不接受，它已经属于后来者：于是，过去是一堆包袱，过去也是一笔财富，过去更是一种深刻。对于肉体，这样的深刻毫无用处，它只能面对后继者的灵魂而存在。

怀想过去是实在的，无论它所带来的内容是憎恨、愤懑还是懊恼与醒悟。站在生活雄关上的人，离未来只有几步之遥。真要走到那边去仍然很难。有过去在身后适时提出警醒，就是憧憬太多，也不会迷失方向——所有能够被称为过去的东西，都会有它的用处。

小时候，曾在一本书中读到一句让我终生不忘的话：若问朝中事，去问乡下人。大批大批的人被现代化迷雾麻木了自己的思维，忘了乡土的遥远，足以使人的目光变得更加深邃和高远；也忘了乡土的平淡，可以排遣阻碍自己认知与批判的滥欲。在这本书中，我一遍遍地问过他们。时间上虽然是过去，要问的道理却是现今的。同样，我也一遍遍地问自己。即便是蜗居在整日喧嚣的都市里，我也还是想听到有鞭子闪击而来，在头顶阵阵作响。

　　而我的写作是隐喻的。这是生活所决定的。在过去，生活就是如此神秘地向我诉说着，能不能听懂完全看我的造化。现在和将来，生活继续是这样。还有一句话，也是我常常听到的：三十年河东，三十年河西。从我所写的那个七十年代算起，正好又到了新轮回、新变迁的起始。生活的表象看上去有了天壤之别，生活的精髓变化并不大。仿佛还要经历一次三十年河西三十年河东。真的这样那也太可怕了。一个人如果毕生待在炼狱里，不知道世上还有天堂，他一定会认为炼狱是最好的去处。值得高兴的是，不仅仅是我，很多很多的人都已经知道天堂是一种真实的存在。这一点正是过去了的东西不再在我们生活中轮回的力量之源。

文学的气节与边疆

"识时务者为俊杰，不识时务者为圣贤。"这是长篇小说《蟠虺》开篇的一句话。

写这句话时，脑子里联想到另一句话："实践是检验真理的唯一标准。"这么联想看起来实在有些奇怪，其实不然。原本有重大历史意义的名言，这些年来，被弄成只顾肉体享乐的"实践"，不要安妥灵魂的"标准"；或者说是只看到识时务的俊杰们的"实践"，而看不到不识时务的圣贤们的"标准"。

人类如果对自己的灵魂不管不顾，所谓日新月异的科学技术就会变成无视科学的名利赌博，变成披着科学外衣，没有人伦天理的技术暴徒。比如最近发现武汉市场中五种牌子的大米有三种含有转基因成分 BT63。那个因为种植转基因水稻而变得赫赫有名的五里界就在我家附近，每年春天自己都会去那里买菜秧子，逢年过节也会去那里买风靡武汉三镇的粉蒸肉。一想到自己赖以生存的食物，却是连虫子都不吃的；一日三餐不能缺少的大米，连那些锄禾日当午，汗滴禾下土，最珍惜粒粒皆辛苦的耕种者都不用筷子碰一下，就感到最为宝贵的生命正在受着那些"科学奸商""技术骗子"的谋害。

回头来看，时常被一些"强势团伙"、"利益共同体"看作可有可无的文学，却在"生死抉择"时，给我们提供抒发情怀、安妥心灵的帮助。因为文学是用审美的形式，用对生命个体充满关怀、充分尊重的方式，为时下出现的困境提供价值判断。就像太多人只想做一个"识时务的俊杰"，文学便适时提醒有一种真理名叫"不识时务者为圣贤"。

离开文学的人，往往只是一个符号。

文学中的人，才是那个喜怒哀乐、爱恨情长、有血有肉甚至五毒俱全的活灵活现的人。即便有问题出现，也是人所遇到的问题，作家通过解构这样那样的问题，最大限度地发现并还原生命的真相。

文学之所以令人不舍不弃，是因为她关注小地方的事、小人物的事，将大地方分解成许多小地方，将大人物消解成也要吃喝拉撒、也会喜怒哀乐的小人物。就像老舍将老北京分解成一座小小的茶馆，莫言将北方大地拆解成些许红高粱。文学所表现的这些小之又小、平常得不能再平常的部分，恰恰是人类的文化基因，是灵魂和命运的最终归宿。

文学在很多时候就是对生活习惯表示异议。比如当在机场、车站等的各种店铺叫卖讲述厚黑的职场、官场和借励志之名、贩物欲之实的出版物时，文学就要旗帜鲜明地告诉人们，用人的眼光去看，满世界全是人；用畜生的眼光去看，满世界全是畜生。一个人的眼睛如果习惯欣赏丑恶，那一定是自己的心灵已受到丑恶的污染。将人生的目标设定为美和更美的人，所能看到的一定也是美和更美。

为什么洞庭湖边的人要一次次地修复被损毁的岳阳楼？因为我们不能失去"先天下之忧而忧，后天下之乐而乐"的名句。为什么鄱阳湖边的滕王阁要一再翻修？也是因为我们不愿意失去"落霞与孤鹜齐飞，秋水共长天一色"的名篇。至于长江边上的黄鹤楼，更是屡建屡毁，屡毁屡建，哪怕最后弄成一个钢筋水泥的庞然大物，也要让它屹立在早已今非昔比的晴川之上、鹦鹉洲头，同样是因为没有哪个读书人会不在乎"黄鹤一去不复返，白云千载空悠悠"的伟大的文学经典。

寻寻觅觅，冷冷清清，凄凄惨惨戚戚。乍暖还寒时候，最难将息。东风恶，欢情薄，一杯愁绪，几年离索。每一部经典的文学作品既是写作者生命力的汪洋肆意、源远流长，也是这个民族精神生活的人格指数和物质生活的幸福指数。

日常阅读中，凡是经典作品，哪一部、哪一篇不是对个人品质和素养的挑战？没有挑战的阅读是伪阅读，这样的阅读是无效的。作为一名有着作家身份的读者，我不会信任那些有意用作品来讨好读者的写作者。就像社会生活中，那些一味阿谀奉承，只知溜须拍马的家伙都不是好东西。天下想当官的人，不是全是要为老百姓做好事。在菩萨面前烧香叩头的人，不全是大慈大悲的善良之辈。文学之事也不例外。出版界有句口头禅：读者是上帝。这句话其实是在为资本吆喝：对文学来说，有些读者是上帝，有些读者却是魔头；有些读者是智者，还有一些读者是智者的反义词。一个有知识、有情怀的人，最应当信任的还是自己内心的悲悯、宽容和仁爱。

大漠孤烟直，长河落日圆。

葡萄美酒夜光杯，欲饮昆琶马上催。

惶恐滩头说惶恐，零丁洋里叹零丁。

人生自古谁无死，留取丹心照汗青。

但凡脍炙人口的文学作品，都是这个民族的文化标识。任何一部堪称经典的文学作品，都是从对应的那块大地里生长出来的；不同人群的性情抒写，不同地域风情的特殊精妙，这些都像是修筑在广袤大地上的坚固要塞。

从某种意义上说，唐诗宋词是从边疆要塞中传承下来的。

国防上的每一寸边疆都关乎民族的尊严，文学的边疆更是关乎这个民族的光荣与梦想。我们这个时代的人，切不可因为生活得太安逸，快乐来得太容易，而肆意追逐娱乐，将一切文化都放在娱乐的染缸里变成声色犬马。要像热爱长江、黄河那样热爱小说，要像崇拜泰山、普陀山那样崇拜诗歌，要像保卫钓鱼岛、保卫南沙群岛、保卫北疆的夏尔希里、保卫藏南的达旺地区那样保卫我们的母语，珍惜我们的母语。

任何一个民族的文学都是这个民族的文化边疆。美国的文化边疆是海明威的《老人与海》，法国的文化边疆是巴尔扎克的《人间喜剧》。英格兰的文化边疆是莎士比亚，是狄更斯。俄罗斯的文化边疆是托尔斯泰，是普希金。苏联持不同政见的作家索尔仁尼琴曾经宣称自己是"苏维埃政权的头号敌人"，在苏联垮掉之后，当俄罗斯的地缘利益被欧美无情蚕食，他毫不犹豫地宣布自己是爱国者，并于1994年重返离开三十年的祖国。回国才两年，他就创作小说《在转折关头》（1996年），一方面为曾经强大的祖国惋惜不已，另一方面开始肯定斯大林是伟大人物，赞扬斯大林发动的"伟大的向未来的奔跑"运动。索尔仁尼琴说过:"人民的精神生活比疆土的广阔更重要,甚至比经济繁荣的程度更重要。民族的伟大在于其内部发展的高度,而不在于其外在发展的高度。"索尔仁尼琴最终没有死在将他从勃列日涅夫的监狱里拯救出来的德国与美国,而是选择长眠在俄罗斯母亲的大地,用自己的才华与人格极大地拓展了俄罗斯的文化边疆。

很多人不理解,为什么要用"蟠虺"这两个绝大多数人不认识的字作为书名,只要理解了文学是文化的边疆,就很容易明白,老祖宗给我们留下如此宽广的边疆大地,老祖宗给我们留下来的每一个汉字,都是文化边疆上的界碑。

当俄罗斯人在索契冬奥会闭幕式上,亮出一大串俄罗斯作家时,全世界真的只能五体投地。俄罗斯人能想到如此展示自己国家的文学,是因为在世界上面积最广阔的那片国土上,生活着地球上最为珍惜并最为热爱自己国家文学的人民。

别笑话一块石头愚笨,当我们还是石头时,它已经是贤哲;别讥讽一块石头丑陋,当我们还是石头时,它已经开过花。

作品是一个作家的气节。文学是一个时代的气节。

中国的文学并不缺乏伟大的作品,但在我们这个时代更需要,懂得一块石头的命运的伟大读者!

图书在版编目（CIP）数据

小路，才是用来回家的 / 刘醒龙著 . -- 南昌：百
花洲文艺出版社，2016.7
　ISBN 978-7-5500-1734-4

　Ⅰ . ①小… Ⅱ . ①刘… Ⅲ . ①散文集—中国—当代
Ⅳ . ① I267

　中国版本图书馆 CIP 数据核字 (2016) 第 133742 号

出 版 者　百花洲文艺出版社
社　　址　江西省南昌市红谷滩世贸路 898 号博能中心 A 座 20 楼
邮　　编　330038
电　　话　0791-86895108（发行热线）0791-86894790（编辑热线）
网　　址　http://www.bhzwy.com
E-mail　bhzwy0791@163.com

书　　名　小路，才是用来回家的
作　　者　刘醒龙
出 版 人　姚雪雪
监　　制　黄　利　万　夏
丛书主编　郎世溟
特约主编　李遇春
责任编辑　游灵通　程　玥
特约编辑　黄博文　张岳为
设计制作　紫图图书 ZITO®
经　　销　全国新华书店
印　　刷　北京鹏润伟业印刷有限公司
开　　本　1/16　720mm×1000mm
印　　张　16.5
字　　数　180 千字
版　　次　2016 年 7 月第 1 版
印　　次　2016 年 7 月第 1 次印刷
定　　价　39.90 元
书　　号　ISBN 978-7-5500-1734-4